고미카와 준페이 대하소설

인간의 조건

NINGEN NO JOKEN
by Junpei Gomikawa
© 1956-1958, 1995, 2005 by Ikuko Kurita
Originally published in Japanese by San-ichi Shobo, 1956-1958
Iwanami Shoten, Publishers' edition in 2005.
This Korean language edition published in 2013
by itBook Publishing Co., Paju
by arrangement with the Proprietor c/o Iwanami Shoten, Publishers, Tokyo
through BC Agency, Seoul.

이 책의 한국어판 저작권은 BC 에이전시를 통한 저작권자와의 독점 계약으로 도서출판 잇북에 있습니다.
신 저작권법에 의해 한국 내에서 보호를 받는 저작물이므로 무단전재와 복제를 금합니다.

이 도서의 국립중앙도서관 출판시도서목록(CIP)은 서지정보유통지원시스템 홈페이지(http://seoji.nl.go.kr)와 국가자료공동목록시스템(http://www.nl.go.kr/kolisnet)에서 이용하실 수 있습니다.
(CIP제어번호: CIP2013019333)

인간의 조건

고미카와 준페이 대하소설
김대환 옮김

1 두 갈래 미래

저자의 말

어떤 한 국면에서의 인간의 조건

※

　난 어떤 한 국면에서의 인간의 조건을 궁구하고 싶다는 실로 터무니없는 계획을 세웠다. 너무 엄청난 계획이라는 것은 그것을 실행에 옮기기 전부터 알고 있었지만, 그 전쟁 기간을 간접적이긴 해도 결국은 협력이라는 형태로 지내온 대다수의 일본인들이 일본의 오늘의 역사를 만들었기 때문에 나는 나 나름의 각도에서 다시 한 번 그 속으로 들어갔다 나오지 않으면 앞으로 나아갈 수 없을 것 같은 기분이 들었다.
　글을 다 쓰고 나서 과연 그 속에서 나올 수 있었는지 어땠는지는 의심이 가지만, 지난 1년간 작중 인물과 함께 전쟁의 한가운데에서 보낸 그 수년간을 암중모색한 것만은 사실이다. 그리고 또 인간이 살아가는 조건을, 나중에 설령 정리하거나 수정한다 해도, 잃어버린 날들은 이미 돌이킬 수 없다는 것도 서글픈 사실이다.

《인간의 조건》은 앙드레 말로의 작품과 제목이 같아서 처음에 제목을 뽑을 때 많이 고민이 된 것도 사실이지만 달리 붙일 만한 제목이 없었다.

이 작품은 물론 픽션이다. 가지를 비롯한 모든 등장인물은 실존하지 않는 허구의 인물이다. 어느 시대나 그렇지만 역사적인 사실은 픽션보다도 훨씬 복잡하고 드라마틱하다. 그도 그럴 것이 역사란 무수히 많은 사람들이 오랜 시간에 걸쳐 만들어내는 장대한 사회극이기 때문이다. 그런 역사를 앞에 두고 허구라는 수법에 의존하지 않으면 도저히 진실의 문간에 다가갈 수 없다.

이 이야기는 시간적인 배경을 전쟁에 두고 있지만 역사가 만약 어느 정도 되풀이되는 것이라면 우리들처럼 전쟁을 겪은 세대가 맛본 쓴 습은 전후 세대와도 무관하지 않을지 모른다. 왜냐하면 우리가 앞 세대의 유산으로서 그 전쟁을 고통과 절망 속에서 어쩔 수 없이 짊어져야 했던 사실이 있는데도 불구하고, 지금 또다시 염려스러운 유산 상속의 유언이 이루어지려고 하고 있는 것으로 보이기 때문이다. 이 책을 읽는 이들이 조금이라도 그런 공감을 할 수 있다면 나의 바람은 거의 다 이루어진 셈이다.

그런데 무엇을 쓰든지 그것이 이야기가 되려면 재미가 있어야 한다는 관념에서 나는 벗어날 수가 없었다(재미있게 쓸 수 있었느냐 없었느냐는 별도의 문제로 하고). 내가 여기서 말하는 재미는 숙달된 문학자들로부터는 '통속'이라고 비난을 살 수 있는 재미다. 만약 대중의 건강한 욕망이 요구하고, 친숙해지기 쉽다고 느끼는 재미가 그런 곳에 있다면 난 그것을 찾고 싶다. 그것이 추수주의追随主義가 되는지 안 되는지는 재미 탓이 아니라 주제의 질적인 문제다.

나는 최대한 재미있게 쓰려고 했다. 그럼에도 불구하고 도처에 난잡하고 생경한 부분이 있는 것 같다. 이는 순전히 작자 개인의 역량 부족이고, 능력에 비해 너무나 엄청난 일을 결국엔 감당할 수 없었기 때문이지 싶다.

마지막으로 무명작가의 작품을 책으로 펴내는 데 많은 도움을 주신 출판사 관계자분들께 마음에서 우러나는 사의를 표하고 싶다.

고미카와 준페이

1부

두 갈래 미래

1

걸어도 걸어도 끝이 없다. 그런 법이다, 단둘이 걷는 길은. 두서없이 이야기를 나누고 있지만 정작 중요한 문제는 건드리지 않는다. 건드리고 싶지만 서로 피하고 있다.

초저녁 어스름이 세상을 뒤덮는 동안 솜 같은 눈이 조용히 내려앉는다. 춥지는 않다. 만주에서는 이런 눈이 드물다. 대개는 모래알처럼 바슬바슬한 눈이 바람에 날려 살갗을 찌른다. 그것이 지금은 포근하고 부드럽게 감싸주는 것만 같다.

길모퉁이에서 두 사람은 걸음을 멈추었다. 오가는 사람은 거의 없었다. 가장자리에 눈이 쌓이기 시작한 창마다 불빛이 따뜻하게 새어나오고 있었다. 여기서부터 길은 두 갈래로 나뉜다.

"전 이만 돌아갈까요?"

미치코가 마음과는 반대로 말했다.

가지는 미치코의 어깨너머로 모퉁이 가구점의 진열장을 보고 있었다. 미치코는 가지의 시선을 따라가다 그 끝에서 벽에 거는 장식용 접시를 보았다. 로댕의 〈베제〉를 모사하여 접시로 구운 것이리라. 알몸의 남녀가 부둥켜안고 있었다.

가지의 시선이 거기에서 떠나 허공을 헤맸다. 미치코가 그것을 붙잡았다.

"당신답지 않아요."

"뭐가?"

"도망치려고 하잖아요."

남자의 눈동자가 불빛을 받아 강렬하게 빛났다. 그것이 자신에게 똑바로 쏟아지자 여자는 가슴이 답답해서 견딜 수가 없었다.

"이해가 되지 않아요. 아무리 전쟁 중이라고 해도 사랑하고 있는데 결혼하지 않는 게 낫다니."

"······하지 않는 게 낫다고 봐."

"왜요?"

"나도 진짜 이유는 모르겠어."

가지는 다시 벽에 걸린 접시를 보았다. 미치코는 가지가 입은 외투의 폭이 넓은 어깨에 쌓인 눈을 만지다 옷깃을 살짝 쥐었다.

"저를······ 갖고 싶지 않나요?"

"갖고 싶어!"

격렬했다. 청년의 욕망이 뿜어져 나오는 것 같았다.

"저도 갖고 싶어요. ……그런데 왜 결혼할 수 없다는 거죠?"

"몇 번을 말해야 알겠어?"

"몰라요……. 듣고 싶지 않아요."

미치코는 고개를 흔들었다. 두건에 쌓인 눈이 펄펄 떨어졌다.

"언제 빨간딱지(소집영장)가 날아올지 몰라. 내일 당장 날아올지도 몰라. 이렇게 말하려는 거죠? 듣고 싶지 않아요, 그런 말은. 전 평범한 여자예요. 사랑하는 사람과의 결혼 외엔 행복을 생각할 수 없어요. 결혼하고 그 다음 날 빨간딱지가 날아와도 전 후회 같은 건 하지 않아요. 네, 울겠죠. 틀림없이 아주 서럽게 울겠죠. 하지만 그 이상의 행복은 도저히 생각할 수 없어요."

남자는 기뻤다. 사방에 자랑하고 싶었다. 그리고 당황했다. 빨간딱지든 흰딱지든 틀림없이 날아올 것이다. 그것도 가까운 시일 내에. 일단 가면 돌아올 수 없을 것이라는 비장한 감회가 앞선다. 수학적 확률로는 가늠할 수 없는 속수무책의 심정이다. 차라리 욕망이 이끄는 대로 행복이라 여겨지는 것에 매달려볼까? 찰나의, 내일을 기약할 수 없다 해도 여자는 각오하고 있다고 한다.

"그럼……"

망설이면서 말했다.

"내 숙소로 같이 가, 오늘 밤은. 괜찮겠어?"

여자의 눈동자가 아래로 내려갔다가 다시 제자리로 올라오며 반짝 빛났다.

"좋아요. ……가겠어요!"

미치코는 가지의 숙소 방향으로 걸음을 내딛기 시작했다.

"아니, 그냥 당신은 당신 숙소로 돌아가는 게 좋겠어. ……당신에게 못할 짓이야."

미치코가 걸음을 멈추고 돌아섰다. 초저녁 어스름을 사이에 두고 그녀의 얼굴이 우울하게 일그러져 보였다.

"절 시험한 거군요! 시험해선 안 되는 것을."

목소리가 떨리고 있었다. 그것이 강하게 바뀌었다.

"두렵나요? 모범사원의 경력에 흠집이 날까 봐? ……당신은 겁쟁이야. 비겁해요. ……당신은 바보야!"

미치코는 반대 방향으로 뛰어갔다. 가지는 시커먼 하늘을 올려다보았다. 눈이 쏟아지고 있었다.

겁쟁이라도 좋다. 비겁하다고 해도 상관없다. 모범사원의 경력에 흠집이 날까 봐? 그 말만 듣지 않았다면. 가지는 사랑의 아픔과 분노를 느꼈다. 미치코의 옷을 벗기고 마음껏 욕정을 쏟아내고 싶었다. 미치코의 아름답고 풍만한 육체에 매몰되어 행복이라는 환상에 빠져들고 싶었다. 적어도 전쟁만은 잊고 싶었다. 내일이 될지, 모레가 될지 모르지만, 언젠가는 전쟁터로 끌려갈 자기 자신을.

가지는 다시 한 번 진열장 안에 걸려 있는 접시를 보았다. 알몸의 남녀가 황홀한 자태로 포옹하고 있었다. 전쟁 중이라고 해서 왜 저들처럼 안으면 안 되는 걸까? 그가 미치코를 안을 기회는 영영 사라져버렸는지도 모른다. 그는 타는 듯한 갈망에 괴로워했다. 젊은 사내의 환상 속에서는 행복이란 대개 젊은 여자의 하얀 나체의 형상을 하고 있다. 그런데도 그는 그것을 품으로 끌어당겨 안으려고 하지 않았다. 더군다나 여자가 그것을 원한다는데도.

2

쉰 명 정도 되는 사람들이 줄지어 책상에 앉아 있는 넓은 실내에서 열심히 일하고 있는 사람은 드물었다. 규모가 큰 회사에서는 대개 어디나 그렇다. 정시에 출근하고 정시에 퇴근한다. 그 사이의 시간을 요령껏 보내기만 해도 생활은 일단 보장된다. 식민지에 있는 회사에서는 특히 그런 경향이 두드러진다.

난방이 잘되어 실내는 더웠다. 모두 윗도리를 벗고 팔뚝에 토시를 한 채 책상에 앉아 있지만, 잡담을 하거나 회사 용지로 편지를 쓰거나 전화로 수다를 떨곤 한다. 담배 연기가 여기저기에서 자욱하게 피어오른다. 묘하게 목구멍을 자극하는 냄새가 나는 것은 배급받은 담배를 다 피우고 현지의 싸구려 담배를 사서 피우기 때문이다.

가지와 같은 조細인 중년의 준準직원이 옆에 있는 동료에게 말했다.

"스탈린그라드에서 독일군이 패할 줄은 몰랐네그려. 이렇게 되면 이젠 독일도 별로 가망이 없겠어."

"앞으로 소련이 어떻게 나올지가 문제 아니겠나."

웃고는 있지만 평소의 생각을 솔직히 드러낸다. 만주는 태평양에서 멀다. 따라서 미국과의 전쟁을 실감하기가 어렵다. 만주에는 끝이 보이지 않을 정도로 긴 소만蘇滿 국경이 있다. 따라서 소련이 어떻게 나올지가 훨씬 더 절실한 문제다.

"걱정할 것 없어요."

맞은편 책상의 젊은 준직원이 말했다.

"만주에는 '관특련(관동군특별대연습. 1941년 독일과 소련의 전쟁이 시작되자 소련과의 전쟁에 대비하여 관동군을 70만 대군으로 증강시킨 것 – 옮긴이)' 이래 관동군이 딱 버티고 꿈쩍도 안 하니까요."

큰 소리로 그렇게 말하고 가지 쪽을 흘끗 곁눈질했다. 가지는 묵묵히 조사 보고서를 쓰고 있었다. '출선出銑(제련 과정에서 용광로의 주철을 뽑아내는 일 – 옮긴이)에 미치는 생산 제력諸力의 영향'이라고 표제가 붙어 있다.

"관동군에는 오니시 병장이 딱 버티고 있으니까?"

상대가 말하자 젊은 준직원인 예비역 병장은 득의양양하게 "그럼요, 그럼." 하고 웃었다. 산시山西 작전에서 용맹을 떨쳤다는 것이 이 젊은 사내의 평생의 자랑거리가 될 것이다.

"그러면 어째서 안 한 건가?"

가지의 옆자리에 앉은 나이가 지긋한 직원이 이야기하는 쪽으로 고개를 돌리며 말했다.

"독일이 파죽지세로 진격했을 때 일본이 시베리아로 출병해서 협공했다면 쉽게 끝났을 거 아닌가. 관특련 이래 관동군에겐 그야말로 그만한 실력이 있으니까 말일세."

이야기는 거기서 잠시 중단되었다. 일본에는 남북 양동 작전을 펼칠 만한 능력이 없다는 것은 어렴풋이나마 모두가 알고 있다. 그러나 그렇게 했으면 일찌감치 승리를 거두었을 테고, 공산군의 위협을 간단히 제거할 수 있었을 것이라는 아쉬움은 떨쳐버릴 수 없었던 것이다.

쇼와^{昭和} 16(1941)년 여름의 관동군특별대연습, 줄여서 관특련이라 부르는 병력 대동원은 어떤 목적으로 행해졌는지 일개 샐러리맨 나부랭이들이 알 리 없었다. 일본은 독일이 러시아에 이길 것이라고 믿었다. 아니, 오히려 너무 빨리 이길까 봐 두려워했다고 보는 게 옳다. 독일군이 러시아 전역을 질풍노도의 기세로 휩쓸고, 그 경이로운 세력과 소만 국경에서 대치하는 결과가 될지도 모른다는 것을.

가지는 묵묵히 서류를 작성하고 있었다. 시베리아로 출병하지 않은 것은 다행이었다. 만약 출병했다면 가지 같은 청년들은 살아 있지 못했을 것이다.

"남태평양에서는 어떻게 되어가고 있는 거야?"

다른 사무원이 나지막한 목소리로 말했다.

"사실 말이지, 과다카날에서 진로를 바꿨다는 건……."

참패했다는 거야. 가지는 보고서를 쓰면서 속으로 그렇게 말했다. 가

가스로 전멸을 면했다. 그냥 그뿐이다.

"전략적인 후퇴야!"

오니시가 다시 큰 소리로 단정하듯 말했다.

"양코배기 새끼들이 겨우 빼앗았다 싶었겠지만 텅 빈 섬인 거지. 그 사이에 일본군은 좀 더 유리한 위치에서 공격할 거야. 두고 보라고."

이번에는 가지 쪽을 내 말이 맞지? 라는 태도로 보았다. 가지는 고개를 들었다. 호전적인 사내와 반전적인 사내, 따라서 마음이 맞을 리가 없는 두 사람의 시선이 뒤엉켰지만 가지는 곧바로 시선을 돌렸다. 입구 쪽에서 가지를 향해 웃으면서 책상 사이를 가로질러 오는 남자를 보았기 때문이다.

"여전히 각근면려恪勤勉勵로군."

가게야마는 가까이 오자마자 놀렸다. 굵은 눈썹이 아무리 봐도 한고집 할 것 같은 사내가 어딘지 모르게 친근하게 느껴지는 것은 치열이 하얗고 청결하기 때문이리라.

"출선에 미치는 생산 제력의 영향이라……."

가게야마는 보고서 표지를 손가락으로 튕기고는 피식 웃었다.

"이건 어때, 가지. 연애에 미치는 전쟁 제력의 영향이라는 놈을 써보는 거 말이야."

미치코 이야기인가? 가지의 기분은 달콤해졌다. 사흘 동안 이야기를 나누지 못했다. 미치코는 위층 타이핑실에 있다. 두툼한 콘크리트 천장이 가지와 미치코 사이를 가로막고 있다. 가지는 천장을 올려다보고 싶었다. 그러나 반대로 턱을 당기며 말했다.

"무슨 일이야?"

"작별 인사하러 왔어. 좀 센티하지만."

그래, 마침내 왔구나. 가지는 대부분 입속에서 말했다.

"……출발은 언제야?"

내일 아침이라고 말하면서 가게야마는 숱 많은 머리카락을 매만졌다. 앞으로 몇 시간 후면 그의 머리에서 잘려 나갈 머리카락이다. 앞으로 수년간, 혹은 영원히 지금과 같은 모습으로는 돌아오지 못할지도 모른다.

"난 꼬마였을 때 병정놀이를 하면 늘 대장이었으니까, 어른 병정놀이 때도 어떻게든 되겠지."

"내일이구나……."

가지는 자기 일처럼 상심했다.

"여유롭게 이야기할 시간도 없겠군."

"닷새 전에 받긴 했지만 매일 밤 혼자서 술을 마시러 다니느라……. 마지막에 널 떠올린 거야. 그런데 어쩔 거야?"

가게야마가 엄지손가락을 세워 천장을 가리켰다. 그 위를 지금 미치코가 걷고 있을지도 모른다. 가지는 다시 달콤한 기분을 맛봤다. 하지만 이번에는 답답한 것이 썩 좋지만은 않았다.

"넌 내일 군에 간다며……. 그런데 모레 내가 가지 않는다고 누가 보장하지?"

"간다고 다 죽는 건 아니야. 나야 타고난 낙천주의자니까 이렇게 말하지만……. 입사 이래 4년이라는 시간 동안 난 너와 달리 철저하게 농땡이를 부리면서 술이나 마시러 다녔어. 노는 것에 여한은 없지. 그런 내가 후회하고 있는 것이 있다면 딱 하나 좋아하는 여자를 만나 결혼하지 못했다는 거야. 그 여자의 뱃속에 내 생명의 한 방울을 발사하여 명중시키지 못했다는 거라고."

주변에 있는 사무원들이 노골적인 이야기에 재미있어 하면서 웃었다. 가지는 미치코를 떠올렸다. 괴로워서 숨이 막힐 것 같은 생각이 들었다.

"가지, 이건 어렵게 말하면 서민적인 에너지의 구현이라고나 할까. 미래를 무조건 믿는다는, 응?"

"나도 그때는 그렇게 생각할지도 모르지. 하지만 낙천주의자가 되기는 힘들 거야."

그러자 가게야마가 갑자기 나지막한 목소리로 말했다.

"어떨까, 언제까지 계속될까?"

가지는 가게야마의 좀처럼 볼 수 없는 진지한 얼굴을 가만히 응시했다. 전쟁이 얼마 남지 않았다고 해도 이 사내의 생환을 보장해주진 않는다. 하지만 적어도 위안은 된다.

"……길지는 않겠지."

"3년쯤……?"

"글쎄……."

가지는 담배 끝으로 책상을 두드리면서 조원들을 둘러보았다. 모두가 안 듣는 척하면서 듣고 있었다. 전쟁 중에 사람들 앞에서, 게다가 군수회사 같은 곳에서 비관적인 예측을 늘어놓는 것은 위험하기 짝이 없다. 하지만 말하고 싶었다. 예비역 병장 오니시 준직원이 곁눈질로 가지를 보고 있었다.

그는 자칭 산시 작전의 용사다. 중국 여자를 강간하는 것이 얼마나 즐거웠던가. 인간의 뒤통수에 총구를 겨누고 발사하면 인간은 얼마나 쉽게 '벌렁' 나자빠질까? 이것이 그가 갖고 있는 전쟁 지식의 체계다. 무슨 상관인가. 말해주자. 아무리 생각해도 다음에는 자신이 갈 차례다. 가지는 말하기로 마음먹었다.

"진주만을 공격했을 때 난 이런 말을 해서 상사에게 혼쭐이 났네. 미국 전함 20척을 격침시켜봤자 아군이 전함 한 척을 잃는다면 이긴 게 절대로 아니다, 일본은 가당치도 않은 역사의 한 페이지를 쓰고 말았다고 말이야."

그렇게 말하면서 주위를 둘러보니 창가 책상에서 주임이 못마땅한 표정을 지으며 안경 너머로 이쪽을 보고 있었다.

"단순한 산술이야. 철강 생산 1억 톤과 500만 톤의 비율이란 말이라고. 물론 전투력에 대한 방정식은 또 다르겠지만 기초적인 전력戰力의 수치가 그렇다는 거야. 철은 그래도 아직은 나은 편이야. 석유나 전력電力쯤 되면 그 차이는 이야기 자체가 안 돼. 그런데도 이기려고 드니까 야마토다마시大和魂(일본 민족 고유의 정신, 일본 민족의 혼 - 옮긴이)가 바쁠 수밖에.

철이 되기도 하고 석유가 되기도 하고, 기타 모든 물질, 모든 병기가 되어야 하니까 말이야."

가게야마가 쓴웃음을 지었다. 가지는 담배에 불을 붙였다. 오니시가 적의에 찬 시선으로 쏘아보고 있는 것을 의식했다. 놈은 중국인 노파를 기관총으로 사살할 용기는 있어도, 패배를 운명으로 받아들일 용기는 없는 놈이다.

"난 상사에게 혼쭐이 난 후 통계를 모아서 계산해봤네."

가지가 말을 이었다.

"그 계산에 따르면 쇼와 18(1943)년 상반기에 일본과 만주의 철강 생산량이 바닥을 친다고 답이 나왔어. 지금이 3월이지? 내 계산에 약간의 착오가 있었는지 아직 바닥까지 떨어지진 않은 것 같아. 하지만 그렇게 될 운명은 이미 성숙되어 있네."

갑자기 오니시가 덜컹 하고 의자 소리를 냈다.

"가지 씨는 일본이 지면 좋겠다고 생각하는 겁니까?"

낯빛이 바뀌어 있었다. 사무실 안에 있는 사람 중 절반은 확실히 그 소리를 들었을 것이다. 가지는 심장 박동이 거칠어졌다. 사태가 엉뚱하게 발전될 것 같았다. 당황했지만, 이제 와서 시치미를 뗄 수도, 뱉은 말을 주워담을 수도 없다.

"내가 그렇게 말했나? 자네는 왜 그렇게 갑자기 화를 내는 거야? 난 숫자 이야기를 했을 뿐이야. 그 숫자가 의미하는 바가 전쟁을 하지 않는 게 낫다는 걸 이야기하는 거라고."

"숫자 따윈 아무래도 상관없어! 지금 일본은 전쟁을 하고 있다고."

이번엔 사무실 안에 있는 사람들 전체가 그 목소리를 들었다. 오니시는 물러서고 싶어도 물러설 수 없는 상황이 되어 일어섰다.

"당신들이 대학생이 되어 다방에나 들락거리고 있을 때 우린 산시의 산골짜기에서 피 터지게 싸웠다고. 그 고생을 알기나 해! 당신 같은 패전사상敗戰思想에 젖은 학생을 양성하기 위한 게 아니었단 말이야!"

오니시는 불끈해서 거무칙칙하게 변한 얼굴을 곧추세우고 주위를 노려보았다.

"이러니까 내가 인텔리라는 작자들을 싫어하는 거야! 재향군인의 총검술 훈련이라도 하면 계집애들처럼 도망 다니기나 하고, 주둥이로만 나불나불. 그런 놈은 비……."

말을 더듬거리면서 오니시의 노성怒聲은 중단되었다. 그 때문에 그의 분노가 더욱 정당한 것으로 보였다. 실내는 다시 정적에 휩싸였다. 가게야마가 쓴웃음을 지었다. 가지는 창백해졌다. 건방진 놈! 이 자식은 내 부하가 아닌가!

"흥분하지 말고 천천히 말해봐. 비국민이라는 건가?"

가지는 방금 불을 붙인 담배를 바닥에 던졌다.

"자넨 분명히 역전의 용사이고, 금줄 하나짜리 육군 병장이야. 난 무등병無等兵이고. 하지만 말이야 오니시 군, 확실히 말해두겠는데 여긴 군대가 아니야. 그리고 난 자네 상사라고. 말이 좀 지나치지 않나?"

그렇게 말하면서 가지는 자신의 잘 발달된 어깨와 팔 근육에 긴장이 흐르는 것을 느꼈다. 운동할 때 외에는 좀처럼 느낄 수 없는 것이었다.

"자네가 총검술을 자랑하고 있는 모양인데, 난 자네처럼 훈련을 받지 않았어도 자네의 상반신이든 하반신이든 공격할 정도의 자신감은 있네."

"이걸로 승부는 났군."

가게야마가 천연덕스럽게 총검술 심판의 손짓을 흉내 내 보이자 주위 사람들의 긴장이 겨우 풀렸다.

"무슨 일이야? 큰 소리를 내고."

주임이 다가왔다.

"업무시간인 걸 모르나?"

가지는 새 담배를 꺼내 책상 위에서 열심히 두드리고 있었다. 이 사건은 근무 성적에 반영될 것이다. 보너스에 영향을 줄 것이다. 오니시는 애국자이니까 점수가 올라갈지도 모른다. 가지는 비국민이니까 블랙리스트에 오를지도 모른다. 아니 진주만 얘기를 한 그날 이후로 이미 인사과의 비밀장부에 위험인물로 기록되어 있을 것이다. 마음대로 해보라지! 내 일을 누군가 다른 놈한테 시켜보면 알 거다.

"가지 군, 장소를 좀 가려가면서 생각할 순 없나? 자네의 지식이 대체로 정확하다는 건 자네 일이 증명한다지만……."

주임이 못마땅한 표정으로 말했다.

"그래도 인텔리의 역할이라는 것이 정확한 지식을 일에 도입하는 것만이 다가 아니지 않은가? 특히 요즘과 같은 비상시에는 말일세. 자네처럼 지식을 비관적으로 이용하면 반국가적이 되는 거야. 지식이란 자고로 낙관론을 정당화하기 위해 사용해야 하지 않을까? 그게 인텔리의 애국심이라고 생각하네만……."

가지는 차갑고 반항적인 시선을 주임의 입가에 던졌다.

"주임님 전화 왔습니다."

여사무원의 목소리에 주임은 책상으로 돌아갔다.

가지는 오니시를 눈으로 좇았다. 오니시는 사무실 한쪽 구석에서 차를 한 모금 마시고는 바닥에 뱉었다. 절대로 시선을 맞추려고 하지 않는다. 어때, 오니시. 호구護具를 차지 않고 총검술 시합이라도 한 판 붙어볼까? 전쟁 중인 지금 가장 적절하고, 가장 어리석은 결투가 아닐까? 가지는 짜증스런 표정으로 웃었다. 그 순간 시선이 마주쳤다. 어디 한번 붙어볼래?

주임이 돌아왔다.

"가지 군, 채광부장 호출이야."

가지는 초점을 잃은 표정을 지었다.

"자네가 쓴 '라오후링老虎嶺 리포트'에 관한 설명 때문일걸세."

주임은 애써 부드러운 어조로 말했다. 가지는 주의를 요하는 인물이다. 그러나 쓸모 있는 인물이기도 하다. 어떤 조사든 시키면 일단 해낸다. 다른 사람이 조사한 것을 짜깁기하여 약삭빠르게 보고서를 만들어내는 사람은 많지만, 통계 숫자만을 보고 독자적인 보고문을 작성하는 것은 이 사내가 거의 유일하다.

"오니시 군에게는 내가 따로 불러서 얘기할 테니까, 자네는 즉시 다녀오게."

"알겠습니다."

가지는 일어서서 가게야마의 얼굴을 보며 쓴웃음을 지었다.

"네가 출발하기 전에 벌어진 간단한 활극이었군."

두 사람은 의자 사이를 헤치며 문을 향해 갔다.

"내가 제목을 붙여줄까? 백퍼센트 애국자와 비국민은 어때?"

가지는 오니시 쪽을 돌아보았다. 오니시는 주임 앞에 의기양양하게 서 있었다. 주임이 웃는 얼굴로 무언가 말하고 있었다. 가지는 원래 그런 사람이네. 마음에 두지 말게. 자네가 말하는 것은 물론 옳은 말일세. 내가 가지 군에게 잘 말해둘 테니까……. 그렇게 말하고 있을 것이다. 어수룩한 애국자, 엉터리 쪼다 같은 놈들!

문 앞에서 두 사람은 밤에 다시 만나기로 약속하고 헤어졌다.

중역실 근처에 가자 콘크리트 복도가 근사한 대리석으로 바뀌었다. 가지는 거기서 타이피스트인 나카자와 야스코를 만났다. 야스코는 가무잡잡하고 야무진 얼굴로 웃으며 인사했다. 할 말이 있는 것 같았다. 가지는 아직 흥분이 가라앉지 않았다. 미치코는 어떻게 지내고 있어요? 나 때문에 화가 나 있지는 않던가요? 그렇게 묻고 싶었는데 딱딱한 인사가 되고 말았다.

야스코는 복도 모퉁이에서 돌아보았다. 가지는 채광부장실 문을 노크하고 있었다.

3

 타이핑실 문을 열자 젊은 여자의 냄새가, 정확히 말하면 화장품 향기로 포장된 여자들의 체취가 물씬 풍긴다. 이러니 수천 명에 이르는 남자 사원들이 이 문을 열고 싶어 하는 것이다. 이러니까 또 입구에 큰 책상을 두고 안경을 쓴 구세군풍의 올드미스가 한 명, 엄숙하게 버티고 있는 것이다.

 그녀 옆에 허리 높이의 칸막이가 있고, 그 너머가 남자들의 출입금지 구역이자 이 거대하고 살풍경한 제철회사의 유일한 꽃밭이다. 타이프라이터가 예순 대 정도 정연하게 늘어서 있고, 하나하나 번호가 붙어 있다. 만약 올드미스가 없었다면 젊은 타이피스트들은 자유롭게 뒤섞여 재잘재잘 수다를 떨면서 다채로운 장면을 연출하고 있을 것이다. 그런데 모두가 번호에 맞춰 정연하게 앉아서 타자를 치는 소리가 끊임없이 들려오는 것을 보면 회사가 이 올드미스에게 지불하는 급여는 충분히 효과를 발휘하고 있는 셈이다.

 야스코는 올드미스에게 목례하고 그 앞을 지나 12번 자리에 앉았다. 곧바로 열심히 일하는 척하며 13번의 옆구리를 쿡 찔렀다.

 "가지 씨가 화난 표정이던데 무슨 일 있었니?"

 "아, 아니."

 미치코는 확신이 서지 않는다는 듯 애매하게 대답했다.

 "그래서 미치코가 울상이었구나?"

14번인 다마요가 대담하게 몸을 옆으로 내밀며 말했다.

"어쩐지 요 이삼 일 동안 영 수상하다 했어."

올드미스의 안경이 멀리서 빛났다. 14번은 자세를 바로 했다.

"너 가지 씨와 어쩔 생각이니?"

야스코가 천천히 타자를 치면서 말했다.

"결혼 안 할 거야? 영원히 순결한 친구로 지내자, 뭐 이런 거니?"

미치코는 눈 내리던 그날의 저녁 어스름 속에서 가지의 숙소로 스스로 걸음을 옮기던 때가 생각나 얼굴이 달아올랐다. 안타까웠다. 거절당한 것이다. 놀림당한 것이다. 매정했다.

"그이가 아무 말을 안 해."

"그야 당연하지."

다마요가 큰 소리로 말하기 시작하다가 올드미스의 안경 빛에 황급히 자신의 입을 막았다.

"결혼해봤자 건장한 사내들은 모두 군대에 끌려가잖아. 정신이 제대로 박힌 사내라면 사랑하는 사람을 불행하게 만들고 싶겠니?"

미치코는 가만히 고개를 끄덕였다.

"난 반대야."

그게 다 말만 번드르르한 것 아니냐고 야스코가 철컥 하고 난폭하게 자판을 눌렀다.

"서로 사랑한다면 설령 순간의 시간이라도 온 마음을 다해 열심히 살아야 한다고 봐. 그렇지 않으면 이게 살아 있는 건지, 죽어 있는 건지도 몰라. 그렇게 하지 않는 건 가짜야. 전쟁 때문에 언제 갈라질지 모르니까 더욱 그렇지 않니?"

미치코는 입술을 깨물었다.

"……나도 그렇게 생각해."

울고 싶었다. 이 애달픈 여심을 몰라준다는 건 진심으로 사랑하지 않아서가 아닐까?

야스코는 자판 위에 놓인 미치코의 손이 가볍게 떨리고 있는 것을 보고 동정을 느끼는 한편 쓸쓸한 부러움도 느꼈다. 왜냐하면 늘 사랑으로 벅차 있던 가슴이 불과 이삼 일 사이에 갑자기 쭈그러든 것처럼 보일 정도로 한 남자를 사랑할 수 있다는 것은 사랑할 상대가 없는 것에 비하면 분명 행복의 문간에 서 있는 것이기 때문이다.

"용기가 없어진 거니?"

야스코가 의지가지없는 고독한 신세는 미치코나 자신이나 마찬가지라고 생각하면서 말했다.

"혼자 만주까지 건너왔으니 가정을 꾸릴 만한 용기는 있을 텐데. 한번 부딪쳐봐! 어디선가 읽었는데, 인생을 허비해서는 안 된대. 마음속에 있는 사람을 꼭 붙잡아야 해. 무조건!"

"부딪쳐봤어……."

"차인 거니?"

미치코는 고개를 숙였다.

"창피를 당했구나? 좋아, 내가 혼내줄게."

"그러지 마!"

미치코는 당황했다.

"어쩌면 그 사람……."

올드미스가 일어났다.

"12, 13, 14번! 뭐 하는 거예요? 내가 잠자코 있으니까 아주 멋대로야. 다 알고 있어요! 작업일지에 적어놓을 테니 그런 줄 알아요."

올드미스가 앉자 다마요가 입을 삐죽이며 나지막한 소리로 말했다.

"맘대로 하셔! 쓸 테면 써보라지! 청춘의 고민도 이해 못하는 바보 멍청이!"

세 젊은 여자는 일제히 기관총처럼 타이프라이터를 두드리기 시작했다.

4

"이걸 두 번이나 읽어봤네."

채광부장이 타이핑한 두터운 보고서를 책상 위에 던지면서 말했다.

"흥미롭더군. 다분히 좌익 냄새가 나긴 해도……."

가지는 선 채 자신이 쓰고 미치코에게 타이핑을 맡긴 보고서의 표제를 보고 있었다. 〈식민지적 노무관리의 제문제〉다. 부제가, 주로 라오후링 노무 사정에 관하여, 라고 되어 있다.

"맞아, 자네는 학창 시절에 좌익 운동의 경험자였지?"

가지는 얼굴을 조금 붉혔다. 경험자라고 불릴 만한 활동을 했었나? 누군가는 비웃을 것이다.

"뭐, 됐네. 젊은 시절에는 그 정도의 기개는 있어야지. 그런데 이걸 한마디로 하면 무슨 뜻인가?"

부장은 큰 가죽의자의 등받이에 깊숙이 기댄 채 가지의 대답을 기다렸다. 가지는 당황했다. 한마디로 표현할 수 있을 정도라면 굳이 그렇게 길게 썼겠는가. 섣불리 대답했다간 어처구니없는 상황에 처할지도 모른다.

"인간은 인간으로서 대우받아야 한다. 그것이 식민지에서는……"

"어렵다?"

"그렇습니다."

"중국인 노동자를 최대한 착취해서 이 거대 기업이 유지되고 있다…… 이런 말인가?"

"그렇습니다."

"그렇다면 자네의 지론과는 근본적으로 모순된 것이 아닌가?"

가지는 대답하지 못했다. 부장의 눈빛이 더욱 날카로워지는 듯했다. 창문으로 들어오는 햇빛을 정면으로 받고 있는 가지의 표정은 마치 분광기를 통해 보는 것 같았다.

"왜 그러나? 펜을 들면 논지가 꽤 명쾌한 자네가."

부장이 득의에 차서 웃는 것처럼 보였다.

가지는 오니시에게 실수를 저지르고 오는 길이다. 신중할 필요가 있다.

"……모순된 것입니다. 하지만 모순되지 않았다면 그런 걸 쓸 필요는 없었습니다."

"……그러니까 뭔가, 모순되어 있지만 방법 여하에 따라서는 실무에 있어서 실적을 올리는 것도 불가능하지 않다, 뭐 이런 건가? 아니, 그렇겠지. 나도 그렇게 생각했네."

부장은 만족스러운 듯 혼자 고개를 끄덕였다.

가지는 관문을 통과한 것 같았다. 관문지기가 스스로 길을 열어준 셈이다.

왜일까? 지켜볼 필요가 있다.

"담배 좀 피워도 되겠습니까?"

"으응, 그래. 피우게."

부장은 고급 담배인 마에몬(前門)을 담아놓은 큰 상자를 열어서 가지 쪽으로 내밀었다.

"자네가 썼으니까 자신도 있겠지?"

가지는 이야기의 의미를 모르겠다는 듯 멍한 표정을 지었다.

부장은 연보랏빛 연기를 조심스럽게 뿜어내고 있는 젊은 직원을 평가하고 있었다. 이 녀석은 온순한 것 같지만 고집이 센 녀석이야. 체격도 좋아. 쓸모가 있을지도 모르겠어.

"어떤가, 자네를 조사부에서 내 밑으로 데리고 와 라오후링에 보낼까 하는데."

라오후링은 고품질의 자철磁鐵 광산이다. 광부가 1만 명이나 있지만 출광 성적이 나쁜 것은 광부의 취로율이 낮기 때문이라고 한다. 부광富鑛의 생산이 뜻대로 되지 않으면 용광로는 그만큼 빈광을 여분으로 잡아먹어야 한다. 따라서 출선량이 줄어든다. 그러니까 그 죄는 라오후링의 노무계가 져야 하는 부분이 꽤 많다는 것이 된다.

"100킬로미터나 떨어진 황량한 산속으로 들어가는 것이 싫은가?"

가지는 무엇보다도 먼저 미치코를 100킬로미터 저편에 놓아보았다. 그것은 서로가 더 이상 존재하지 않는 것과 같았다. 만나지 못하게 된다. 목소리도 들을 수 없게 된다.

가는 거예요? 그래, 난 갈지도 몰라. 미치코의 촉촉이 젖은 검은 눈동자. 그 눈동자가 가지의 가슴속에서 기어오른다. 꼭 가야 돼요? 제가 울어도 갈 거예요? 가지는 미치코를 달래려고 얼굴을 가까이 가져가 그녀의 머리 냄새를 맡는다. 미치코는 늘 좋은 냄새가 났다. 독신사원 기숙사에서 출근시간이 다 되도록 자다가 눈을 뜨면 꼭 떠오르는 것이 그 냄새다. 아니야, 난 안 갈래!

가지는 크게 숨을 들이마셨다. 미치코의 냄새는 나지 않았다. 그녀와는 사흘이나 얘기를 하지 못했다.

"라오후링의 노무주임이 오랫동안 병중에 있네."

부장이 말했다.

"그렇다고 바로 다른 주임을 보낼 수도 없는 노릇이고. 그곳엔 오키시마라고 자네보다 대여섯 살 많은 자가 있는데, 그가 대신 하고 있네.

꽤 노련한 베테랑이고 중국어도 잘하는 모양이야. 그런데 경력이 들쑥날쑥해서 그런지 업무 능력이 아무래도 떨어지는가 봐. 이게 유능한 파트너를 필요로 하는 이유일세."

가지가 고개를 끄덕이자 부장은 그가 이미 가기로 결정했다는 듯 말했다.

"자네의 경력에도 절대 불리한 일은 아닐세. 내가 기대가 크니까 자네에 대해선 내가 책임지겠네."

가지는 기분이 조금 좋았다. 평사원이 부장에게 발탁된다는 것은 대기업에서는 그리 흔한 일이 아니다. 하지만 미치코는 만날 수 없게 된다. 산에 들어갔다가 바로 군대에 끌려가기라도 하면 영원히 만날 수 없게 될지도 모른다.

그러나 동시에 힘에 부칠 정도로 큰 일을 맡아보고 싶은 야심도 소용돌이치기 시작했다. 가지는 방금 전에 본 오니시의 얼굴을 떠올렸다. 그놈의 낯짝을 보지 않아도 되는 것은 감사한 일이다. 하지만 그놈에게서 도망치고 싶지는 않았다. 그 자식이 찍소리도 못할 정도로 일로서 괴롭혀주고 싶었다. 업무 성과가 좋지 않으면 이렇게 말해주는 것이다. 오니시 군, 자기 일을 하는 것이 산시에서 노파를 쏴 죽이는 것보다도 힘든가 보군. 자넨 날 비국민이라고 욕할 정도로 애국자가 아닌가. 그런데 자네는 왜 그 따위로 일하지? ……가지는 짜증이 나기 시작했다. 비국민이 능숙하게 일하고 성실한데, 애국자가 졸렬하고 성실하지 못하다는 것은 비국민이라고 욕할 수 있는 명예를 더럽히는 것이 아닌가.

부장은 가지의 반응이 뜨뜻미지근하자 약간은 기분이 상했다.

"억지로 가라고 하지는 않겠네만, 자네도 탁상공론가로 인생을 끝내고 싶지는 않겠지?"

"물론입니다."

"자네가 여기에 쓴 것처럼 현장에 가서 해보겠다는 결심을 한다면 난 자네가 마음 놓고 일할 수 있도록 소집면제 신청을 할 생각이네."

가지는 그 말에 자기도 모르게 긴장했다. 그 말을 다시 한 번 듣고 싶었다.

소집면제!

달콤한 미끼였다. 68킬로그램짜리 남자를 낚기에 충분한 매력이 있었다. 당치도 않은 종이 한 장에 장정들이 매일 줄줄이 끌려가고 있다. 내일은 가게야마가 간다. 모레는 자신이 갈지도 모른다. 가지는 잠깐 사이에 미치코를 수십 번이나 생각했다. 그때마다 그녀의 검은 눈동자가 기뻐서 어쩔 줄 모르며 반짝였다.

결혼할 수 있겠군요! 잘됐어요. 아아, 너무 기뻐요. 정말 잘됐어요. 하겠다고 하세요! 제가 맡겠습니다, 라고요! 함께 갈게요. 아무리 깊은 산속이라도 함께 가겠어요!

"어쩔 텐가?"

"오늘 하루 생각할 시간을 좀 주십시오. 내일 말씀드리겠습니다."

"허어, 참!"

부장은 탄성 비슷한 소리를 내뱉었다. 이 정도로 특전을 줬는데도 또 뭐가 부족한가? 라고 묻는 것처럼.

"……솔직히 말해서 전 소집면제라는 말에 지금 몹시 흔들리고 있습니다."

가지가 말했다.

"하지만 그걸로 될지 어떨지는……."

5

"그거면 되지 않을까?"

가볍게 말하는 가게야마의 목소리가 어슴푸레한 불빛의 칸막이 자리 안에서 겨우 가지의 귀에 들어왔다.

카페 안은 자욱한 담배 연기 아래 시끄럽게 귀청을 때리는 음악소리와 여자들의 호들갑스러운 교성, 남자들의 거친 숨소리가 뒤섞여 터져 나갈 것 같았다. 가지는 가게야마 쪽으로 귀를 가까이 가져갔다.

"행운의 여신이 손짓하고 있는데, 가지 않겠다는 건 말이 안 돼."

"행운인지 어떤지도 모르겠어. 유혹인 건 틀림없지만."

스탠드 쪽에서는 만주인 낭인으로 보이는 사내가 여급의 가는 허리를 끌어안고 큰 소리로 떠들고 있었다.

"어이, 이 가시나야! 내가 너한테 홀딱 빠졌다. 정말 기분 좋구나."

여자는 남자가 목덜미에 수염 난 얼굴을 비벼대자 비명을 지르며 벽쪽으로 도망쳤다. 벽에는 벽보가 붙어 있었다.

'성전완수聖戰完遂'

'기무운장구祈武運長久'

'축황군대승리祝皇軍大勝利'

'견적필살見敵必殺의 정신精神'

'1억총궐기一億總蹶起'

카페도 전쟁에 이처럼 협력하고 있다는 증거다.

가지는 위스키를 홀짝이고 머리카락을 싹 밀어버린 가게야마를 새삼 보았다.

"나 혼자만 안전지대에 있으면 아무래도 무감각해질 것 같아. 전쟁이 도대체 어디에서 부는 바람이냐 하고 말이야. 군대에 가고 싶지 않다는 마음은 지극히 개인적인 욕망에 따른 것이야, 내 경우엔."

"소집면제는 너만 되는 게 아니야. 몇 명, 아니 몇 십 명이나 있어. 인사과 직원들은 자기들 마음대로 주무를 수 있으니까 다 면제야. 넌 고마워할 필요도, 부끄러워할 필요도 없어."

가지는 애매하게 고개를 끄덕였다.

스탠드에서 여자가 만주인 낭인에게 젖가슴을 잡히자 비명을 지르며 가지가 있는 칸막이 자리로 도망쳐 들어왔다. 젖가슴과 엉덩이는 나무랄 데 없이 잘 발달되어 있었지만 얼굴은 아직 앳돼 보였다. 만주인 낭인은 도망친 여자를 쫓아오지도 않고 큰 입을 벌린 채 웃으면서 충혈된 눈으로 다른 여자를 물색하고 있었다.

가게야마는 여자를 무릎 위에 앉히고 재미있다는 듯 희롱했지만 그의 그늘진 얼굴은 쓸쓸해 보였다.

'오늘 밤뿐인 생명을 즐기고 싶겠지.'

가지는 그렇게 생각했다. 가게야마와 여자를 남겨두고 그는 가야 할지도 몰랐다.

가게야마가 말했다.

"넌 미치코 씨를 데리고 라오후링으로 가."

그러자 여자가 말참견을 했다.

"이분 애인이 미치코 씨예요? 예뻐요?"

"미인이지. 이 남자한테는 세상에서 제일 예쁜 사람이야."

가지는 웃을 수 없었다.

"생각 중이네."

말투가 여전히 심각하다.

"내가 말하는 건 말이야, 소집면제가 되는 조건과 맞바꿔 라오후링의 노무관리를 맡으려고 한다는 마음의 자세야."

"그거 나쁜 버릇이야. 꼭 그렇게 심각하게 생각해야 돼?"

"그렇게 말하지 마."

가지의 얼굴은 더욱 심각해졌다.

"부장이란 놈은 내 보고서의 사상과 현실 문제 사이의 모순을 찔러 보고는 어느 정도 내가 완충기로서 도움이 된다고 본 거야. 양치기가 양을 키우는 데 개를 이용하는 것과 같은 거지. 내가 라오후링의 1만 명에 달하는 광부들에게 뭘 해줄 수 있다고 소집면제라는 특혜를 받는단 말이야?"

"센티멘털 휴머니스트의 견본이야, 넌."

가게야마가 웃으며 말하고 여자를 무릎에서 내렸다.

"난 널 안아주고 싶지만, 이 친구와 할 얘기가 있으니까 끝나고 나면 와라."

가게야마가 엉덩이를 툭 치자 여자는 가지를 원망하듯 쳐다보고는 다른 데로 갔다.

"전쟁을 하고 있는 국민 중에서 전쟁에 반대할 수 있는 입장이라는 것은 한 가지밖에 없어."

가게야마가 말했다.

"감옥에 갇혀서 필시 종신형을 사는 입장뿐일 거야. 그 입장을 받아들일 용기가 나도 그렇지만 너한테도 없었어. 안 그래?"

"없었지."

부정할 여지가 없는 사실이었다. 위험을 무릅쓰고 자신의 사상에 따라 산다는 것은 정말 훌륭한 일이다. 그 훌륭함을 갖출 용기가 확실히 없었다.

"두 명의 양심적인 학생이 있었다고 하세. 모든 것이 군국주의 성향을 보이는, 단발령까지 내리는 바보 같은 학교에서 계몽활동이라든가 반전운동에 팔딱팔딱 뛰는 열정을 쏟는 학생 말이야. 그런데 그들이

운동을 시작하자마자 특고(특별고등경찰의 준말. 일본의 구제도하에서 정치, 사상 관계 담당 경찰-옮긴이) 1과에 끌려가서 갖은 고문을 당하고 여기저기 끌려 다닌 끝에 불기소 처분으로 석방되었네. 그 두 사람은 그 후에 어떻게 되었을까? 침략전쟁에 적어도 총포를 메고 참가하는 것만은 피하고 싶다고 심각하게 생각했지. 학교를 졸업하자 외국에 나가면 입영을 면할 확률이 높다는 걸 알고 바다를 건너와서 먹고살고 있는 곳이 바로 이 거대한 중공업지대야. 여긴 일본 제국주의의 아성 중에서도 맹자猛者로 꼽히는 곳이야. 별거 아니라고. 반전사상의 청년투사가 변절하여 살인마 장사꾼의 주구가 된 셈이지. 난 방탕하게 살면서 엉터리가 되어버린 내 자신을 용인했네."

가게야마는 껄껄 웃었다.

"안 그래? 오늘 밤 난 아까 그 여자랑 잘 게 틀림없어. 그런 방탕한 생활의 결과가 총알받이 소모품으로 내일 끌려가게 된 거야. 넌 찰떡처럼 책상에 착 달라붙어서 우수한 사원, 그래, 네가 그렇게 듣기를 좋아하든 싫어하든 상관없이 넌 성실하고 우수한 사원이 되었어. 그 결과가 소집면제라는 미끼야. 이제 와서 그 성실함과 우수함이 인정받은 것을 후회하는 건 우습지 않을까?"

"우습지, 우습고말고."

가지는 씁쓸한 생각에 잠겼다.

"둘 다 충분히 타락한 셈이군."

성실하고 올바르게 산다는 것은 단순히 부지런하게 산다는 것은 아

넌 모양이다. 지난 4년 동안 가지는 '찰떡'이 되어 살아왔다. 그것은 마치 과거의 잘못을 뉘우친 사람과 같은 태도였다. 다른 사람들에겐 그렇게 보였음이 틀림없다. 실제로는 자신의 무기력함을 숨기는 데 그것이 가장 손쉬운 방법이었던 것이다.

복잡한 생각은 다 집어치우고 가지도 여자와 자고 싶어졌다. 가능하면 미치코와. 하지만 오늘 밤 같은 가지라면 미치코가 거부할지도 모른다고 생각했다.

가게야마는 잔을 비우고 스탠드 쪽에 대고 소리를 질렀다.

"여기 위스키 가져와. 더블로!"

스탠드에서는 만주인 낭인이 여자를 붙잡고 음탕한 작태를 보이고 있었다.

"야, 너 처녀 아니지? 이 엉덩이 모양 좀 봐라. 응? 몸매는 죽이는데! 사내가 없으면 잠도 못 잘걸? 그렇지? 오늘 밤은 내가 사랑해주마. 안심해. 진하게 사랑해줄 테니까. 진하게. 어때? 넌 날 어디에서 굴러온 개뼈다귀냐고 생각하겠지만, 이 거리의 수비대 대장이 내 후배야. 내가 원하면 이 마을에서 얻을 수 없는 게 없어. 어때. 알겠어? 내가 만주를 다스려온 게 벌써 20년이야. 관동군이. 만약 나의 헌책獻策을 받아들였다면 노몬한(1939년 만주와 몽골의 국경지대인 노몬한에서 일어난 일본군과 몽골·소련군 간의 대규모 충돌사건. 소련이 기계화 부대를 투입해 일본군을 전멸시킴 – 옮긴이)의 고배는 마시지 않았을 거다. 어때, 알겠어?"

"알았어요, 나리의 위대함이야 알고말고요."

여자는 사내의 품안에서 발버둥 치며 소리를 질렀다.

"알았으면 내 말 들어."

사내는 여자를 끌어안고 느닷없이 치맛자락에 손을 넣었다. 여자의 고함 소리가 사내의 입에 막혔다. 몸부림치던 여자의 손이 올라가더니 사내의 뺨을 시원하게 후려갈겼다. 여자는 재빨리 도망쳐 나왔다. 사내는 갈라지는 목소리로 떠들썩하게 웃었다.

"점점 더 마음에 드는구나. 내 따귀는 관동군 사령관도 때릴 수 없어. 하하하, 마음에 들었어!"

사내는 말하고 나서 맥주잔의 맥주를 얼굴에 들이붓듯이 마셨다.

다른 손님들은 만주인 낭인만큼 어리석지도 호방하지도 못했다. 고작 칸막이 안에서 만주인 낭인의 방약무인함을 부러워하며 여자를 끌어안고 감촉을 즐기고 있거나, 뚝배기 깨지는 소리로 박자도 못 맞추면서 노래를 하고 있거나, 음탕한 농담을 여자의 귓속에 속삭이고 있는 게 다였다.

가지는 낭인이 희롱하던 여자를 보고 미치코를 떠올렸다. 음란한 생각은 한번 마음을 허락하면 곧장 마음을 점령해버린다. 낭인이 여자에게 한 짓을 가지가 미치코에게 하지 않는다고는 단정할 수 없다. 그러면 미치코 역시 따귀를 날릴까? 반전사상이 투철하던 청년 투사는 살인자 장사꾼의 주구가 된 것이 다가 아니었다. 지금은 육욕의 노예로 타락하기까지 했다.

가지는 눈을 딴 데로 돌리다가 막연하게 벽에 붙은 벽보에서 시선을 멈췄다.

'기무운장구'

잠시 동안은 글자가 의식의 형태를 갖추지 못했다. 마음이 단어를 정돈한 것은 만주인 낭인의 야비한 웃음소리가 멎은 뒤였다.

"이제 너와 난 다시는 만날 수 없을지도 모르겠다. 무운장구라도 빌어줄까?"

가지는 가게야마의 파란 면도자국을 바라보았다.

"우린 둘 다 타락했네. 확실하게. 꼭 시대의 타락과 같은 템포로 말이야. 그러나 어딘가에선 이 녀석을 멈춰 세워야만 해."

"됐어 그만, 문학 놀음은 집어치워! 전쟁을 사실로 시인해버린 인간이란 건 도대체 뭔가? 응?"

가게야마가 몇 잔째인지 모를 위스키를 단숨에 마셨다.

"넌 아까 양치기 개라고 했어. 개란 말이야. 그런 거라고. 개면 됐지 뭐. 개라는 걸 자인하고 다시 시작해. 너한테는 그럴 시간이 충분해. 영리한 개는 양떼를 목초가 풍족한 지대로 이끌기 때문에 양에게 크게 감사를 받을 수도 있어. 가지, 이거 한번 해볼 만한 일이라는 생각 안 드나?"

"만약 목초가 풍족한 지대가 있다면 그렇겠지."

가지가 중얼거렸다.

가게야마가 일어서서 아까 그 여자를 찾아 손가락으로 불렀다. 여자가 다가왔다. 가게야마가 메마른 목소리로 말했다.

"가지, 날 혼자 있게 해줘. 석별의 정은 한이 없지만 말이야. 이승의 추억거리로 나는 다시 한 번 내가 나온 고향을 방문하고 싶어졌네."

6

누가 이름을 부르는 것 같았다. 꿈을 꾸고 있었다. 꿈속에서였나? 미치코는 눈을 떴다가 다시 감았다. 무서운 꿈과 달콤한 꿈이 뒤섞여 있었던 것 같다.

야스코가 가지를 데리고 방으로 들어왔다.

"미치코, 가지 씨를 꽉 잡아. 놓치면 안 돼. 어떤 일이 있어도 착 달라붙어 있어."

야스코는 짓궂게 웃으면서 미치코의 가슴을 손가락으로 콕 찌르고 나갔다.

"얼마나 기다렸다고요!"

그렇게 말했던 것 같다. 가지는 아무 말도 하지 않고 미치코를 끌어안았고, 여기에, 이 이불 위에 두 사람이 부둥켜안은 채 쓰러졌다. 그래, 그 감촉이 생생하게 남아 있다. 그게 어느새 그렇게 되었는지, 그 벽걸이 접시의 그림처럼 두 사람은 알몸이 된 채 의자에 앉은 남자의 무릎에 여자가 안겨 착 달라붙어 있다. 감각이 마비되어간다. 아무리 꼭 안겨도 아직 부족하다. 좀 더 세게! 좀 더! 그렇게 하고 있으니 가장 확실해야 할 촉감조차 잃어간다.

"안아줘요! 좀 더 세게! 좀 더!"

부끄러운 줄도 모르고 그렇게 말한 것 같다. 가지의 포옹은 더욱 격렬해졌고 뜨거워졌다. 말을 나누는 건 무용지물이다. 이렇게 하고 있으면 다 안다. 이것이 애태우며 기다리던 그 순간이다. 두 몸이 하나의 생명체로 뭉쳐진다.

문이 소리도 없이 열렸다. 복도 끝에 알전구의 누런빛이 희뿌여니 빛나고 있다. 방에 모르는 사내 몇 명이 들어왔다. 그중 한 사내가 가지에게 무언가를 건넸다. 알몸으로 가지의 품에 안겨 행복해하던 미치코는 어찌 된 일인지 그게 빨간딱지라는 것을 알고 있었다. 그래도 두 사람은 포옹을 풀지 않았다. 갈 필요 없어! 두 사람은 서로 상대방만의 소유물이다. 다른 누구의 것도 아니다. 이대로 이렇게 하고 있는 것이다. 언제까지나! 빨간딱지 같은 건 거부해버리는 거다. 그래! 그런 거다! 누가 간다고 그래?

그런데 가지는 어느새 포옹을 풀고 수많은 군인들의 총검에 둘러싸여 사라지듯 나간다. 미치코는 가지의 뒤를 쫓아 필사적으로 뛰어 나가려고 한다. 아무리 발버둥 쳐도 다리가 한 발짝도 움직이지 않는다. 미친 듯이 소리를 질러도 목소리가 목구멍에 착 달라붙어 있다…….

"미치코."

야스코의 목소리에 미치코는 눈을 떴다. 방은 어슴푸레하게 밝았다. 창에서 새벽녘의 달빛이 스며들고 있었다. 옆에 있는 이불 위에 야스코가 일어나 앉아 있었다.

"누가 부르지 않았니?"

"미치코 씨."

남자의 굵은 목소리가 밖에서 2층 창문으로 들려왔다.

"가지 씨 아니니?"

야스코의 말보다 먼저 미치코는 벌떡 일어나 작은 창문을 열었다.

여직원 기숙사 '백란장'의 울타리 근처에 창백한 달빛을 받아 도드라진 남자가 서 있었다. 얼어붙은 눈을 밟는 소리가 저벅저벅 들렸다. 가지는 아니었다.

"미치코 씨, 다음에 가지를 만났을 때 녀석이 청혼하지 않으면 한 대 갈겨줘요. 두들겨 패주라고요."

미치코는 작은 창문으로 얼굴을 내밀고 떨었다. 비단 뼛속까지 스며드는 만주의 3월 동트기 전 추위 때문만은 아니었다.

"그 녀석은 당신한테 홀딱 빠져 있어요."

가게야마의 목소리가 창백한 달빛 아래에서 쩽하게 울려 퍼졌다.

"인간은 누구나 행복해질 권리가 있어요. 그런데 그 행복이란 놈이 쉽게 굴러들어오지 않는단 말이죠. 그러니까 왔을 때 놓치면 안 돼요. 꽉 움켜쥐어야죠. 다른 누구에게 양보할 필요도 없어요. 전쟁은 개뿔. 그 자식은 지금쯤 당신의 환상을 끌어안고 자고 있을 거예요. 당신이 잡아줘요."

미치코는 고개를 끄덕였다. 기뻤다. 또 참을 수 없이 슬펐다.

"난 인사를 하지 못하고 가니까 가지에게 안부 잘 전해주세요."

미치코의 대답도 기다리지 않고 가게야마는 울타리를 벗어나 달빛을 희미하게 반사하고 있는 길을 따라 멀어져갔다. 이 길을 그가 다시 밟을 수 있을지 없을지는 알 수 없다. 그 감상을 음미하려는 듯 가게야마의 발은 얼어붙은 대지를 천천히 지르밟으며 나아갔다.

미치코는 작은 창문을 닫고 그 유리에 피어 있는 얼음 꽃에 이마를 대고 소란스럽게 흔들리는 마음, 시끄러운 핏소리에 귀를 기울이고 있었다.

7

정서(淨書)한 복사본을 들고 조사부에 갔던 다마요가 그곳 서무계 여직원에게서 가지가 채광부로 옮겨 라오후링인지 어딘지 산골짜기 광산으로 갈 것 같다는 소식을 갖고 돌아왔다. 이 소식은 미치코를 녹다운시켰다.

타이프라이터 앞에 꼼짝 않고 앉아 있는 미치코의 얼굴에서 핏기가 싹 가시는 것을 야스코가 보고 있었다.

"몰랐니?"

미치코는 핏기를 잃은 입술을 깨물고 고개만 끄덕였다.

가게야마가 새벽녘에 창가로 오고 나서 닷새가 지났다. 합해서 여드레 동안이나 가지와 대화를 나누지 못했다. 고집 부릴 생각은 없었지만, 역시 마음에 걸렸던 모양이다.

점심시간에 회사 앞 광장에서 배구를 하고 있는 그를 보면 한시도 눈을 떼지 못하고 바라보았다. 그가 뛰어올라 깨끗하게 스파이크를 꽂아 넣기라도 하면 자기도 모르게 박수를 칠 뻔했다. 그러면서도 말을 거는 건 주저했다.

내가 토라졌기 때문에 그가 화가 나서 내게 아무 말도 하지 않는 것이다.

"네가 외로워할까 봐 상의하지 못했을 거야, 분명히."

야스코가 위로했다.

그게 말이 돼? 중요한 일을 서로에게 이야기하지 않다니, 그런 연인이 어딨어? 미치코는 도저히 이해하지 못하겠다는 듯 크게 고개를 가로저었다.

"더 좋게 된 거잖아, 이 바보야."

야스코가 나지막한 목소리로 날카롭게 말했다.

"어째서 기뻐해주지 못하는 거니?"

미치코는 허를 찔린 듯 창백한 얼굴을 들었다.

"만나서 보여줘. 네가 기뻐하는 모습을."

이번엔 피가 얼굴로 거슬러 올라왔다.

올드미스가 일어서서 의미심장한 표정으로 실내를 한 바퀴 돌기 시작했다. 이것은 그녀가 볼일이 있거나 어떤 이유로든 자리를 비울 때마다 하는 버릇이다. 미치코는 타이프라이터의 종이를 갈아 끼우면서 기다렸다. 아니나 다를까 올드미스는 실내에 자신의 위엄을 남겨놓듯 주의 깊게 살펴본 뒤 나갔다.

미치코는 올드미스의 책상으로 뛰어가 가지에게 전화를 걸었다.

"만나고 싶어요……."

8

퇴근할 때면 회사 앞 광장은 무리를 지어 버스를 기다리는 사람들의 행렬로 꽉 찬다.

미치코는 그 행렬 속에서 가지를 기다렸다. 업무 시간이 끝났음을 알리는 벨이 울리자마자 타이핑실에서 뛰어나와 역시 계단도 뛰어 내려왔지만 벌써 어느 줄이나 많은 사람들이 늘어서 있었다. 버스는 연달아 왔지만 가지는 좀처럼 나오지 않았다. 미치코는 버스가 올 때마다 뒷사람에게 순서를 양보했다.

어두워졌다. 거의 모든 줄이 어느새 끝을 보이고 있었다. 가지가 있는 조사부 창은 여전히 불빛이 켜져 있었다. 미치코는 울고 싶을 정도로 화가 나서 몇 번이나 뛰어 올라가려고 했다. 그러기를 몇 번째였을까, 현관의 휘황한 불빛 아래에 마침내 가지가 나타났다. 미치코는 뛰어갔다.

"미안."

가지가 8일 만에 이를 보이며 웃었다.

"정리할 것도 있고, 인계도 해야 해서 시간이 없었어. 벨이 울리자마자 전화했는데."

"걸어요."

미치코가 먼저 걷기 시작했다.

8일 전의 깨끗한 솜뭉치 같던 눈은 그늘에선 매연을 뒤집어쓴 채 검게 굳어 있었고, 햇볕이 닿는 곳에서는 녹아서 흙탕물이 되어 있었다. 그것도 저녁때부터 조금씩 얼기 시작했다.

"가기로 결정했군요?"

미치코는 가지를 보지 않고 말했다. 원망하는 듯한 표정을 보여주고 싶지 않은 탓도 있고, 응 결정했어, 라고 냉정하게 대답하는 말을 듣게 되면 틀림없이 슬퍼서 견딜 수 없을 것 같았기 때문이다.

"……의논도 없이, 미안해."

가지는 한 걸음 한 걸음 신중하게 내디디면서 말했다.

"괜찮아요."

미치코는 눈꺼풀 안쪽에 이미 맺히기 시작한 눈물을 간신히 참았다.

"당신한테 축하한다고 해야 되겠지요?"

"이게 축하받을 일인지 어떤지 모르겠지만……."

가지의 말이 끊겼다.

"그래서요?"

"잠깐만. 이제 말할 테니까."

가지는 몇 걸음 더 걸었다.

"라오후링에는 만주인 마을밖에 없어. 그리고 철광석과 광부 숙소뿐이야."

가지가 주저하며 말했다.

"그러니까 그런 곳엘 당신한테 같이 가자고 하기가 어려웠어."

미치코는 순간 다리가 마비되는 것 같았다. 공교롭게도 빈 버스가 돌아와서 두 사람에게 흙탕물을 튀기고 가 버렸다.

"지금 뭐라고 했죠?"

"이런 망할 놈의 버스가."

가지는 장갑을 벗어 미치코의 뺨에 튄 흙탕물을 닦아주었다.

"다시 한 번 말해봐요."

"함께 가 주지 않을래?"

미치코는 떨리는 손으로 가지의 옷소매를 잡았다.

"가고말고요!"

말하면서 잡은 옷소매를 힘껏 흔들었다.

"가 주지 않겠냐니요! 제가 왜……."

"잘 생각해봐."

가지가 말했다.

"잘 생각해봐야 해. 난 좀 이상해졌으니까."

"생각하지 않을 거예요. 생각은 이미 충분히 했어요! 믿을 수 없어요! 8일 전에 그런 말을 했던 당신이……."

"잠깐만 기다려. 잘 생각해봐, 응? 내가 지금부터 말하는 걸 잘 듣고, 당신 자신의 머리로 판단하고, 그러고 나서 결정해줘. 응?"

"글쎄, 이미 결정했다니까요!"

"정말이야. 심사숙고해야 할 일이라고……."

가지는 약간 구부정한 자세로 걷기 시작했다.

"난 채광부장과 거랠 했어. 부장은 날 양치기 개로 키우기 위해 소집 면제라는 미끼를 주었어."

"면제라고요?"

미치코의 목소리가 자기도 모르게 들떴다.

"그게 정말이에요? 정말로 군대에 가지 않아도 돼요?"

가지가 고개를 끄덕였다.

"잘됐어요!"

미치코의 속눈썹에 이슬이 맺혀 반짝이고 있었다.

"정말 잘됐어요!"

"기뻐?"

"그야……."

미치코가 가지의 품에 안겼다.

"당연하죠!"

"당신이 그렇게 기뻐해주니까……."

가지는 모호하게 웃었다.

"나도 기뻐."

"당신 이상해요, 왜 그래요?"

"실은……."

가지는 마음 편히 이야기할 만한 곳이 어디 없을까 하고 주위를 둘러보았지만, 가게가 있는 상점가는 아직 멀었다.

"내가 말이야, 내 보고서를, 다시 말해서 내가 가진 사상의 한 조각을 팔아서 당신과의 결혼을 사게 된 거야. 부장에게 난 한심하게도 이런 다짐까지 두었어. 라오후링의 노무관리 책임을 맡으면 틀림없이 소집면제를 받을 수 있는 거죠? 신청은 해보지만 면제 허가가 나지 않는 경우는 없습니까? 라고 말이야."

"그랬더니요?"

"그랬더니, 왜 그렇게 의심하는 것이냐고 하기에 내 결정에 두 사람이 행복해지느냐 불행해지느냐가 달려 있다고 했지."

"그랬더니요?"

"결혼하나? 라며 웃더군. 그러더니 자기가 책임지고 소집면제를 선물로 주겠다고 했어."

"아아, 저 꼭 수명이 길어진 것 같아요!"

미치코는 달콤한 술에 취한 듯한 눈으로 가지를 올려다보며 매달리듯 걸었다.

"그런데 문제는 아무래도 이 안에 있는 것 같아."

가지가 한 걸음 한 걸음 신중하게 걸으며 말했다.

"우선 첫째, 군대에 끌려갈 걱정 없이 당신과 결혼하고 싶어서 광산에 들어가 일할 마음이 생겼다는 거야. 부장은 내가 양치기 개로서 도움이 된다고 봤기 때문에 소집면제라는 미끼를 준 거고. 그걸 난 어떻게 받아들이면 될까? 가게야마는 개가 되어 받아들이라고 했어. 그 녀석이 무슨 말을 하는지는 알아. 이제 와서 고결한 사상가인 척하지 말고 월급으로 사육된 개처럼 살라는 말이니까. 그건 그렇지만, 그런데 만약 이것이 식민지라는 특수조건하에서 민족적인 문제까지 포함해서 말이야, 광부 관리라는 일을 하면서 내 사상이라든가 감정이 옳다는 것을 관철시키기 위해 받아들인 것이라면 난 엄청 으스대겠지. 망설일 필요도 전혀 없었어. 하지만 결혼하기 위해서라는 건…… 아 미안, 그렇다고 내가 당신과의 결혼을 가볍게 보고 하는 말은 절대로 아니야……."

가지는 당황하며 미치코의 안색을 살폈다.

"알아요. 괜찮아요. 걱정하지 말아요."

미치코가 미소를 지었다.

"참고 들어줘. 그 다음은 이거야. 군대에 가지 않아도 된다는 것으로 나의 반전주의 성향을 편하게 해주자. 혹은 편해진 것처럼 생각하는 거야. 후방에서는 말이지, 아무리 시끄러운 세상이라도 말하고 싶으면 얼마든지 말할 수 있어. 군대에 들어갔다면 반전이란 말은 입 밖으로 꺼낼 용기도 없는 주제에 후방에 있으면 가끔 큰 소리도 쳐보고 싶어지게 되지. 소집면제가 되면 난 군대에 가지 않는다는 안도감이 있으니까 한결 더 반전사상가인 체하며 왈가왈부 떠들면서 돌아다닐 거야. 그게 얼마나 진실할까? ……하지만……."

가지는 우물거렸다.

"왜 그래요?"

"당신이 나빠."

"어째서요?"

미치코가 눈을 동그랗게 뜨며 말했다.

"나쁜 사람이야. 내가 생각의 실마리를 더듬어 찾아가면 언제나 그 끝을 당신이 쥐고는 이리로 오라고 해."

"그야 뭐."

두 사람은 몸을 부딪쳐가면서 웃었다.

"그런 거야. 그런데 그것도 생각해보면 수상하단 말이야. 두 사람이 그렇게 사랑한다면 당신도 얘기한 것처럼 온갖 고난을 물리치고 결혼하면 되잖아? 그걸 나는 오늘까지 하겠다는 결심을 할 수 없었어. 그 결심을 난 우연에 의지했어. 그런 거야. 생각하고 또 생각한 끝에 결혼의 정당성이랄까 타당성이랄까, 그런 걸 믿은 것도 아니고, 어쩔 수 없이 정열이 이끄는 대로 맡겨버린 것도 아니야. 가게야마가 뭐라고 했더라? 그래, 미래를 무조건 믿는 서민적인 에너지라고 했어. 그걸 내가 적어도 내 안에서 확신할 수만 있다면……."

가지는 가게야마가 아내의 뱃속에 생명의 한 방울을 쏴서 명중시키고, 그런 형태로 미래를 낙관한다고 말한 그 마음가짐이 부러웠다.

"아무래도 나에겐 철저하지 못한 면이 있는 것 같아. 소집이 되든, 무슨 일이 일어나든, 반드시 내 힘으로 행복을 완성시키겠다는 확신을 갖지 못한 상태에서 소집면제가 되었다, 그러니 당신이랑 결혼할 수 있게 되었다, 그러니 빨리 결혼하자, 이런 사고방식을 갖고 있는 거야. 그렇다고 해서 난 이 우연한 선물을 반성하거나 거부하고 싶지도 않아. 탐닉하고 있었어. 이런 철저하지 못한 면이야말로 사기가 아닐까? 불결할지도 모르겠어. 속물근성이 그대로 드러난 셈이지."

미치코는 가지의 무언가에 의지하는 듯한 눈빛을 처음 보았다. 그것은 미치코의 마음속에 깊숙이 스며들었다.

"왜 그렇게 자신에게 상처를 주죠? 피가 나겠어요!"

"……나면 좋지."

가지의 얼굴은 길 잃은 어린아이처럼 보였다.

"굶주려 있었으니 미끼를 보고 냉큼 문 거지. 그 속에 낚싯바늘이 들어 있다는데도 말이야."

"하지만 어느 것에나 낚싯바늘이 들어 있지 않나요? 월급에도, 보너스에도, 그렇죠? 괜찮아요. 들어 있건 말건. 먹을 만큼 먹고 잘 먹었습니다, 낚싯바늘은 돌려드릴게요. 그렇겐 안 될까요?"

미치코는 생기에 차 있었다. 말투까지 통통 튀며 춤을 추는 것 같다. 가지는 미치코의 탄력 넘치는 생기발랄한 모습에 이끌려 가슴속에 뭉쳐 있던 덩어리가 풀리는 것을 느꼈다.

"오늘이 아무리 어둡고 캄캄해도 내일은 환하게 밝을지도 몰라요.

결혼은 희망이에요. 하나의 커다란 희망. 그렇죠? 전 말이죠, 늘 생각하고 있었어요. 만약 당신이 군대에 끌려가게 되면······."

말이 끊기고 미치코의 얼굴이 빨개졌다.

"······끌려가게 되면, 무슨 일이 있어도 당신 아이부터 낳자고."

부끄러워하면서도 반짝반짝 빛나는 여자의 눈동자가 대담하게 남자를 올려다보고 있었다.

"당치도 않지요?"

"아니."

가지는 걸음을 멈췄다.

"눈이 내리던 그날 당신이 말한 대로야. 난 겁쟁이이고 비겁했어."

미치코는 고개를 흔들었다.

"들어가요."

그리고 다방 쪽으로 가지의 팔을 끌었다.

"들어가서 둘 다 좀 진정해요."

두 사람은 들어갔다. 몇 무리의 손님은 있었지만, 안면이 있는 사람은 없었다. 감미로운 탱고가 흐르고 있었다. 두 사람은 마주 앉아서 서로 바라보며 조금도 진정하지 못했다.

"당신이 이겼어. 난 손 들었어."

가지가 쓸쓸하게 웃었다.

"당신이 없으면 살아 있다는 느낌조차 받지 못하는 정서적인 약점을 이제부터 난 기꺼이 온몸으로 흠뻑 받아들이게 될 것 같아."

미치코의 커피 잔을 잡은 손이 떨리며 접시가 달그락달그락 소리를 냈다.

"안 되겠어요! 진정되질 않아요."

미치코는 행복에 겨운 눈물을 참으며 말했다.

"진정시켜주세요."

미치코의 손이 가지를 찾았다.

"언제 가요?"

"다음 주."

"우린…… 언제?"

"오늘 밤이야, 당신만 싫지 않으면."

가지가 힘주어 말했다.

미치코의 눈동자 속에서 무지개 같은 여자의 생명이 요염하게 흔들렸다.

"좋아요!"

흥분한 나머지 한숨 같은 속삭임을 흘렸다. 눈을 감자 물방울 같은 눈물이 굴러떨어졌다.

미치코는 마침내 행복이 시작되었다고 생각했다. 냉정한 친척들의 반대를 물리치고 일본에서 단신으로 만주로 건너와서 외롭게 살아오던 젊은 여자가 겨우 자신의 손으로 행복을 움켜쥐었다고 믿은 것이다. 앞으로 새로운 삶이 시작된다. 마치 산소와 수소가 화합하여 산소도 수소도 아닌 물을 만드는 것처럼 두 사람이 둘이서 새로운 하나의 삶을 만들어간다.

"내일 회사에 가서 수속을 밟자. 그러고 나서 필요한 것들도 사고. 밥공기 두 개, 젓가락 두 벌, 접시 두 개, 그렇게 말이야."

가지가 웃었다.

"좋아요!"

미치코가 황홀한 표정으로 대답했다.

"아무것도 필요 없어요! 우린 전쟁에도, 그 어떤 일에도 헤어질 일은 없겠죠? 여러 가지로 감사해요."

가지는 커피를 마시려고 잔을 들었다. 이번엔 가지의 찻잔이 달그락달그락 소리를 냈다.

다방을 나왔을 때 미치코는 행복감에 취해 있었다.

"가슴이 터질 것 같아요. 왜 이러는 거죠?"

미치코는 말하고 나서 비둘기처럼 목구멍을 울리며 웃었다.

거리는 어두웠다. 남의 이목을 걱정할 필요는 없었다. 가지는 미치코를 끌어당겼고, 두 사람은 보조를 맞춰 가볍게 걸었다.

"너무나 잘됐어요. 이제 전 미망인이 될 걱정은 안 해도 되겠어요!"

"이거 너무 심한데? 내가 죽는 것보다 그게 더 중요했다는 거야?"

두 사람은 소리를 맞춰 정신없이 웃었다.

길모퉁이. 여기서부터는 길이 두 갈래로 나뉜다. 두 사람은 걸음을 멈췄다. 이제 두 사람의 길은 나뉘지 않을 것이다.

가구점 진열장에는 그날 그대로 벽걸이 접시가 있었다. 전라의 남녀는 여전히 꼭 끌어안고 있었다.

"이거 살까?"

가지가 진지한 표정으로 말했다.

미치코의 눈동자가 타올랐다.

"네, 사요!"

결혼을 축복하는 안성맞춤의 기념품이 될 것이다.

두 사람은 무거운 유리문을 밀고 나란히 들어갔다.

9

트럭을 타고 가는 이삿길이 신혼여행을 겸했다. 그날은 공교롭게도 몽고바람이 휘몰아치고 있었다. 중국인의 옛날 표현 중에 황진만장黃塵萬丈(하늘 높이 치솟는 누런빛의 흙먼지 – 옮긴이)이라고 있는데, 그 말이 규모가 작게 느껴질 정도다. 누런빛의 모래바람이 하늘 끝, 땅 끝까지 온통 뒤덮고 있다.

신혼부부에게 이 바람은 참 멋대가리 없는 선물이었다. 얼마 안 되는 가구를 싣고 그 위에 앉아 있는 가지와 미치코는 순식간에 누런 가루를 뒤집어쓴 것처럼 되었다. 가지는 하늘의 처사가 원망스러웠다. 신혼의 사내라면 누구나 신부에게 괴로운 생각은 절대 갖게 하지 말자고 생각하듯이 그도 그랬기 때문이다. 미치코는 그래도 만족스러워하고 있었다. 3년도 더 된 사랑이 마침내 결실을 맺은 것이다. 그녀는 사내의 품에 안겨 그의 옷깃 아래 얼굴을 묻고 앞으로 열어갈 생활을 설계하기에 여념이 없었다.

"도저히 달콤한 추억거리는 되지 못하겠군."

가지가 중얼거리자 미치코가 얼굴을 들고 물었다.

"뭐라고 하셨어요?"

"바람이 부네, 공교롭게도."

"좋아요."

미치코는 가지의 옷깃 아래에 얼굴을 비비면서 다시 말했다.

"전 이것도 좋은걸요."

멋졌다. 여느 신혼여행과는 완벽하게 다른 점이 있다. 그러니 여느 부부와는 완벽하게 다른 생활이 될 것이다. 근사하지 않은가.

"도착하면 바로 목욕부터 해요."

누런 흙먼지를 있는 대로 다 뒤집어쓰고 그것을 깨끗이 씻어낸다. 신혼생활의 시작으로 이 얼마나 특이하고 신선하단 말인가! 하려고 해서 할 수 있는 것이 아니다. 두 사람은 전쟁 때문에 헤어지지 않는다는 절대 보증을 받았다. 몽고바람이나마 맞지 않고는 너무 미안할 따름이다.

그래. 이렇게 행복해지는 거야. 그 외에는 없어.

마을을 몇 군데 지났다. 흙먼지가 몰아치는 평지를 가로질렀다. 두 사람이 둘만의 세계에 몰입하기 위해서는 모래먼지가 만든 연막도 도움이 된다. 멈출 줄 모르는 오랜 키스. 그렇지만 입 안이 잔모래로 지금

거리는 듯한 키스. 그것만이, 아니 그것과 두 사람 모두 옷을 입고 있다는 것이 그 진열장에 있던, 아니 지금은 짐 속에 소중히 보관되어 있는 벽걸이 접시의 포옹과 달랐다.

트럭은 적토(赤土)의 평지에서 산으로 들어서며 몹시 흔들리기 시작했다. 미치코는 가지의 품에 더욱 깊이 파고들었다. 나무랄 데 없는 신혼여행이 막바지를 향해 가고 있는 것이 아쉬울 뿐이었다.

산 중턱을 돌아 들어가자 바람이 산에 막혀 눈에 띄게 약해졌다. 가지는 포옹을 풀었다. 골짜기를 거의 다 매우고 있는 똑같은 규격의 붉은 벽돌집들이 눈 아래에 줄지어 있었다. 마치 네모난 뜰을 보는 것 같다. 1만 명이나 되는 광부가 그 속에 틀어박혀 혹사당하기 위해 살고, 일에 내몰리기 위해 잠을 자는 보금자리로는 보이지 않았다.

"드디어 도착했어요."

미치코가 바싹 붙어서 감격에 겨워하며 말했다.

"좋은 곳이네요. 조용하고. 이제 조금만 있으면 녹음이 아름답게 우거지겠죠?"

가지는 고개만 끄덕이고 묵묵히 내려다보고 있었다. 막연한 불안이, 이제부터 미지의 세계에 도전하려는 젊은 힘과 뒤엉켜 가지의 마음을 압박하기 시작했다. 오늘부터 저기에 사는 사람들 모두가 그와 밀접한 관계를 맺을 것이다.

트럭은 춤을 추면서 산길을 내려가 광부 마을의 변두리에 있는 네모난 광장에 멈췄다. '노무계 사무소(勞務計事務所)'라는 간판이 붙어 있는 벽

돌 건물 앞이었다.

　광장 한쪽 구석에 흰 나무 책상이 하나 나와 있고, 그 앞에 스무 명쯤 되는 얼굴과 복장이 모두 더러워질 대로 더러워진 만주인 사내들이 두 줄로 서 있었다. 건장한 체격의, 햇볕에 그을린 얼굴에 눈빛이 날카로운 한 사내가 줄 서 있는 사내들의 팔과 다리를 만져보며 가려내고 있었다. 책상 쪽으로 간 사내들은 광부로 채용되어 지문을 찍었다.

　눈빛이 날카로운 사내가 줄 끝에 서 있는 한 사내의 팔을 잡고 보더니 눈을 번뜩였다. 그는 그 사내의 손바닥을 펴게 하고 거기에 갑자기 침을 뱉고는 그 사내의 윗옷 자락으로 닦았다. 때가 거기만 닦여 나가고 푸른빛이 도는 피부가 드러났다. 노동과는 거리가 먼 손이다.

　"이 새끼가 누굴 장님으로 아나."

　사내는 그의 손을 난폭하게 내팽개치더니 줄 밖으로 쫓아냈다.

　"몰래 숨어 들어와서 특별 배급으로 아편을 타갈 생각이겠지만, 어림도 없다."

　가지는 트럭에서 뛰어내렸다. 그 사내는 가지를 보자 싱글거리면서 다가왔다.

　"본사에서 온 가지 군이오?"

　"그렇습니다."

　"난 오키시마일세. 이 새끼들 좀 봐. 이 근방에서 광부를 모집하면 말라비틀어진 오이 같은 놈들만 모여들어. 산둥山東 부근이면 몰라도 이 근방의 농촌에서 비집고 나온 놈들은 겨우 비집고 나오는 힘밖에 없는 모양이야."

"그렇습니까?"

오키시마는 큰 눈동자를 움직였다.

"오늘부터 자네와 난 짝패이니까 존댓말 같은 성가신 건 서로 생략하자고."

미치코가 조심조심 트럭에서 내려오는 것을 보자 오키시마는 굵은 팔을 뻗어 아무 거리낌 없이 안아 내렸다.

"용케도 이런 산골짜기까지 올 결심을 하셨군요. 가지 군과 함께라면 어떤 고난도 이겨낼 수 있다는 겁니까?"

미치코는 흙먼지를 뒤집어쓴 얼굴로 미소를 지어 보였다.

"……그렇지요. 잘 부탁드립니다."

오키시마는 담뱃진으로 더러워진 이를 드러내고 웃으면서 행복해 보이는 두 사람을 번갈아 보았다.

"난 부장 눈에 든 사람이 누군지 빨리 보고 싶었네. 어떤 사람을 보낼지 궁금하더군."

"그래서……?"

"이런 산골짜기에 설마 창백하고 머리만 큰 가분수를 보낼 것이라고는 생각하지 않았지만, 그래도 몸은 튼튼해 보이는군. 현역 입영을 어떻게 피했나?"

가지는 상대가 너무 허물없이 말해서 약간 당황했다.

"마침 검사 직전에 대장염을 심하게 앓는 바람에……."

"마침 말인가? 흔히 쓰는 방법이지만 성공한 놈은 드물지. 마침 잘 터진 셈이군."

오키시마는 말하고 나서 큰소리로 웃었다.

"이거 흥미가 생기는군. 산골짜기의 거친 사내들과 어떻게 지낼지 말이야. 자네 리포트는 읽어봤네. 〈식민지적 노무관리의 제문제〉라는 놈을 말이야. 그런데 적的이란 단어를 너무 많이 썼어. 산사람은 그런 학문적인 말투에 별로 익숙하지 못해. 자넬 학자가 되려다 만, 그런 놈쯤으로 생각할 거야. 산이란 곳은 변변치 못한 놈들이 모여드는 곳이니까. 자네와는 근본적으로 기질이 다른 놈이 많아."

"충고 고맙군."

그리고 가지는 소리 내어 웃었다.

"뭐가 우스운가?"

"아, 실례. 당신이 지금 적이란 단어를 쓰는 바람에……. 그래서 안심했어."

오키시마는 가지를 보았다가, 다시 미치코를 보고는 유쾌하다는 듯 웃었다.

"어쨌든 자네가 본사 책상 위에서 그걸 썼다니 용해. 문제의 핵심에 닿았다고 생각했네. 그래, 닿은 거지. 정확히 찌른 건 아닐지도 몰라."

"어떤 점에서?"

"그걸 알면 내가 쓰게?"

오키시마는 씨익 웃으며 어물쩍 넘어갔다.

사무소에서 노무계원 몇 명이 나와 오키시마의 지시로 트럭에 있는 짐을 옮기기 시작했다.

"난 부인을 사택으로 모시고 가서 짐부터 정리해놓을 테니, 그동안 자네는 소장님한테 가서 인사나 하고 오게. 저기야."

오키시마가 손가락으로 가리킨 정면의 산 어귀에 위압감을 주는 석조 건물의 사무소 본관이 있고, 그곳에 '라오후링 채광소'라고 쓰여 있는 것이 꽤 먼 거리에서도 또렷이 보였다.

10

구로키 소장은 잉크도 채 마르지 않은 생산일보의 붉은 글씨 부분만을 보고 내던졌다. 붉은 글씨는 출광 예정량에서 부족한 톤수와 탄광에 투입되는 광부의 부족한 인원수를 나타내고 있다. 이 일보가 소장의 손에 들어가고 나서 10분 이내에 기술주임과 현장감독이 작업 상황에 대해 보고하러 오지 않으면 이 160센티미터 남짓의 땅딸막하고 살찐 소장의 몸에서는 김이 피어오를 정도로 노기怒氣가 넘친다.

현장 책임자들은 대체로 변변치 못한 무능력자들뿐이다. 구로키는 늘 속으로 그렇게 생각하고 있다. 만약 자신과 똑같은 인물이 기술주임이나 현장감독, 노무관리자라면 라오후링은 매일 틀림없이 출광 예정량을 초과 달성하여 본사의 이사장이나 부장들이 일언반구의 불평도 하지 못하게 만들 것이다. 그뿐만 아니라 전력증강에 기여한 바가 지대하다는 이유로 군에서 감사장을 받아도 벌써 두세 번은 받았을 것이다.

"그런데 내가 받는 거라곤 독촉하는 잔소리뿐이야!"

그는 본사가 있는 시내 사택에 두고 온 아내와 어쩌다 하룻밤을 같이 보낼 때면 꼭 한번은 그렇게 말하지 않고는 견디질 못한다. 그의 부하들은 그가 화를 잘 내는 것이 아내와 별거하고 있어서 성적인 욕구가 억압되고 있기 때문이라고 쑥덕거린다.

그가 아내와 별거하고 있는 것은 중학교에 다니게 된 아이의 교육 때문이지만, 그는 그것을 생산의 '진두지휘'를 맡아 밤낮 가리지 않고, 따라서 아내를 신경 쓰지 않고 직무에 전념하기 위한 어쩔 수 없는 조치라고, 비장한 결심을 하듯 믿기 시작했다.

산에 있는 독신자 사원 기숙사의 방 하나를 소장용으로 개조하여 아침 일찍 그곳에서 나와 밤이 되어 그곳으로 돌아오는 그는 근면한 것만 놓고 보면 나무랄 데 없는 소장이다. 그다지 멀지 않은 장래에 본사의 채광부장 후임으로 앉을 수 있을지도 모른다. 단, 그것은 라오후링이 철광 생산량의 증산이라는 당면과제를 완벽하게 해결한 경우에 한한다.

소장의 책상 위에는 누런 가루 같은 먼지가 내려앉아 서걱서걱했다. 몽고바람이 부는 날은 아무리 닦아도 소용이 없다. 소용이 없기 때문에 또 더욱 화가 난다. 소장은 생산일보로 먼지를 난폭하게 털었다. 이 자식들이 아직도 안 와?

현장 책임자들, 두 사람의 기술주임과 두 사람의 현장감독은 '작업보고'라는, 실은 소장에게 늘 잔소리나 듣는 일과를 저주하면서 누런 바람을 무릅쓰고 산의 7부 능선에 있는 현장에서 내려왔다. 하긴 그들은 아무리 잔소리를 들어도 빠져나갈 구실은 갖고 있었다. 여느 때와 마찬가지로 노무계에서 보내주는 광부들의 수가 부족하기 때문에 출광 예정량을 달성할 수 없다는 것이다.

이날도 그랬다. 소장이 그들에게 퍼붓기 위해 준비해둔 잔소리를 늘어놓자 1채광구의 현장감독인 오카자키가 두툼한 가슴팍을 내밀며 반항했다.

"이건 뭐 어제오늘에 한정된 일도 아니지만 말입니다, 소장님. 오늘 1번 광구 쪽에서 요구한 인원수가 2,500명이었습니다. 그게 1,500명 정도밖에 들어오지 않았으니 아무리 엉덩이를 두들겨 패도 출광 예정량을 맞추기는 어렵지 않겠습니까?"

소장이 그런가? 라고 말하듯 1채광구 주임인 히구치를 보자 히구치가 보충설명을 했다.

"저희 쪽에는 드리프터drifter(점보jumbo나 칼럼column에 장치하여 주로 수평갱도의 굴진掘進에 사용되는 대표적인 착암기-옮긴이)의 부족과 같이 굴진 기계의 보급이 원활히 이루어지지 않는다는 문제도 있습니다."

"전쟁 중이네, 히구치!"

소장은 부하의 한심한 작태에 화가 치밀기 시작했다.

"자재가 부족한 것은 각오하고 했어야지!"

"하지만 적어도 광부의 머릿수만은……."

오카자키가 히구치를 대신해서 말했다.

"인적자원이야 차고 넘친다고 들었습니다. 그깟 드리프터가 네댓 기 모자란다고 해도 자식들 머릿수만 맞춰주면 제가 닦달을 해서라도 출광량을 맞춰놓겠습니다."

"2채광구도 그런가?"

소장은 울화가 치미는 것을 억누르며 말했다.

"대체로 그렇습니다. 2광구 쪽에는 운반 계통의 불비라는 문제도 있지만 이 또한 광부 수만 충분하면……."

고이케 주임이 말하고 나서 현장감독인 가와시마와 마주 보고 고개를 끄덕였다.

"그만들 해! 자재도 충분. 인력도 충분. 좋은 얘기지! 너희들은 뭐든 완벽하게 조건이 갖춰지지 않으면 일을 할 수 없다는 건가?"

소장은 붉은 얼굴을 더욱 붉히면서 네 명의 부하를 둘러보았다. 현장의 사내들은 쓴웃음을 참으며 얼굴을 마주 보았다. 아무래도 평소보다 기분이 나빠 보이는데? 몽고바람 탓인지도 몰라. 아니면 마누라랑 한동안 못해서 그런가? 오카자키가 히쭉 웃었다.

"그렇지 않습니다. 노무계에서 이제 좀 어떻게든 해줘야지……."

"노무계에 원인이 있다는 것은 굳이 자네한테 듣지 않아도 알아!"

소장이 따끔하게 혼을 냈다.

"노무계도 너희들만큼은 일하고 있어. 광부가 부족하니까 출광이 적다. 그건 알아. 그런데 말이야, 오카자키, 자넨 광부 한 명당 얼마나 더 증산시켰나? 전혀 늘어나지 않았잖아! 노력이 부족하다는 건 그걸 말하는 거야. 알아듣겠나?"

오카자키는 욱해서 통나무 같은 팔로 팔짱을 끼었다. 소장님, 잘난 척 떠들지만 저 넓은 1채광구를 이 오카자키가 없으면 어떻게 할 작정이시우? 어디, 들어나 봅시다. 오카자키의 삼백안이 소장에게 그렇게 말하고 있었다.

문이 열렸다. 문지방에 모래가 쌓여 저벅저벅 소리가 났다. 조심스레 들어온 것은 누런 먼지를 뒤집어쓴 가지다.

부임 인사를 받자 소장은 가지를 현장 책임자들에게 인사시켰다.

"마침 잘됐군. 지금 노무계가 약한 게 문제가 되고 있던 참이네. 자네도 먼 길 오느라 피곤할 테지만, 여기서 현장 사람들과 의견을 나눠보면 어떤가? 거기 앉게."

가지는 어쩔 수 없이 앉았다. 오늘만은 양해를 구하고 싶었다. 미치코와 새 거처를 빨리 정리하고 싶었다. 모래먼지를 씻어내고 새로운 생활의 첫날을 미치코와 둘이서 즐기고 싶었다.

그러나 소장은 청년의 핑크빛 꿈과는 너무 멀리 떨어져 있었다. 증산이 시급한 이 시기에 부장이 엄선해서 보낸 이 사내가 얼마나 쓸모가 있는지 조금이라도 빨리 시험해보고 싶은 듯 성급하게 말을 꺼냈다.

"이 산이 출광 예정량에 도달하지 못한다는 것은 자네도 이미 알고 있겠지만, 그게 전적으로 노무계에 책임이 있네. 알겠나, 가지 군? 그건 말이지 나아가서는 이 전쟁이 돌아가는 판국에도 책임이 있다는 말이 돼."

가지는 근엄함의 표본과 같은 자세로 듣고 있었지만, 네 사내가 또 시작이구나 하는 표정으로 웃은 것도, 대머리가 되어가는 소장의 머리는 그 빈약한 머리카락 아래에서 전쟁이 돌아가는 판국보다도 자신의 입장이 더 중대한 것으로 끊임없이 의식되고 있는 것도 알고 있었다.

"자넨 통계에 밝다고 하니 따로 말할 필요는 없겠지만 재적 인원 1만 명의 광부가 취로에 나서는 비율이 현재 50퍼센트를 오르내린다는 것이 냉정한 현실이네. 이게 적어도 70퍼센트 언저리까지 가면 어떻게든 출광 예정량을 확보할 수 있다는 데 모두의 의견이 일치하고 있지만 말이야."

전 아직 아무것도 모르지만, 하고 가지는 상식적으로 겸손하게 말할 생각이었다. 빠른 시일 내에 연구해보겠습니다, 라고. 그런데 문득 오카자키의 쏘아보는 듯한 시선이 눈에 들어왔다. 두툼하게 살이 찌고 불그죽죽한 얼굴은, 삼백안의 그 표정이, 이런 풋내기가 뭘 할 수 있겠느냐는 식으로 보였다. 그래서 대답했다.

"대충은 그럴 거라고 생각했습니다."

"음. 그래서 자네와 오키시마 콤비가 무슨 일이 있어도 거기까지 가져가 줘야만 해. 그렇지 않으면 자네가 모처럼 발탁되어 온 것이 아무런 의미가 없는 짓이 되고 말 거네."

"알겠습니다."

"그래, 무슨 복안이라도 있나?"

조속한 시일 내에 연구해보겠습니다. 그렇게 대답해도 오늘은 괜찮을 것이었다. 하지만 본사에서 발탁되어 온 사내가 현장에 부임할 때까지 복안을 세우지 않았다는 게 말이 돼? 현장 사내들은 그렇게 생각할지도 몰랐다. 아니, 분명히 그렇게 생각할 것이다.

"오키시마 씨와 의견을 나눠봐야 되겠지만, 저는 재적 인원수부터 확인해볼 생각입니다. 청부조의 조장이 식료품을 늘려서 배당받기 위해 이중 재적을 만든다든가 혹은 명부에는 올라 있지만 당사자는 이미 이 광산에 없는, 뭐 그런 일이 있는 건 아니겠죠?"

"음. 오키시마 군도 그런 말을 한 적이 있네. 그걸 어떻게 조사할 생각인가?"

"지문을 전부 찍어두었을 테니까……."

오카자키와 가와시마가 마주 보며 웃었다.

"오키시마 군도 처음 부임했을 때는 시도해보려고 했지만 손을 대지 못하겠다며 내팽개치더군요, 소장님. 감옥에서처럼 번호표를 목에 걸어서 놈들이 멋대로 나와 돌아다니지 못하게 하면 혹시 가능할지도 모르겠습니다."

이 풋내기가 아무것도 모르는 겁니다. 그렇게 들렸다. 가지는 귀 언저리가 화끈거리기 시작했다.

"할 수 없어도 상관없습니다. 재적 인원수와 실재 인원수가 자연스럽게 맞게 만들면 되니까요."

"어떻게?"

소장이 물었다.

"노동 조건만 좋아지면 명부에 올라 있는 자는 틀림없이 실재할 것입니다. 유령이 되거나 다른 광산으로 도망가는 짓 따윈 하지 않을 테니까요."

"구체적으로 말하면 어떤 것인가?"

"만약 결재해주신다면 급여제도를 대폭 개정하고 싶습니다. 현물 급여와 현금 급여의 두 가지 축으로 말이죠. 사실은 생산성을 높일 수 있는 능률 급여제가 가장 좋지만 이 광산처럼 조장의 청부제도가 대부분을 차지하고 있는 후진적인 단계에서는 능률이 올라도 실속이야 조장이 차리게 되어 있는지라 차라리 가동 인원수의 다과多寡에 따라서 개인의 급여율을 바꾸는 방법도 있다고 생각합니다."

"그러면……."

오카자키가 대화에 끼어들었다.

"갱도에 들어가서 그냥 빈둥빈둥 놀아도 일당을 받을 수 있다는 거요?"

"잠깐 기다리십시오. 그걸 방지하는 데는 두 가지 방법이 있습니다. 하나는 아마도 현장에 있는 당신들이 그들을 감시하면서 잘 처리해줄 것이라고 봅니다."

오카자키는 코털을 뽑힌 듯한 표정을 지었다. 소장이 재미있어하며 웃었다.

"다른 하나는 광부 조직을 개혁하는 것입니다."

"좀 더 구체적으로 말하면?"

"조장제도라는 신분적인 관계를 없애고 직할제도로 전환하는 것입니다. 우선은 예를 들어 광부의 임금을 지나치게 착취하는 조라든가 가동 실적이 나쁜 조부터 해산시키고, 그 조의 광부를 노무계에서 직할하는 방법입니다."

모두들 조금은 아연한 표정이었다. 너무 아무렇지도 않게 말하는 것이 아닌가. 일개 서생書生 주제에 부임해온 첫날부터 거대한 산을 단칼에 둘로 쪼개버리겠다고 오만을 떨고 있는 것으로 보였다.

"그렇게 했다간 이 산의 숨통이 끊어지고 말 거요. 그런 농담은 하지 마시오! 안 그런가, 가와시마?"

오카자키가 기름진 얼굴에 노골적으로 적의를 드러내며 말하자 가와시마도 주저 없이 동의했다.

"왜죠?"

"왜라니, 당신, 가지라고 했나? 생각해보면 알 거요. 이 산에는 크고 작은 조가 200개가 넘게 있소. 그중에서 임금을 착취하지 않는 조라든가 식료품 할당을 속이지 않는 조가 한 조라도 있다고 생각하시오?"

"그렇게 생각하진 않습니다. 하지만 지금 문제가 되고 있는 것은 어떻게 광부들의 취로율을 끌어올려서 출광량을 늘리느냐 하는 것이 아닌가요? 광부들이 노동에 의욕을 갖지 못하는 것은 기본적으로 회사에서 제공하는 노동 조건이 나쁘기 때문입니다. 그리고 조장이 너무 심하게 착취해서 일하는 것이나 일하지 않는 것이나 마찬가지라는 절망적인 기분을 갖게 하기 때문입니다. 그런 기본적인 관계를 개혁하지 않고 문제를 해결하려고 하니 해결하지 못하는 것 아닌가요?"

"무슨 적的인지 조건인지는 모르겠지만, 광부라는 놈들은 당신이 책상 위에서 생각하는 그런 게 아니오. 어이, 가와시마, 그렇지?"

가와시마는 소리 없이 웃으면서 동료에게 동의의 뜻을 나타냈다.

"당신은 광부를 회사가 직할하고 급여를 많이 챙겨주면 광부들이 열심히 일할 거라고 단정하나 본데, 만약 엄중히 감독하는 조장을 없애고 학교를 갓 나온 애송이 사원에게 감독을 받으면서, 대신 임금은 듬뿍 올려받게 되면 어떻게 될 거라고 생각하나? 응? 가와시마……."

가와시마는 가지 쪽을 보지 않고 말을 이어받았다.

"먹을 만큼 벌면 나자빠지든가, 도박으로 날려버리든가, 계집 가랑이에 쑤셔 넣고 다 써버릴 때까지 일을 안 하겠지."

히구치 주임과 고이케가 가와시마의 말에 동의를 나타내는 쓴웃음을 흘렸다.

"그래! 막노동꾼들이 다 그렇지 뭐. 책에 쓰여 있는 것하곤 사정이 달라!"

가지는 흙으로 만든 인형처럼 잠자코 있었다. 오카자키가 열을 올리며 말했다.

"그 새끼들은 말이죠, 소장님. 조장에게 얻어터지거나 닦달을 당해야 겨우 손발을 움직이는 놈들입니다. 그것만으로는 일이 안 되니까 나나 가와시마가 또다시 두들겨 패고 닦달을 해서 놈들이 곡괭이나 삽을 드는 겁니다."

소장은 그렇겠지, 하는 표정으로 듣고 있었지만 현장감독과 조장들의 암거래를 모르는 바는 아니었다. 조장들은 이익이 되는 일을 얻으려고 감독에게 뇌물을 주기 때문에 광부에게 착취한 조장의 소득 중 일부가 당연한 보수로서 감독의 주머니를 불리고 있다. 알고 있어도 그것을 들춰내는 것은 교각살우矯角殺牛(뿔을 바로잡으려다가 소를 죽인다는 뜻으로 작은 흠을 고치려다가 큰일을 망친다는 말 – 옮긴이)가 될 것 같아 방치해두고 있는 것이다.

소장은 대답을 재촉하듯 가지를 보았다.

"이것으로 확실해졌군요. 취로율이 50퍼센트 전후밖에 안 되는 이유만은요."

가지는 화를 내며 아주 냉담한 어조로 말했다.

"견해의 차이겠죠. 전 그런 방법으로 실적을 올릴 자신은 조금도 없습니다."

본사로 돌아가고 싶어졌다. 돌아가면 어떻게 될까? 해고될지도 모른다. 해고되는 것은 상관없지만 소집면제가 문제다. 그것은 바로 미치코와 결부되었다. 그 머리카락 냄새. 상냥하고 생기발랄한 목소리. 포동포동하고 탱탱한 육체. 그것을 잃게 된다.

문제는 거친 산 사내들과 어떻게 싸우느냐다. 아까 오키시마도 그렇게 말했다. 싸움은 이미 시작된 모양이다. 더구나 그다지 현명한 방법은 아닌 듯 보인다. 하지만 이왕 싸움이 시작된 것이라면 져서는 안 될 노릇이다.

"하지만 말이야, 가지 군."

소장이 가지의 냉담한, 아니 그보다는 쉽게 툭 내뱉은 듯한 말투가 마음에 걸려 말했다.

"이 조장제도라는 건 자네가 쓴 논문 용어로 말하자면 아시아적 정체(停滯)인가 뭔가 하는 어려운 현상일 테지만, 자네가 생각한 것처럼 과연 그렇게 쉽게 없앨 수 있는 것일까? 탁상 논리로는 올바를지라도 현실적으로는 그렇지 않은 경우가 많으니까……."

순간 가지는 생각했다. 이 소장과 자신의 거리가 오카자키와 자신의 거리보다도 가깝다는 증거는 어디에도 없다. '하층 노동자'를 짓밟고 조장이 서 있고, 그 조장의 이익을 일부 가로채는 입장에 오카자키 같은 놈들이 서 있다면, 그 오카자키 일당에게 광부들을 착취하라고 시키는 명령자가 이 소장인 셈이다. 그렇다면 자신은 도대체 어디에 서야 한단 말인가?

가지는 소장의 손을 보았다. 그 손은 붉고 하얗고 털이 많았다. 부드러워 보였다. 가지의 답을 기다리며 오므렸다 폈다 하고 있었다. 가지는 슬쩍 자신의 손을 보았다. 자기 손은 운동으로 단련되어 있긴 했지만 노동으로는 펜보다 무거운 물건을 든 적이 없는 손이었다. 곧게 발달하여 하얗다. 오카자키 일행은 그를 그 손 때문에 경멸하고 있는 게 분명했다. 자신은 도망치듯 돌아가지는 않을 것이다.

"만약에 그렇다면……."

그는 소장에게 대답했다.

"그 탁상 논리가 애초에 틀린 것이거나 그것을 잘못 적용했기 때문이겠죠. 전 결코 그것을 간단한 문제라고는 생각하지 않습니다. 하지만 이렇게는 생각합니다. 저와 같은 애송이가 와서 앞뒤 사정 상관 않고 과감하게 해보지 않는다면 영원히 할 수 없는 거 아니겠습니까?"

 소장은 털이 많고 부드러워 보이는 손을 꽉 쥐고 의자 팔걸이를 툭툭 때리고 있었다. 두 현장주임과 두 감독은 소장의 반응을 지켜보았다. 소장은 이 자리에 있는 사람은 아무도 안중에 없었다. 그는 본사의 채광부장을 의식의 한가운데에 놓고 있었다. 가지는 말하자면 그가 보낸 스파이에 지나지 않는다. 가지의 공죄功罪는 곧 그의 공죄가 될 것이다. 가지를 압박하여 우리 광산이 부장이 생각하고 있는 것처럼 그리 간단한 곳이 아니란 걸 보여줄까? 아니면 가지의 의견을 받아들여 부장에게 꼬리를 흔들어야 할까?

 소장의 털북숭이 주먹은 의자 팔걸이 위에서 멈췄다.

 "그럼, 생각대로 해봐. 난 개혁적인 의견은 존중하네. 단, 구체적으로 기안할 때는 부장이 결재한 기안문서를 첨부하게. 알겠나?"

 "알겠습니다."

 가지가 가볍게 인사하고 문 앞에 이르렀을 때 소장의 목소리가 쫓아왔다.

 "앞으로는 말이야, 말하지 않아도 알겠지만, 자네 일은 전처럼 책상에 앉아서 하는 일만 있는 게 아닐세. 광부들의 생활 일체야. 식료품의 입하나 배급 계획, 1만 명의 분뇨처리라든가 여자들의 생리 문제에 이르기까지 전부 자네 손을 거칠 테니까."

 "여자……?"

다른 자들이 웃었다.

"응, 여자 말일세. 나중에 오키시마 군이 안내하겠지만 우리 광산에는 광부 전용 위안소가 있네. 그곳에 만주인 계집이 예순 명쯤 있는데, 자네가 오늘부터 그곳의 책임자가 된 거네."

다른 자들이 또 웃었다.

"……알겠습니다."

"자네가 독신자가 아니라서 나도 마음을 놓았어. 오늘은 이만 집에 돌아가서 마나님께 서비스나 잘해드리게. 단, 너무 도가 지나쳐서 허리라도 다치면 안 돼."

소장은 아주 유쾌하다는 듯 웃었다. 다른 자들도 떠나가라 웃었다. 소장과 그들 사이의 대립은 삽시간에 눈 녹듯이 사라진 것 같았다.

가지는 문을 열었다. 모래가 낀 문짝이 삐걱거렸다.

이것이 바로 이 사내의 인심수람술人心收攬術(사람의 마음을 거두어 잡는 방법 - 옮긴이)이구나. 마나님께 서비스나 잘해드리게. 신혼의 달콤함에 빠져 있는 사내가 이 말을 듣고 화낼 사람은 없다. 오히려 자기도 모르게 미소를 지을 것이다. 나는 미소를 짓지 않았을까? 곤란한 문제 앞에서의 대립이 폭소와 에로틱한 상상으로 흐려진다. 게다가 나는 미소를 지은 게 틀림없다!

가지는 문을 닫았다. 문은 모래가 끼어 삐걱거렸다.

어쨌든 일은 시작되었다. 가지가 선호하는 입장이 그 속에 있든 없든 상관없이.

11

 미치코는 벽걸이 접시를 가지의 책상 위, 눈높이에 맞춰 걸었다. 이 접시가 이곳에 있는 이상 두 사람 사이의 행복이 깨질 일은 없을 것이다. 그런 생각이 드는 것이었다. 접시의 오목한 곳과 뒷면에 먼지가 쌓이지 않도록 중요한 하루 일과로 삼아 매일 정성스럽게 닦겠다고 마음먹었다.

 이삼 일은 꿈처럼 흘러갔다. 즐거운 것은 틀림없지만 모든 일에 생활적인 실감이 나지 않는다. 소꿉놀이와 비슷한 재미다. 가지를 출근시키고, 집 안 정리를 하고, 청소를 하고, 여기저기 주의해서 살펴보고, 산골짜기 마을로 장을 보러 나갔다가 돌아와서 어영부영하다 보면 저녁이 된다. 한 남자의 아내라면 누구나 빠져드는 생활의 관성에 미치코도 너무나 자연스럽게 빠져들었고, 하물며 그것이 즐겁고 아름답게 보이기까지 했다.

 "힘들죠?"

 이웃집 아낙네들이 말한다. 싱그러운 젊음의 향기를 물씬 풍기고 있는 새댁에게 반은 놀림조로 또 반은 자기들의 과거를 그리워하며 말하는 것 같다.

 "큰일이에요. 자꾸 실수만 해서."

 "그래도 행복해 보이는데 뭐. 부러워요."

 그렇게 말한 것은 오키시마의 아내다.

"매일 하는 일이 그냥 습관적으로 할 수 있게 되면 그게 또 지겨워지는 거예요. 그리 되지 않도록 조심해요."

지겨워질 일이 있을까? 하고 미치코는 생각했다. 산소와 수소가 화학적으로 결합하는 방법 외에는 물이라는 것을 만들어내는 방법이 없을 텐데, 그중 어느 것이 지루함을 느낄 수 있단 말인가, 라고.

"오늘부터 늦게 들어올지도 몰라."

아침에 가지가 나가면서 말했다.

"왜요?"

"어제까진 현장하고 여기저기 돌아보았는데 아무래도 심상치 않아. 오늘부터 지난 장부를 조사해봐야 할 것 같아. 그게 이만큼이나 있어."

가지는 양팔을 크게 벌렸다.

"영문도 모르고 무턱대고 도장을 찍고 싶진 않으니까."

그날부터 가지의 귀가는 늦어졌다. 그래도 미치코는 결코 지루하지 않았다. 가지가 돌아오면 미소와 따뜻한 정이 듬뿍 느껴지는 눈빛을 나누었다.

피곤하죠? 아니, 배만 좀 고파. 일이 힘들어요? 힘든 건 없는데, 여러 가지로 좀……. 여러 가지라면 어떤 거요? 일 얘기는 그만하자. 그래도 듣고 싶어요. 그럼, 조금만 얘기해볼까? 막장별, 작업별로 지급되는 현행 임금의 재검토. 조별, 작업별 임금의 비교. 인원수별, 작업별 임금 단가의 사정査定. 목욕도 시키지 않고 위생을 중요시하게 하는 방법. 갈아 입을 옷이 없는 광부의 이를 줄이는 방법. 콩깻묵과 중국 무를 어떻게 활용해야 영양식이 될 것인가. 등등이야. 재미 하나도 없지? ……피곤하겠어요. 그렇진 않지만 이런 얘기를 하느니 당신 얼굴을 보고 있는 게 나아. 제가 무슨 도움이 되나요? 당신이 나와 함께 있어주니까 그 따위 일들이 아무리 많아도 해낼 수 있는 거야. 정말? 정말이죠? ……여자가 어느새 남자의 안식처가 되었는지, 행복한 두 사람은 거의 의식하지 못한다.

"너무 신경 쓰지 말아요."
장을 보러 가자고 미치코를 불러낸 오키시마의 아내가 말했다.
"산사람들은 노동자들을 부리기만 하면 혼자서도 일을 할 수 있잖아요. 그러니 뭐든 적당히 하려고 하고 만만디인 거죠. 일을 척척 해치운다는 건 그들의 성질에 맞지 않아요. 담배나 한 대 피우고 앉아 있으면 돌이 알아서 굴러 나오니까, 그런 곳에서 너무 열심히 하려고 하면……"
"저기 제 남편이 하는 일 말인가요?"
"그래요, 가지 씨가 하는 방법이 당연하다고 우리 집 양반도 말합디다. 하지만 점점 비난의 소리가 거세지지 않겠어요?"
미치코는 강렬한 햇볕을 쬔 꽃처럼 위축되었다.
"공연한 얘길 꺼냈군요. 너무 걱정하지 말아요. 그 사람은 결국 해내고 말 거라고 우리 집 양반도 가지 씨를 두둔하고 있으니까요."
"감사합니다."

"이제 좀 자리가 잡혀갑니까?"

어느 날 퇴근길에 들른 오키시마가 말하면서 더러운 이를 드러내며 웃었다.

"집사람 말로는 아주머니께서 코크스(점결탄, 아스팔트, 석유 등 탄소가 주성분인 물질을 가열하여 휘발 성분을 없앤, 구멍이 많은 고체 탄소 연료—옮긴이) 때문에 애를 먹고 계신다던데……"

"그러네요."

미치코는 얼굴을 붉히며 웃었다.

코크스는 그야말로 애물단지였다. 가스 마개 하나로는 화력을 조절할 수가 없다. 점화도 잘 안 되고, 불이 붙게 되면 갑자기 맹렬한 기세로 타올라서 이번엔 불을 낮추기가 쉽지 않다. 결국 밥은 타고 국은 졸아든다. 엉망진창이다.

"그래도 이제 꽤 익숙해졌어요."

"그야 그렇겠지요. 직장 생활을 하던 사람에게 부엌데기나 하고 있으라니 바보 같은 일이죠."

"바보 같은 일은 아니에요."

미치코는 웃는 얼굴로 가볍게 항의하듯 말했다.

"직장 생활을 한다고 해도 혼자라면 진짜가 아니잖아요."

"아이쿠, 이거 내가 실언을 했군요."

오키시마는 큼지막한 손으로 머리를 긁더니 정색하고 말했다.

"가지 군이 어서 빨리 일을 배워서 자기 페이스에 맞춰 일을 해야겠다며 저렇게 연일 잔업을 하고 있는데, 힘들어서 나가떨어지지 않도록 아주머니께서 방향을 잘 잡아주셔야 합니다."

미치코는 고개를 끄덕였다.

"같은 사내끼리 아무리 주의를 줘봤자 들을 인사도 아닌 것 같고."

"저 같은 게……."

"아니요, 그렇지 않습니다. 그는 한번 한다고 마음먹으면 오로지 앞만 보고 달리는 사람이더군요. 이상한 소리도 하고. 뭐라던가, 먹을 만큼 먹고 잘 먹었습니다, 낚싯바늘은 돌려드리겠습니다, 라고 했던가? 듣고 보니 아무래도 아주머니께서 하신 말씀 같더군요. 그런 사내는 아내에게 껌뻑 죽는답니다."

미치코는 기뻤지만 시치미를 떼고 대답했다.

"하지만 그이는 그렇게 껌뻑 죽지는 않던데요?"

밤이 되어 미치코는 그 말을 가지에게 했다.

"너무 걱정 마."

가지는 젊은 남편답게 자신에 차서 대답했다.

"이래 봬도 당신이나 오키시마 씨가 생각하고 있는 것보다 강한 남자니까."

"그래도 걱정돼요."

"왜?"

"그게 그렇잖아요. 밤낮 없이 일하고, 그 결과가 모든 사람에게 미움을 사는 게 된다면……."

"정말로 걱정할 필요 없어. 이제 곧 잘될 테니까."

가지는 미치코를 끌어당겼다.

그들은 둘밖에 없다. 방 세 칸짜리 단독주택은 그들이 쓰기엔 너무 넓다. 과분한 혜택이다. 전쟁은 이 집의 담 밖에서 치열해지고 있다. 담 안쪽에서 그들은 단둘뿐이다. 벽걸이 접시의 그림처럼 서로 뜨거운 육체를 부둥켜안고, 탐하고, 그것을 사랑의 가장 확실한 증거로서 육체가 기억한다. 사랑해? 당신은? 후회하지 않아? 당신은? 만족해? 당신은? 신음 소리에 가까운 속삭임이 너무나 아름답게 울려 퍼진다.

만약 이 자리에 짓궂은 사람이 있어서 남자가 여자를, 여자가 남자를 안고 있을 때의 말이 얼마나 신뢰할 수 있느냐고 묻는다면 두 사람은 한 목소리로 대답할 것이다. 그런 것은 어디 다른 사람한테나 가서 주의를 주시죠. 우리 두 사람에겐 쓸데없는 걱정입니다. 우리는 행복하고, 앞으로도 쭉 더 크게, 더 많이 행복해질 것입니다, 라고.

12

산길은 선명하게 움튼 녹음을 뚫고 정상으로 이어져 있다. 5월의 어린 태양 아래에서 어린잎의 냄새가 진동한다. 산골짜기 밑바닥 깊숙한 곳에 자리 잡은 광부들의 숙소가 빨간색 작은 상자를 늘어놓은 듯 줄

지어 서서 하얀 연기를 피워 올리고 있었다.

가지는 멈춰 서서 오키시마에게 말했다.

"아름다워. 이렇게 보면 광부들의 숙소도 한 폭의 그림 같아."

"안에서는 이와 도박이 들끓고 있는데도 말인가? 뭐든 그렇지. 가까이 가서 보면 멀리서 봤을 때와는 영판 다르니까."

"비꼬는 건가?"

"아니. 자네가 환멸을 느끼지 않게 하려고 그러네. 자네는 노동 조건을 개선하면 광부들의 노동 의욕이 고취된다고 생각하고 있어. 그건 이상적인 생각이야. 여기에서 보는 광부 숙소의 원경처럼 말이네. 그건 올바른 것이기도 하지. 하지만 결과가 그렇게 되리라고는 장담할 수 없어."

가지는 걸음을 빨리하기 시작했다. 오키시마는 따라가며 덧붙였다.

"어이, 그렇게 서두르지 마. 앞에 여자가 기다리고 있는 것도 아니고. 본사에서 온 자가 산 사내보다 다리가 튼튼하단 건 잘 알아."

가지는 걸음을 늦췄다.

"기분이 상한 모양인데, 난 자네의 짝패로서 말해주고 싶었을 뿐이야."

오키시마가 따라붙으며 말했다.

"자네가 결재받은 광부들의 급여 개정안에 대해 난 자네에게 전적으로 협력할 것을 약속하네만, 그렇다고 광부들이 당연한 반응을 보일 거라고 생각했다면 착각이야."

가지는 걸음을 멈췄다. 오키시마는 길가의 큰 돌에 털썩 주저앉았다.

"기존의 급여라면 광부는 한 달에 28일만 일하면 간신히 배를 채울 수 있다는 계산이었지. 다만 수수, 콩깻묵 따위의 말 사료 같은 식량이긴 하지만. 물론 그걸 자네의 임금체증방식으로 하면 21일만 일하면 배를 채울 수 있네. 그러니까 나머지는 남는 셈이라고 자네는 생각하고 있을 거야. 광부들은 21일 동안 필사적으로 일하고, 나머지는 생활 향상을 도모할 것이다, 자네는 그렇게 생각하고 있어."

"……그래서?"

"그런데 말이야, 21일만 일하고도 배를 채울 수 있다면 나머지 10일은……."

"알았어!"

가지가 말을 끊었다.

"잠을 자든지, 도박을 하든지, 여자를 사겠지? 그와 똑같은 얘기를 오카자키랑 가와시마도 하더군. 당신도 그들과 같은 생각인가?"

"그 점에 대해서만은 그렇지. 이보게, 광부들은 말이야……."

"그런 족속이다, 이 말이겠지?"

오키시마는 웃었다. 가지는 못마땅한 표정이다.

"하지만 자네는 어느 정도는 성공할 거야."

"어째서?"

"자본가의 앞잡이 임원들이 갖는 구두쇠 근성보다 훨씬 자본가적인 교묘함, 교활함으로 자네는 낚싯줄에 미끼를 달았네. 송사리들이 5만 마리는 몰려들 거야."

"듣기 거북한 말을 하는군."

가지는 다시 걸음을 빨리해서 산길을 올라가기 시작했다.

이제부터 현장인 갱내에 들어가려는 것도 조건이 나쁜 막장을 조사해서 그곳을 담당하고 있는 조의 임금에 적당히 조치를 취하기 위해서다. 결국엔 이것도 낚싯줄에 다른 미끼를 다는 것이 될 모양이다.

가지는 쫓아오는 오키시마를 기다렸다가 말했다.

"난 그저 광부들의 상태를 개선해서 인간을 인간으로서 대우하고자 마음먹고 있을 뿐이야."

"알아."

오키시마는 놀려먹는 것이 재미있어 죽겠다는 듯 싱글싱글 웃었다.

"자네 집의 오늘 저녁 반찬은 뭘까? 아마도 불고기가 올라오겠지. 그리고 채소 샐러드도 있을 테고. 우리 집엔 마누라가 맥주를 차갑게 해놓고 기다리고 있네. 피곤하셨죠? 라며 건네주겠지. 그런데 자네가 사랑하는 광부들은 21일을 일하고 수수와 콩깻묵의 만복점滿腹占에 도달하네. 반찬은 중국 무를 절인 거고."

가지는 오키시마의 정면으로 돌아갔다.

"왜 그래? 이거 한 대 칠 기센데?"

"당신은 나한테 전적으로 협력해준다고 하지 않았나?"

"그렇게 흥분하지 마. 그런 상태로는 3개월도 견디지 못해."

"난 알고 싶어. 당신은 내가 어떻게 하길 바라지?"

"글쎄."

오키시마가 슬쩍 말을 돌린다.

"나는 또 나대로 알고 싶군. 자네가 그 차이를 어떻게 메우고 있는지."

"그럼, 어쩌란 말이야? 수수와 콩깻묵이 말 사료니까 인간에게는 실례가 된다, 그러니 차라리 먹이지 말고 광부들을 굶기라는 말인가? 밀가루나 좁쌀의 1년치 배급량이 열흘분도 안 남았다는 이 시기에?"

오키시마는 아무 말도 못 들었다는 표정으로 담배에 불을 붙이고는 한 모금인가 두 모금만 빨고 내버렸다.

"내가 말이야 자네에게 협력한다고 말한 것은 자네가 나보다 비교적 옳기 때문이네. 알겠나? 착각하지 마, 비교적이란 말이네. 난 전에 선무공작대宣撫工作隊의 통역으로 일할 때 짱꼴라 항일분자를 때려죽이는 데 졸개로 끌려 다닌 적이 있네. 피동적이었든, 자발적이었든 상관없네. 한번 들어봐. 인간을 잡아들여서 반쯤 죽여놓고 땅에 묻고 밟았네. 아내와 자식이 보는 앞에서 말이야. 마지막엔 그 아이에게 밟게 했지. 흙 속에서 배가 터지는 소리가 나. 그 아이는 절대로 그 소리를 잊을 수 없을 테고, 내 낯짝도 잊지 못하겠지. 알겠나? 만약에 내가 그 짓을 시키지 않고 그 짱꼴라를 살려줬다면, 그 흙 속에서 지금쯤 백골이 되어 있는 게 누구일 거라 생각하나?"

웃으면서 가지를 보고 있는 오키시마의 눈동자가 이상한 광채로 빛나고 있었다.

"자네는 나에 비하면 전쟁이 이 지경에 이르렀는데도 아직 인간을 인간으로서 대우하니 어쩌니 하고 말할 수 있는 행복한 놈이야. 자, 가자고. 위에서 여자가 기다리고 있네. 동굴을 활짝 열어놓은 채."

두 사람은 걷기 시작했다.

이글이글 타오르는 태양이 머리 바로 위에 있었다.

13

노무계 사무소 안은 한산했다. 넓은 실내에 책상은 서른 개가 넘게 있었지만 거의 다 밖에 나가 있고, 여기저기에서 노무계원이 사무를 보고 있을 뿐이었다.

후루야는 가지에게 부탁받은 계산이 끝나자 풀스캡foolscap(필기용지의 크기의 하나. 13.5×17인치의 대판大判 양지 - 옮긴이)에 기입하여 가지의 책상에 놓았다. 거기엔 낡은 장부와 전표들이 수북이 쌓여 있었다. 그 기록들로부터 가지는 풋내기의 무모함과 대담함으로 결론을 이끌어낸 뒤 실행에 옮기고 있다. 혼자 잘난 척하고 있다. 후루야는 불쾌한 눈빛으로 잠시 가지의 빈자리를 보았다. 원래 졸린 눈빛의 사내다. 그게 어쩌다가 몹시 교활하게 보일 때가 있다.

그는 올봄에 직원으로 갓 승진했다. 중학교를 졸업하고 현역 복무를 마친 뒤 고용인으로 시작해서 준직원을 거쳐 직원에 오르기까지 꼬박 10년이 걸린 셈이다.

가지의 월급과 같아지려면 앞으로 몇 년이 더 걸릴지 모른다. 그동안 가지도 승진을 거듭할 것이다. 내년에 그가 책임 있는 직책에 오를 것은 분명해 보인다. 대학을 나온 지 4년밖에 안 된 풋내기가 10년의 청춘을 이 광산에 묻은 자신보다 윗자리에 앉았을 뿐만 아니라 영원히 따라잡을 수 없는 관계가 된 것이다.

가지만 오지 않았다면, 어쩜 후루야에게 관리반장의 자리가 돌아왔을지도 모른다. 더구나 그는 '소집면제'를 받았다는 소문도 있다. 이것도 다 그가 '노무관리'라는 네 글자를 아는 척 썼기 때문이다.

노무관리를 실제로 해본 경험이 없는 자가 10년의 경험자보다 잘 알고 있다는 것은 절대로 있을 수 없는 일이다. 그런데도 그는 자기보다 윗자리에 앉았고, 자신에게 정중한 말투로 명령을 내리고 있다. 자신이 전혀 모르는 일에 대해서도.

어처구니가 없어서 착실하게 일할 맛이 나지 않았다. 게다가 자신은 언제 군대에 소집될지도 모른다. 가능하다면 이참에······.

후루야의 얼굴에 보일 듯 말 듯 음흉한 미소가 번졌다. 10년 동안 이 광산에서 일하며 출세는 하지 못했지만 꽤 실리는 챙겼다. 본사에서 근무했다가는 지금 그의 신분으로 그만한 저금은 하지 못했을 것이다. 이곳에선 부수입이라는 것이 있다.

벽시계가 12시를 가리키려고 하고 있었다.

양쪽으로 열리는 유리문을 밀며 칫솔 수염을 기른 40대가량의 남자가 들어왔다. 눈동자를 이리저리 굴리는 꼴이 늘 어떤 빈틈을 찾고 있는 것처럼 보인다.

"어이, 164조."

후루야가 고개를 돌리며 말하자 164조의 조장인 무타가 턱으로 가지의 자리를 가리켰다.

"방금 전에 막 현장에 올라갔어. 아마 한동안 오지 않을 거야."

무타는 안심한 듯 의자를 후루야 쪽으로 끌어당기고 앉았다. 그는 이 광산에서는 얼마 안 되는 일본인 조장 중 한 명이다.

"오카자키 씨한테 들었는데, 여기 반장이 조를 해산시킨다는데 정말인가?"

후루야는 가지의 서류 바구니에서 서류를 꺼내 무타 앞에 툭 던졌다. '불량 조장제도 폐지에 관한 건'이라고 제목이 붙은 기안문서로 기안자인 가지의 도장과 결재자인 부장의 도장 사이에 몇 개의 도장이 찍혀 있었다.

"전부 한꺼번에 처리할까?"

"설마……."

후루야는 그 말만 하고 의미심장하게 웃는다. 무타는 후루야와 몇 년 동안 알고 지내다 보니 자기가 알고 싶은 것이 있을 때 그가 이런 웃음을 지으면 아무리 물어도 소용이 없다는 것을 알고 있었다.

"그렇겠지? 그런 일이 일어나면 여기도 끝이야."

"가지도 그 정도로 바보는 아니야."

후루야는 작은 목소리로 말하고, 말석 쪽에 있는 젊은 만주인 노무계원인 첸을 힐끗 보았다. 단정한 용모에 일본 말이 능숙한 첸은 단시일에 가지의 심복이 되었다.

"두세 군데 적당한 곳을 조진 다음 동정을 살필 생각인 것 같아."

"어딜?"

무타는 엉겁결에 물었다. 후루야의 졸린 듯한 눈은 무타에게 고정된 채 움직이지 않았다.

무타는 체념한 듯 담뱃갑을 꺼내 후루야의 무릎 위에서 열었다. 가지런한 담배 위에 10엔짜리 지폐가 반으로 접혀 놓여 있었다. 한 장은 아닌 것 같다. 후루야는 무표정하게 지폐를 꺼내 들었다.

"일본인 조장도 모두 없애는 건가?"

"놈은 만주인들의 인기를 얻으려면 어떻게 해야 하는지 잘 알고 있거든."

"그렇게 돌려 말하지 말고 좀 가르쳐주게."

후루야는 가만히 웃었다. 이게 두 장인가, 석 장인가? 촉감으로는 석 장인 것 같지만 낡은 지폐이니 두 장일지도 모른다. 뭐 어때. 월급의 2할 5푼은 된다.

"조심하는 게 좋아. 지금은 164조와 103조, 58조를 노리고 있는 모양이니까."

무타란 놈은 이 말을 듣는데 거금 30엔이 들었다고 하고 58조의 고바야시와 103조의 조선인 가네다로부터 10엔씩 받고 나에겐 20엔밖에 주지 않았다면 공짜로 정보를 얻은 셈이 된다. 영악한 놈이다.

"이런 쳐 죽일 놈! 하필 왜 날 노리는 거야?"

무타가 칫솔 수염으로 장식된 입을 삐죽 내밀면서 말했다. 후루야는 차갑게 웃었다.

"비교적 규모가 큰 조인데 실적은 나쁘고, 어쩐지 구린내가 나고, 조장이 착취하는 소득이 확실한 조라고 하면?"

"설마 당신이 164조라고 말하지는 않았겠지?"

"앞서가지 마. 놈은 지난 2년간 각 조의 실적과 임금지불을 죄다 조사했어."

후루야가 가지의 책상 위에 쌓여 있는 장부와 전표를 턱으로 가리켰다.

"그 자식 계산만은 빠르고 정확하더군. ……좋은 정보 하나 가르쳐 줄까? 이 양반 참 의외로 아둔한 구석이 있네."

무타는 몸을 기울여 후루야 쪽으로 귀를 가져갔다.

그때 느닷없이 급사인 쇼하이가 괴상한 소리를 냈다.

"우와! 왔따, 와써. 미녀가 와써!"

유리문을 열고 빨간 스웨터의 가슴께가 봉긋 솟아오른 미치코가 생기발랄하고 부끄러운 웃음을 띠며 들어왔다. 시멘트 바닥과 하얀 벽으로만 이루어진 살풍경한 실내에 화사한 바람이 부는 것 같았다.

"저기……."

"가지 씨 말입니까?"

후루야는 졸린 듯한 표정이 일변하여 붙임성 좋은 미소를 짓고 있었다.

"네, 도시락을……."

"야, 쇼하이! 네가 가지러 가지 않았어?"

쇼하이는 눈을 동그랗게 뜨고 게처럼 거품을 물며 대답했다.

"가지 씨, 산, 갔으니까. 쇼하이, 나중에, 갈려고 생각해, 했어요. 걱정, 필요 없어."

"……저어, 내려오려면 아직 멀었나요?"

"글쎄요, 가지 씨는 일을 시작하면 시간 가는 줄 모르는 사람이라."

미치코의 가는 눈썹이 살짝 움직였다. 역시 오키시마의 아내가 주의를 준 게 맞는 모양이다. 가지는 분명 이곳 사람들에게도 인기가 없어진 것이 틀림없다. 어쩌면 좋을까?

정말로 그래요. 그렇게 말하려다가 엷은 미소로 바꿨다.

칫솔 수염을 기른 사내가 친절한 미소를 지으면서 자리에서 일어났다. 인사라도 하려는 듯했다. 미치코는 당황했다. 콧수염이 있는 사내를 애초에 몹시 싫어한다. 경솔하고, 오만하고, 잘난 척하는 허풍쟁이로, 요컨대 사내의 결점을 집대성해놓은 것처럼 보인다. 그래도 가지를 위해서는 나긋나긋하게 대해주어야 할지도 모른다. 미치코의 웃는 얼굴이 조금 떨리는 것 같았다.

그때 후루야가 큰 소리로 말했다.

"첸, 본관에 연락하러 갈 일 있지? 통동通洞(갱구가 지표로 관통된 갱도 중에서 광체에 도달하는 관문적인 역할을 하는 갱도로 주로 운반, 배수, 통기 등에 사용됨-옮긴이) 대기소에 그 도시락 갖다 드려."

첸은 재빨리 일어나 미치코의 손에서 도시락을 받아 들었다. 미치코는 첸과 함께 무언가 안도한 듯한 표정으로 나갔다. 그 모습이 유리문 너머로 사라지자마자 쇼하이가 미치코가 있던 자리에서 유리문까지, 미치코의 잘록한 허리 아래에서 탐스러운 엉덩이가 그렇게 흔들렸듯이, 엉덩이를 좌우로 흔들며 걸었다.

"우와, 미녀가 와써!"

후루야는 쓴웃음을 삼켰지만 가슴속에 흐르는 질투심은 어쩔 수 없었다. 무타가 미치코가 나간 쪽을 뚫어져라 보면서 중얼거렸다.

"아름다운 여자야. 저 정도면 여기 대장도 마누라 엉덩이에 깔려 좋아 죽겠는걸?"

"글쎄, 어떨까?"

이 자식 이젠 저 여자한테 뇌물을 쓸 작정이군, 하고 후루야는 의심했다. 얼마나 들고 갈 작정일까?

후루야는 자신의 아내와 미치코를 비교하고 있었다. 그의 아내는 이미 세 아이를 낳고 피부가 늘어질 대로 늘어져 있었지만 미치코와 다름없이 여자임에는 틀림없다. 미치코가 가지의 출세를 바라듯이 그의 아내도 그의 출세를 바랄 것이다. 게다가 그의 아내는 그가 평생 가지를 따라잡을 수 없는 것과 마찬가지로 미치코를 따라잡을 수는 없다. 학교를 나왔느냐 그러지 못했느냐에 따라 남자뿐만 아니라 그의 아내까지도 평생이 좌우된다. 이런 불합리함은 도무지 참을 수가 없다.

"아까 좋은 정보가 있다고 했는데, 뭔가?"

무타가 칫솔 수염을 쓰다듬으면서 몸을 가까이 가져왔다.

"당신은 해산당하면 어쩔 거야?"

"큰일날 소리! 돈줄이 끊기다니 말도 안 돼!"

"그럼 끊기게 되면 의논하러 와. 놈은 결재를 받았으니까."

"어쩔 생각인데?"

후루야가 히쭉 웃었다.

"넝쿨은 시들어도 오이는 밭에 굴러다니는 법이야."

무타는 눈을 반짝였다. 과부 사정은 과부가 안다.

"그런데 그건 위험하지 않을까? 오키시마가 눈을 부라리고 있는데."

"그래, 위험하겠지. 해고당해서 쫓겨날 거야."

"당신이 좀 움직여줄 거야?"

"글쎄. ……난 언제 빨간딱지가 날아올지 몰라서."

후루야는 졸려 보이는 눈으로 한곳을 응시하면서 다른 말을 했다.

"아내와 자식 생각을 하지 않을 수가 없으니 원."

싼값에는 움직일 수 없지. 그 말로 들린다. 그렇다 해도 무타는 만일의 경우에 대비해 가지의 주변에 반격의 거점을 만들 수 있을 것 같아서 크게 만족했다. 돈만 주면 영혼이라도 살 수 있는 세상이다. 그 점에서 후루야와 무타는 완벽하게 호흡이 맞았다.

"당신도 굴러온 돌 때문에 자리가 날아가 버렸으니 안됐군."

무타가 한쪽 눈으로만 웃으며 말했다.

"당신이 그럴 마음만 먹는다면 범이 날개를 단 격이지."

"범의 품삯은?"

기회를 놓치지 않고 후루야가 날카롭게 찔렀다. 무타는 생각하고 나서 손가락을 세 개 세웠다. 광부 한 사람당 3엔의 수수료를 내겠다는 의미다. 후루야는 음흉하게 웃었다.

"주판알 참 잘 튕긴다니까. 그 근처 탄광에 광부들을 보내놓고 1인당 15엔씩 모집비를 가로챌 속셈이지?"

"당치도 않아. 그렇게 갈취할 순 없지. 더군다나 후루야 씨 여기 놈들에게 얼굴이 알려지지 않고 수완이 좋은 놈을 하나 부려야 하니까, 그놈한테 두 개는 들어가야 하지 않겠어?"

후루야는 졸려 보이는 눈을 창 쪽으로 돌렸다. 1인당 3엔에 500명을 빼돌리면 1,500엔이 된다. 쥐꼬리만 한 월급의 약 1년 6개월치. 상당한 액수다. 이런 일이 종종 있으면 자신이 감옥에 들어갔다 나올 일이 있어도 가족들은 당분간 먹고살 걱정이 없다.

무타가 일어섰다.

"나갑시다."

거래에 대해 상의도 할 겸 중국요리라도 한턱 낼 모양이다. 싫진 않다. 후루야는 일부러 책상 위에 하려던 일을 벌여놓고 일어섰다.

14

산 중턱 7부쯤 되는 곳에 아가리를 딱 벌리고 있는 갱도는 철도 터

널 정도의 크기였다. 산사람들이 통동이라고 부르는 이 본갱도가 산허리로 깊숙이 파고 들어가 수많은 가지를 뻗듯 좁은 갱도를 뻗고 태내胎內에 간직되어 있는 풍부한 광물을 퍼낸다.

갱구에 있는 대기소 앞을 지나 갱내로 조금 들어가면 온몸이 바짝 죄이듯 서늘하다. 때때로 멀리서 천둥이 치듯 발파 소리가, 또 여기저기에서 단속적斷續的으로 드리프터가 암반을 파고 들어가는 소리가 들린다. 암벽을 따라 점점이 켜져 있는 알전구가 깊은 어둠을 밝혀주고 있다.

가지와 오키시마는 갱도 입구에서 막 갱 밖으로 나오고 있는 오카자키와 마주쳤다. 오카자키는 걸음을 멈추고 가죽 정강이 싸개를 채찍으로 때렸다.

"여! 두 양반께서 시찰을 나오셨구려. 수고가 많수다. 그런데 오키시마 씨, 오늘 아침 첫 광부는 어찌 된 거요? 어제까지는 잘 맞춰서 보내주더니……."

"오키시마 씨에게 부탁해서 2광구 쪽으로 돌렸습니다."

가지가 대답했다.

"거기가 요즘 사나흘 동안 바빠서……."

"허허, 그럼 여기는 바쁘지 않다고 생각하시는가? 1광구의 책임을 가볍게 해주는 건 당신밖에 없으니, 이거 인사라도 올려야 할 판이군. 오키시마 나리, 예정된 인원수만큼은 꼬박꼬박 보내주쇼. 영감한테 머리끄덩이 잡히는 건 나니까 말이오."

"물론 보내드려야지."

오키시마는 언짢은 웃음을 보였다.

"오카자키 대장님께서 현장에 배급되는 광부들의 식료품이 행방불명되지 않도록 해주신다면야 여부가 있겠나."

현장에 배급되는 식료품이 가끔 행방불명된다. 그것도 운반 손수레가 통째로 없어진다. 손수레는 대개 산 중턱 나무그늘 아래에 버려져 있는 것을 찾아오지만, 수십 명에 달하는 광부들에게 하룻밤의 허기진 작업을 강요한 식료품은 어디로 사라졌는지 알 길이 없다. 짐작컨대 사라진 식료품은 식량부족에 시달리고 있는 마을 사람들의 뱃속에 들어가고, 그 대가가 광산에 있는 누군가의 주머니를 채워주고 있을 것이다. 광부들의 장난이건, 조장의 의도이건, 일본인 현장 직원의 조작이건, 좌우간 어느 누군가가 개입되지 않고는 불가능한 일이다. 이 현장은 오카자키가 관할하고 있기 때문에 그것을 추궁당하면 오카자키가 곤란하다. 그는 이런 쩨쩨한 범행에 자신이 연관되어 있다고 오키시마 일행에게 의심받는 것이 부아가 나서 견딜 수가 없었다.

"미리 말해두지만."

오카자키가 삼백안을 번뜩이며 살집이 두툼하고 불그죽죽한 얼굴을 내밀었다.

"나도 당신들만큼이나 월급은 받고 있수다. 이상야릇한 말은 좀 삼가는 게 어때. 응? 이제 곧 내가 그 좀도둑놈들을 꼭 잡아다 대령할 테니까. 잡고 나서 보니 당신 부하였다, 뭐 이런 재미없는 상황이 되지 않도록 조심이나 하슈."

"노무계에서 관여하는 것은 현장의 통용문까지입니다."

가지가 반박하듯 말했다.

"통용문 밖에서 사고가 일어난 적은 없지 아마?"

오키시마는 소리 내어 웃으면서 오카자키가 머쓱해져 있는 틈을 교묘하게 노려 가지의 걸음을 재촉했다.

혼자 남겨진 오카자키는 부아가 난 듯 가죽 정강이 싸개를 채찍으로 강하게 후려쳤다.

"관여라고? 흥! 신출내기 애송이 새끼가! 어디 두고 보자!"

그는 불요불굴不撓不屈의 강인한 정신을 갖고 있다고 자인하고 있었고, 현장에서 그의 위령威令에 따르지 않는 곳은 없다고 믿고 있었다. 즉, 현장의 1인자다. 바꿔 말하면 이 광산에서 가장 중요한 인물이다. 기술주임은 그의 상사이지만 기술상의 지도자이지 인간의 지배자는 아니다. 인간의 지배자는 바로 그, 오카자키다. 그가 없으면 이 광산은 활동을 멈춘다. 그렇게까지 그는 자부하고 있다. 또 사실 그의 자부는 상당한 정도까지는 정당하다. 따라서 그의 위령에 굴복하지 않는 인간을 극도로 증오하는 것이다.

"저자도 참 희극적인 인간이군."

가지가 익숙지 않은 갱도를 조심스럽게 걸으면서 말했다. 산길과는 달리 여기서는 오키시마가 편안하게 앞장서서 걷는다.

"그런 생각은 경계해야 할 거야."

말하면서 오키시마는 고개를 돌려 요령이 없는 가지의 걸음걸이를 보았다.

"갱내에서는 자네가 훨씬 희극적으로 보일지도 몰라."

왜 내가 희극적이라는 거야? 가지는 묻고 싶었지만 말로는 하지 않았다. 나의 어디가 희극적이라는 걸까? 그는 고개를 들어 오키시마의 등을 보았다가 다시 발밑을 조심하기 위해 고개를 숙였다. 말로 물어보면 단박에 해결될 궁금증을 그는 몇 번이나 되풀이해서 생각했다. 그리고 몇 번이나 발이 걸려 넘어질 뻔했다. 그때마다 오키시마는 뒤돌아보며 빙그레 웃었다.

막장을 몇 군데 돌아보는 동안 가지는 거의 입을 열지 않았다. 오키시마는 배가 고팠지만 가지는 식사 같은 건 염두에도 없는 것 같았다.

"이만 철수하세나."

오키시마는 가지가 또다시 다른 갱도로 들어가려고 하는 것을 보고 말했다.

"하는 김에 조금만 더 하지."

가지는 낡은 동바리(갱도 따위가 무너지지 않게 받치는 나무 기둥 – 옮긴이)를 잡으면서 안으로 들어갔다.

"아무리 다녀봐도 이 부근은 어느 막장이나 마찬가지야."

마지못해 따라오며 오키시마가 말했다. 무언가를 맞닥뜨리지 않으면 만족하지 못하는 자다, 이 녀석은 실제로!

"충전充填(채굴이 끝난 뒤에 갱의 윗부분을 받치기 위해 캐낸 곳을 모래나 바위로 메우는 일 – 옮긴이)이 늦어지기 때문에 파내기가 어렵고, 낙반落盤의 위험도 있는 거군.

자네는 엔지니어가 아니니까 그 정도만 이해하고 있어도 충분할 거야."

그러기에 어떻게 일을 시키느냐가 문제다. 가지는 막장 앞에 멈춰 서 있는 빈 광차에 손을 얹으며 걸음을 멈췄다. 기안문서를 올려 결재를 받는 사무 처리는 사흘도 채 걸리지 않지만 동굴 안의 악조건을 개선하는 데는 석 달이 걸려도 불가능할 것이다. 능률도 오르지 않고, 더구나 위험한 장소에서는 일을 못하게 한다. 그것이 가지의 입장일지도 모른다. 그런 곳에서 급여를 올려주고 일을 시킨다. 그것이 가지의 일이다. 그럼 어떻게 할까?

가지는 광차를 한 번 밀어보았다. 바퀴가 음산한 소리를 내다가 이내 멈췄다. 여기서는 드리프터 소리도 정과 곡괭이 소리도 들리지 않았다. 폐광처럼 조용하다. 이따금 차가운 물방울이 목덜미에 떨어지거나 어두운 웅덩이에 떨어져서 깜짝 놀랄 정도로 선명한 물소리를 냈다. 그러고는 다시 지하의 어두운 침묵으로 돌아간다.

갑자기 날카로운 노성怒聲이 암반에 울렸다. 이어서 공구가 바위에 부딪혀 튕기는 듯한 금속음이 들렸다. 두 사람은 막장 입구를 응시했다. 칸델라르(금속이나 도기로 만든 주전자 모양의 호롱에 석유를 채워 켜 들고 다니는 등−옮긴이)의 희미한 불빛 아래 젊은 현장감독 조수가 서 있고, 그의 발밑에 광부 한 명이 쓰러져 있었다. 그다지 넓지 않은 막장이지만 충전이 늦어져서 천장이 높았다. 기분 나쁘게 늘어져 있는 암각이 지금 당장이라도 떨어질 것처럼 보였다.

칸델라르 불빛이 어둠 속으로 빨려 들어가고 있는 곳에 광부 세 명이 넋을 놓고 서서 쓰러져 있는 동료를 내려다보고 있었다. 눈이 어둠에 익숙해지자 안쪽 암벽에 걸려 있는 칸델라르 불빛 아래에도 몇 명의 광부가 있는 것이 보인다. 그들은 암반과 거의 구분이 가지 않는 보호색처럼 더러워진 몸을 웅크리고 있었다.

젊은 조수는 발밑에서 일어나려고 하는 광부를 한 번 걷어차고 옆에 서 있는 광부들에게 다가갔다.

"날 우습게봤다간 용서하지 않아."

그러고는 힘껏 따귀를 날렸다. 아무리 봐도 익숙한 호흡이다. 오키시마가 뒤에서 말을 걸었다.

"무슨 일이야?"

조수는 놀라는 기색이었지만 광부들의 눈앞이라 위엄을 과시해야겠다는 필요성을 한층 강하게 느낀 모양이다.

"이 새끼들이 농땡이를 부리면서 말을 해도 듣질 않습니다."

말하고 나서 다시 다른 광부의 뺨을 때렸다.

"때린다고 움직이겠나. 마차 끄는 말도 아니고."

가지가 다가와서 말했다.

"막장의 조건이 나쁘니까 일하고 싶지 않을 거야. 때리면 능률만 떨어뜨릴 뿐이니까 그만하게."

젊은 조수는 희미한 칸델라르 빛을 통해 가지를 확인하고 그의 코앞으로 얼굴을 가져갔다. 남에게 위압감을 주는 것에 익숙하고, 위협적인 태도로 협박하기에 어울리는 얼굴이다.

"당신이 신임 노무 반장입니까? 난 오카자키 씨의 지시를 받고 있수다. 미안한 말이지만 당신 부하가 아니란 말이외다. 현장 일에 이래라저래라 간섭받고 싶지 않소."

이런 열악한 막장을 한 번 맡아봐! 어쨌든 돌멩이를 캐내지 않으면 내 실적이 떨어진단 말이다. 내 실적이!

가지는 오키시마가 어두운 곳에서 빙그레 웃은 것을 의식했다. 이거 재미있게 됐는걸. 가지, 내가 보고 있네.

"그런가, 그럼 간섭은 안 하지. 그 대신 광부들이 손찌검을 당하게 놔두진 않겠네."

"어떻게 하겠다는 겁니까? 네? 어디 한 번 들어나 봅시다. 난 나대로의 방법이 있으니까요."

조수의 콧구멍이 커지고 가슴이 부풀어 올랐다. 이 풋내기 반장님아, 당신 여기가 땅속이란 걸 잊은 건 아니겠지? 세상의 서열이란 놈은 통하지 않는다구!

가지는 상대의 몸의 중심이 오른발 발톱 끝에 가 있는 것을 보았다. 이 자식, 왼손잡이군. 방금 전에 광부를 때린 것도 왼손이었어. 이 자식은 오카자키에게 이야길 들은 것이 틀림없다. 아무것도 모르는 노무계의 애송이 새끼가 하는 말은 들을 필요도 없다고.

"어떤 방법인지는 모르겠지만, 현장에서 광부를 때리는 것이 자네들의 자유라고 말하는 것이라면 맞는 대상을 이곳으로 보내지 않겠다는 말이네."

가지는 자기가 한 말이 마음에 들어서 씨익 웃었다. 조수는 주먹을 움켜쥐는 것 같았다. 안광이 더욱 험악해졌다. 이 자식 쌈닭을 닮았군, 하고 가지는 또다시 씨익 웃었지만, 자신의 눈도 틀림없이 쌈닭이 싸울 때처럼 번뜩이고 있을 것이라고 생각했다.

오키시마가 갑자기 광부들을 향해 말하기 시작했다. 유창한 중국어가 엄청나게 큰 목소리로 갱내에 울려 퍼졌다.

"너희들 일하고 싶지 않으면 일하지 마. 난 조금도 곤란하지 않아. 너희들은 내일부터 입갱入坑할 필요 없어. 아침부터 밤까지 숙소 온돌이나 엉덩이로 깔고 앉아서 따뜻하게 덥히고 있으란 말이야. 다른 놈들이 밥을 먹을 때 너희들은 손가락이나 빨아. 내가 이 광산에 있는 이상 너희들을 절대로 입갱시키지 않을 것이다. 알아듣겠나?"

광부들은 어슴푸레한 불빛 아래에서 꾸물꾸물 움직이기 시작했다. 자기들이 체념해버린 숙명에 이제 와서 반항해본들 무슨 소용이 있냐는 듯······.

조수의 몸의 중심은 차차 뒤꿈치 쪽으로 돌아갔다. 부풀어 오른 가슴도 가라앉기 시작했다. 서로 쏘아보던 시선을 먼저 거둔 것은 조수 쪽이다. 쳇! 하고 혀를 차고 갱도의 어둠 속으로 모습을 감췄다. 광부들은 느릿느릿 움직이며 공구를 들기 시작했다.

통동 갱구로 돌아갈 때 오키시마가 웃으면서 말했다.

"걱정이야."

"뭐가?"

"자네가 점점 희극적인 인물이 되어가는 게 말이야."

"확실하게 좀 말해봐, 뭐가?"

"희극적이라는 말이 마음에 들지 않으면 비극적이라고 고쳐 말할까? 정말 비극적인 신파극의 주인공이야."

가지는 분연히 걸었다. 마치 이 갱도를 10년 동안 계속 걸어온 사람처럼 확신을 갖고.

두 사람이 갱구를 나와 대기소 앞을 지날 때 오카자키는 안에서 보고 있었다. 옆에 있는 책상 위에 도시락이 놓여 있고, '노무계의 가지 씨 도시락'이라고 종이에 쓰여 있었다. 오카자키는 아무 말도 하지 않았다.

시각은 3시를 지나고 있었다. 태양은 서쪽으로 약간 기울어 있었지만 아직 지치지는 않았다. 이글이글 타오르며 어린잎에서 비린내 나는 생명의 냄새를 피워 올리게 하고 있었다.

"난 광부의 관리자야."

가지가 오키시마의 옆얼굴을 노려보며 말했다.

"죄수의 간수는 아니잖아? 인간을 인간으로서 대우하겠다고 말할 수 있는 행복한 놈이야. 그렇지? 그 행복한 입장 때문에 적이 생긴다면 아무리 생긴다 해도 어쩔 수 없지 않을까? 그런 것을 당신이 비극적이라고 하고 비극적인 신파극이라고 한다면 난 그 신파극의 주인공이든 단역이든 기꺼이 맡을 거야."

오키시마는 입가에 엷은 미소만 띤 채 대답하지 않았다.

15

　미치코는 현관에서 마루로 올라가는 귀틀에 산처럼 쌓여 있는 물건들을 앞에 두고 어쩔 줄을 몰랐다. 갑자기 세 남자가 가지고 와서는 아무리 사양해도 막무가내로 놓고 가 버린 것들이다.

　세 사람 중에 칫솔 수염을 기른 사내가 있었다. 노무계 사무소에서 본 사내다. 이 사내는 왠지 모르게 기분이 나빴다. 간살스럽게 웃으면서 거의 혼자 떠들었지만, 눈은 봉긋하게 솟은 미치코의 가슴을 뚫어져라 보고 있었다. 그의 입에서 흘러나오는 말이란 모두 진부한 아첨뿐이었다.

　가지가 온 뒤로 광부들이 열심히 일하게 되었다. 덕분에 자기들도 일하는 데 한결 수월해졌다. 자기들이 어쩌다 실수하면 가지의 마음에 들지 않을 수도 있겠지만 "부디 내치지 마시고 잘 지도해주시길 바랍니다."라고. 미치코는 남자들의 시선이 온몸을 기어 다니는 듯했기 때문에 불쾌감에 안절부절못하며 듣고만 있었다. 어디서든 이렇게 뻔히 들여다보이는 아첨만 하면 일이 잘 풀리는 걸까? 라고 생각하면서.

　물건들은 설탕 한 관하고 술 두 되, 밀가루 한 포대와 무명 세 필이었다. 설탕 상자를 싼 종이가 약간 불룩해 있고, 각봉투 크기의 백지로 싼 것이 끼워져 있었다. '무타. 고바야시. 가네다.'라고 겉에 쓰여 있다. 살짝 열어 보니 100엔짜리 신권 지폐가 다섯 장 있었다. 미치코는 당황해서 원래대로 돌려놓았다. 마음이 진정되지 않았다. 그러면서도 머리는 저 혼자 계산하고 있었다. 가지의 본봉 4개월치보다 조금 많다. 근무지 수당을 합한 월급 총액의 3개월치보다도 조금 적은 금액이다. 타이피스트였던 미치코에게는 상당히 큰돈이었다.

　가지가 이걸 보면 어떤 표정을 지을까? 이걸 왜 받았어? 라고 호통칠지도 모른다. 받았다는 것은 이쪽의 태도가 그만큼 단호하지 못했다는 것을 의미한다. 실제로 미치코는 물건들을 보고 상당한 매력을 느꼈다. 설탕은 요즘 아주 귀한 물건이다. 가지는 단것을 좋아한다. 설탕과 밀가루가 이만큼만 있어도 여러 가지를 만들어 먹을 수 있다. 가지는 흔쾌히 입맛을 다셔줄까? "정말 맛있다! 조금 더 줄래?"라고 말할지도 모른다. 만약 그렇다면 요리를 하는 보람이 있다. 무명은 전혀 배급되지 않고 있다. 갖고 있으면 언젠가는 꼭 필요할 때가 온다. 술은 노무계 사람들이 무척 좋아한다. 그런데 가지는 어떤 표정을 지을까?

　저녁때가 되어 가지가 돌아오려면 아직 시간이 꽤 남아 있었지만 미치코는 집 앞 샛길로 나갔다. 숲속에 점점이 흩어져 있는 일본인 사택을 연결하는 이 샛길에서 크림색 벽과 빨간색 지붕이 나무숲 사이로 드문드문 보이는 광경은 미치코의 마음을 달콤하고 흡족하게 만들어주었다. 나무들 중에는 아카시아나무가 섞여 있었는데, 그 하얀 꽃송이가 어린잎 사이에서 축 늘어진 채 곧 이 일대에 달콤한 향기를 진하게 뿌리며 흩날릴 것을 약속하고 있었다. 근사한 향기! 더할 나위 없는 행복! 미치코는 이 샛길을 사랑하고, 집을 사랑하고, 이 산속 생활을 사랑했다.

 지금 이 샛길에 서서 문득 마음 한구석을 스치는 작은 불만, 채워지지 않는 사소한 욕망이 있다면 그것은 이른 아침 산새들이 지저귀는 소리를 들으며 가지와 함께 이 샛길을 산책하고, 저녁때도 또 그와 함께 이 샛길을 산책하며 나무 사이로 스며드는 노을빛을 쫓아 거대한 석양이 산 저편으로 지는 모습이 보이는 곳까지 거닐고 싶은 것이다.

 그런데 가지는 아침에 출근하기 직전까지 잔다. 흔들어 깨워도, 입술을 포개도 "5분만 더." "제발 3분만." 하고 깰 줄을 모른다. 일어나면 놀라운 속도로 입 안에 밥을 쓸어 넣고 허둥지둥 나간다. 마치 마누라는 안중에도 없는 것 같다. 저녁때도 그는 석양을 그의 집 문 앞에서 본 적이 없다. 미치코는 숲이 밤의 어둠 속으로 가라앉을 때까지 그의 발소리를 들은 적이 없다. 하지만 지쳐서 '굶주린 늑대'가 되어 돌아온 가지가 미치코 앞에 서면 미치코는 그날 하루를 잊고, 내일도 오늘과 같은 고독의 시간이 있으리라는 것을 잊어버리고 만다.

 기다린다. 매일 기다리고 있다. 몇 시간이든 기다린다. 그가 그녀와 결혼하기 위해 선택한 일이기 때문에 그 일을 하는 동안은 기다린다.

 샛길을 따라 산 사내들이 하나둘 돌아오기 시작했다. 미치코는 집에 들어가 저녁식사 준비를 시작했지만 거의 10분 간격으로 집 안팎을 들락거렸다. 가지에게 무언가 할 말이 있는 양 도무지 안정되질 않는 것이다. 그것은 세 남자가 가지고 온 물건 때문일 텐데, 돌아오는 사람들을 보니 이제는 오로지 애타게 기다리는 마음뿐이다.

석양빛이 나무 사이를 누비며 선명한 노을빛 무늬를 수놓고 있었다. 그것이 서서히 칙칙해지기 시작하자 연보랏빛 땅거미가 안개처럼 자욱하게 내려앉는다. 그리고 그것은 순식간에 짙어진다. 어두워진다. 보금자리로 서둘러 돌아가는 산새들의 울음소리가 나뭇가지를 스친다. 밤이 나무들 사이로 숨어든다. 그리고 퍼진다. 두꺼워진다. 새까매진다. 밤이다. 이제 나무 아래 샛길을 지나는 사람은 없다.

행복한 슬픔이 미치코를 완전히 감싸버린다. 기다린다. 앞으로 몇 십 분이든, 몇 시간이든 기다린다. 따스한 봄날 밤의 이런 기다림에는 무언가 견딜 수 없는 것이 있다. 가슴이 달콤하게 조여 온다. 젊기 때문이다. 생명이 체내에서 흘러나와 틀에 박힌 생활의 굴레에서 비어져 나오려고 한다.

미치코는 산골짜기로 통하는 길을 내려갔다. 어느새 달이 떠올라 창백한 빛을 나무 사이로 뻗치고 있었다. 이 길을, 지금, 가지가 올라오고 있을 것만 같은 기분이 들었다. 미치코는 자기가 먼저 뛰어 내려갈 것이 틀림없다고 생각한다. 안길 것이다. 달빛 아래에서 나누는 포옹. 가지는 피곤함을 잊을 것이고, 미치코는 기다림의 애달픔을 잊을 것이다. 정말 멋져! 그렇게 하고 싶어!

미치코는 전방을 몇 번이나 살폈다. 사람 그림자는 없었다.

노무계 사무소에는 불이 환하게 켜져 있었다. 안에서는 가지와 첸, 둘만 남아 일을 하고 있었다.

"첸, 이제 들어가도 돼."

가지가 얼굴을 들며 말했다.

"어머님께서 기다리고 계시잖아."

첸은 능숙한 솜씨로 주판알을 튕기고 나서 웃는 얼굴로 대답했다.

"어머니는 잔업하는 걸 좋아하세요. 잔업수당이 늘어나니까요."

첸은 일급 1엔 50센錢(일본의 화폐 단위. 1엔의 100분의 1-옮긴이)을 받는데 2엔 50센을 받는 일본인보다 일을 잘한다. 아니 본봉이 120엔에 가까운 가지보다도 글씨를 잘 쓸 뿐만 아니라 주판 놓는 기술은 차원이 다르다. 만약 '오족협화五族協和(일본이 만주국을 건국할 때의 이념이다. 5족은 일본인·한족·조선인·만주족·몽고인을 가리킨다 - 옮긴이)'라는 만주국 건국 이래의 이념이 '민족평등'이라는 원칙으로 고도화되어서 동일노동, 동일임금이라는 당연한 논리가 실행된다면 가지는 첸의 자리를 후루야의 자리와 바꿀지도 모른다.

"잔업하지 않으면 먹고살기가 어려워?"

"아니요. 수수와 콩깻묵이 배급으로 나오고 있으니까요. 어머니는 저금을 하고 있어요. 좋은 옷을 입고, 죽기 전에 고향에 한 번 다녀오시는 게 꿈이라고 하시네요. 산둥이에요."

첸은 정리를 끝낸 풀스캡을 가지런히 하여 가지의 책상으로 가지고 왔다.

"더 할 일이 있습니까?"

"아니, 이제 됐어. 먼저 들어가."

첸은 책상 위를 정리하기 시작했다.

"어머님께선 고향에 돌아가시면 뭘 하실 생각이신데?"

첸은 쓸쓸하게 웃었다.

"어머니는 돌아가신 아버지가 산둥에서 이곳으로 온 뒤 뒤따라오셨습니다. 어머니의 언니는 단단히 화가 났던 모양입니다. 돈도 없는 남자에게 시집가다니 그런 바보가 어디 있냐고요. 돌아가신 아버지는 어머니가 온 뒤로 산둥으로 5엔을 부쳐주고 어머니를 샀습니다. 외할아버지와 이모는 50엔을 내놓지 않으면 팔 수 없다고 하신 모양인데, 아버지는 돈이 없었죠. 그래서 5엔을 보낸 것입니다. 아버지는 산둥에서 만주로 흘러들어온 막노동꾼이었습니다. 그래도 5엔을 보냈으니 대단하시죠?"

가지는 고개를 끄덕였다.

"여기에선 얼마나 살았나?"

"아버지는 이 광산에서 돌아가셨습니다. 충전 수갱竪坑(광산이나 탄광에서 수직으로 파 내려간 갱도-옮긴이)에서 떨어지셨죠. 어머니는 아버지가 살아 계실 때는 싸우기만 하셨어요. 아무리 열심히 일해도 돈을 벌지 못하는 남자는 죽는 게 낫다고 하면서요. 아버지가 돌아가셨을 때 어머니는 병이 났습니다. 어머니는 그 후로 병을 달고 사시죠. 여자는 다 그런가요?"

가지는 대답할 수 없었다. 부정도 긍정도 아닌 표정으로 고개만 가로저었다.

"어머니는 좋은 옷을 입고 산둥에 돌아가서 아버지가 부자가 되었다고 말하고 싶으신 모양이에요. 큰 집을 짓고, 아들인 나는 만주국의 고위 관리가 되었다고 뽐내고 싶으신 것 같아요. 그러고 나서 아버지 곁으로 가시겠죠."

첸은 웃으며 인사를 하고 유리문 앞에서 말했다.

"사모님께 늦는다고 말씀하셨어요?"

"아니, 나도 곧 들어갈 거야."

첸은 나갔다. 가지는 피곤해서 개기름으로 번들번들한 얼굴을 손으로 문질렀다. 미처 깎지 못한 수염이 까칠까칠했다. 미치코가 따갑다고 하겠군. 사치스러운 행복이라고 생각했다. 가지는 1만 명에 달하는 첸의 아버지를 책상 위에서 처리하고 이제 들어가려고 한다. 이 1만 명은 첸의 아버지보다 비참할지도 모르겠다. 5엔으로 아내를 살 수 있는 남자가 얼마나 될까?

자네 집의 오늘 저녁 반찬은 뭘까? 라고 빈정거리는 오키시마의 얼굴이 보인다. 아마도 불고기가 올라오겠지. 그리고 채소 샐러드도 있을 테고. 가지는 오키시마가 집에서 맥주를 마시고 있는 모습을 상상했다. 오키시마의 아내가 포동포동한 손으로 맥주병을 들고 있다. 피곤하셨죠? 라고 했을 것이다. 첸은 어머니와 둘이서 콩깻묵 죽을 먹을 것이다. 반찬으로는 소금에 절인 중국 무. 자신은 미치코를 5엔에 사지는 않았다. 한 푼도 내지 않았다. 하지만 거대 회사의 전도유망한 청년사원의 미래라는 약속어음으로 산 것이나 마찬가지다. 애정이라는 프리미엄을 얹어서.

첸의 아버지는 가지처럼 할 수 없었다. 첸도 그렇게 할 수는 없을 것이다. 그가 일본인이 지배하고 있는 중국인인 이상은. 하지만 언젠가 전쟁이 끝났을 때 자신의 아이가 먼 훗날 5엔으로도 아내를 살 수 없는 처지가 되지 않는다고 누가 보장하겠는가. 첸은 그때 지금 자신이 생각한 것처럼 생각할까?

가지는 불을 끄고 건물 밖으로 나왔다. 창백한 달빛이 사람 없는 네모난 광장을 환히 비추고 있었다.

걷기 시작했다. 그때 전봇대 그늘에서 사람 그림자가 튀어나와 가지에게 안겼다. 야들야들한 몸이었다. 좋은 냄새가 났다.

"깜짝 놀랐잖아!"

가지는 품 안에 폭 안긴 여자의 입에서 신음 소리가 새어나올 정도로 힘껏 끌어안았다.

"언제부터 기다리고 있었어?"

물어놓고 대답도 기다리지 않고 인형을 가지고 놀 듯 미치코를 꼭 끌어안았다가 풀고, 다시 끌어안았다. 미치코는 가지의 까칠한 수염이 따가워 몸부림을 치면서도 웃음을 멈추지 않았다.

두 사람은 걸었다. 가지가 갑자기 물었다.

"오늘 저녁 반찬은 뭐야?"

"맞혀보세요."

"……불고기와 채소 샐러드."

"미안하지만 카레라이스예요. 먹고 싶었어요?"

"아니, 잘했어. 그것도 좋아."

가지는 가볍게 소리를 내서 웃었다.

"왜 그래요? 불고기와 채소 샐러드가 어쨌는데요?"

가지는 말하지 않기로 했다. 이런 하찮은 것으로 미치코가 신경 쓰는 게 싫었다. 그러자 미치코가 가지의 가슴을 흔들며 재촉했다.

"불고기와 샐러드를 먹거나……."

말을 꺼내면서 가지는 오키시마의 얼굴을 떠올렸다.

"맥주를 마시는 놈이 소금에 절인 중국 무밖에 먹지 못하는 사람에게 기울이는 동정이란 게 어떤 것일까, 뭐 그런 거야. 어떤 사내는 그래도 동정해야 한다고 말하고, 어떤 사내는 그런 건 부자가 거지에게 던져주는 동냥 같은 것이라고 하더군."

미치코는 가지의 팔에 매달리다시피 하며 걷고 있었다. 잠깐 동안 둘은 아무 말도 하지 않았다. 이윽고 미치코가 가지의 옆얼굴을 올려다보며 말했다.

"어떤 이유가 있어도 즐겁게 살 수 있는 길을 거부해서는 안 되죠. 그렇죠?"

가지는 고개를 끄덕였다. 그런 것 같았다. 오키시마는 아무 생각 없이 맥주를 마실 것이다. 가지는 생각하면서 불고기를 먹을지도 모른다. 그렇다 치더라도 불고기를 먹으면서 먹을 수 없는 사람을 생각해서는 안 된다는 법도 없을 성 싶었다. 오키시마는 착각하고 있는 것이다. 그렇게 생각하면서도 가지는 어쩐 일인지 마음이 안정되질 않았다.

"안 돼요, 생각은 그만."

미치코가 말했다.

"사무소에서 나오면 당신은 제 거예요."

따스한 밤공기는 달콤했다. 언덕길에 들어서자 나무 아래에 괴어 있는 어린잎의 비릿한 냄새가 관능을 자극했다. 가지의 몸은 공복과 피로를 잊고 관능적인 욕망으로 가득 찼다.

"무슨 냄샌지 알아?"

미치코는 코를 벌름거리며 냄새를 맡아보더니 들뜬 목소리로 말했다.

"바보!"

미치코는 가지의 몸에 매달려 달빛을 향해 고개를 젖히며 기댔다.

"좋아요."

잠시 후 미치코가 속삭였다.

"이렇게 하고 싶었어요. 그래서 나온 거예요."

두 사람은 뒤엉켜서 언덕을 올라갔다.

집에 다 와서야 겨우 미치코는 세 남자가 주고 간 선물 이야기를 꺼냈다. 500엔과 설탕과 술과 밀가루와 무명. 가지는 잠자코 있었다. 미치코는 이따금 가지의 얼굴을 살폈다. 달빛을 받아 남자의 얼굴은 창백하고 엄해 보였다.

"화났어요? 제가 받아서?"

가지는 불쑥 말했다.

"갖고 싶어?"

아니요! 라고 미치코는 고개를 가로저었다. 갖고 싶지 않은 것은 아니었다. 가지를 위해 갖고 싶었다. 하나라도 있으면 두 사람의 생활은 윤택해질 것이고, 그만큼 애정이 깊어질 것이다. 그래서 갖고 싶은 것이다.

"내일, 제가 돌려주고 올까요?"

"아니. 내가 돌려줄게."

내일 무타와 고바야시와 가네다를 부르자. 나를 너무 물렁하게 보고, 우습게본다. 세 사람이 담당하는 세 개 조의 광부 수는 대략 500명이다. 1인당 1엔씩 착취한 돈으로 나를 매수해서 광부들에게 계속 착취할 수 있는 권리를 얻겠다는 속셈이다. 설탕과 밀가루는 광부들의 배급 창고에서 배급계인 마쓰다와 공모하여 빼낸 것이리라. 광부 한 명에게 돌아가는 배급량은 얼마 되지 않아도 1만 명분이라면 한 관이나 한 자루를 조작하는 것쯤은 아무것도 아니다. 내 눈을 속여 가며 여태 그런 짓을 해온 것도 모자라 그렇게 빼돌린 것으로 나를 매수하려고 하다니! 술은 군대 술 보급품에서 슬쩍한 것이 틀림없다. 무명은 현縣(행정 구분 중 하나 - 옮긴이)의 특별 배급품을 속였을 것이다. 뻔히 보이는 속셈이다. 사람을 우습게보지 마라!

가지는 미치코를 보았다. 창백한 달빛을 받은 모습이 아름다웠다. 사랑스러웠다. 가지는 마음이 아팠다. 그도 갖고 싶지 않은 것은 아니다. 미치코를 위해 갖고 싶다. 남편의 부수입을 즐거워하지 않을 아내가 과연 있을까? 그런데도 부수입을 긍정할 수 없는 입장이 서글펐다. 아내에게 즐거움을 주고 싶은 마음을 드러내려고 애썼다. 그 마음이 또 한심스러웠다.

"이제 이런 바보 같은 짓은 하지 않을 테니까 용서해줘요."

미치코가 가냘픈 목소리로 말했다.

가지는 대답 대신 미치코의 겨드랑이에 팔을 두르고 꼭 끌어안았다. 팽팽한 젖가슴이 버거웠다. 세상에 둘도 없는 보물이었다. 가지는 갈증을 느끼며 그것을 움켜쥐고 흔들었다. 묵직하게 흔들리는 그녀의 젖가슴과 큭큭 소리를 내는 미치코.

어서 들어가자. 밤은 그렇게 길지 않다. 두 사람만의 시간은 곧 끝난다. 가지는 걸음을 멈추었다. 미치코는 가지의 어깨에서 얼굴을 들었다. 마침내 집에 도착해보니 현관 외등 불빛 아래에 웬 건장한 사내가 서 있었다.

"무슨 일입니까?"

사내가 성큼성큼 다가왔다.

"이제 돌아오시나 봅니다. 나도 그런데."

오카자키가 말하고 나서 삼백안으로 미치코를 보았다. 가죽 정강이싸개가 찰싹 하고 울었다.

"무슨 급한 일이라도 있습니까?"

"뭐 그런 것일 수도 있고. 당신한테 하나 물어보고 싶은 게 있는데, 나랑 내 부하가 하는 일이 마음에 들지 않아서 광부를 보내지 않겠다고 했다는데, 맞습니까?"

가지는 대답하지 않았다. 일이 희극적으로 될 것 같다.

"정말이오?"

채찍이 가죽 정강이 싸개를 찰싹 때렸다.

"어서 말해보라고! 말을 안 하면 모르잖아!"

미치코는 온몸이 떨렸다. 무서웠다. 하지만 여자만의 특유한 용기도 끓어올랐다. 이 남자가 그이를 채찍으로 때릴 것 같으면 내가 몸으로 막을 거야.

"대답할 필요가 있습니까?"

"대답을 들으러 일부러 왔잖아."

"일 얘기라면 내일 하시죠."

미치코는 가지의 목소리가 믿음직했다. 오카자키는 코웃음을 치며 다시 미치코를 보았다. 몸매가 요염했다. 이 풋내기 새끼가 예쁜 마누라를 달고 다니면서 기분깨나 좋겠구먼. 분명히 사무실에서부터 저렇게 붙어 왔을 거야. 내가 네 나이 때는 손에 못이 다 박히도록 현장에서 개고생을 했어. 너 같은 풋내기와는 태생부터가 다르다고. 그런 나랑 맞짱 뜨기엔 좀 이른 거 아닌가?

"내일이라. 그런 말로 도망치고 싶은 기분은 내가 잘 알지. 사랑스런 아내 앞에서 약한 모습을 보여주고 싶진 않을 테니까."

"나한테 그런 약한 모습이 있단 말입니까?"

"그럼, 그럴듯하게 한번 대답해보시던가."

"당신, 뭘 믿고 그렇게 거만하게 구는 거야?"

가지가 느닷없이 호통을 치더니 미치코를 돌아다보았다.

"당신은 먼저 들어가 있어."

미치코는 두 사람에게서 어떻게 벗어났는지 몰랐다. 문 앞에 서서 시끄러운 가슴을 진정시켰다. 천군만마와 같은 오키시마의 낯짝을 떠올리고 도움을 청하러 달려갈까 하고 생각했다.

하지만 떨어져서 보는 가지의 떡 벌어진 어깨에서는 주눅 든 모습이라곤 티끌만큼도 느낄 수 없었다.

"당신이 광부들을 으르대고 있으니까 누구나 당신을 두려워할 거라고 생각하겠지만, 그렇게는 안 될 거요."

가지는 싸움에 길들여진 상대의 몸놀림을 경계하고 있었다. 방심하지 않고 상대의 몸의 중심을 살폈다. 상반신은 바위 같았지만 하반신은 불안정해 보였다. 공격해오면 허벅다리를 멋지게 한번 걷어차자! 하지만 그러고 난 뒤에는? 내일 문제가 커질 것이다. 소장은 오카자키를 옹호할 것이다. 그래도 일격을 가하고 싶었다. 이놈은 조사부의 예비역 병장 오니시이고, 현장의 무시무시한 낯짝을 한 조수이고, 오카자키다.

"난 당신 조수한테 주의를 줬을 뿐이야."

가지가 말했다.

"그런데 그 지시를 받지 않겠다고 날 찾아왔어. 내가 풋내기인 건 확실해. 하지만 날 모욕하는 것만은 용납하지 않겠어. 만약 내가 현장에서 광부들에 대해 아무 말도 하지 않는다면 광부들을 관리한다는 건 애당초 불가능해. 왜냐하면 광부들은 현장에서 일하고 현장에서 사는 사람들이니까."

"그렇다면 당신이 현장감독도 겸하지그래?"

"그럴 거야. 경우에 따라서는. 당신이 감독직에서 물러나고 나에게 맡으라고 한다면 난 언제든지 받아들일 용의가 있어."

오카자키는 가죽 정강이싸개를 채찍으로 강하게 내려쳤다. 이 새끼가 주둥이만 살았군! 죽여버릴 테다!

"대범하게 나오시는군. 어이, 가지 씨, 당신도 모르진 않을 거요. 지금 광석이 얼마나 필요하고 얼마나 급한지를. 광부들의 낯짝을 한두 놈 갈겼다고 해서 그게 어떻다는 건데? 광석만 많이 캐낼 수 있다면, 그게 전쟁에 도움이 된다면, 그럼 되는 거 아닌가? 그리고 말이야, 당신한테 확실히 물어보고 싶은 게 있는데, 광석을 캐내는 게 중요한가, 광부들이 중요한가? 도대체 어느 쪽이야?"

오카자키는 가지를 궁지에 몰아넣겠다는 듯 삼백안으로 무섭게 노려보았다. 가지는 미치코 쪽으로 시선을 돌렸다. 미치코는 외등 아래에서 온몸의 신경을 눈에 집중시켜서 가지를 쳐다보고 있었다.

"난 그런 생각은 해보지 않았어."

가지가 받아 넘겼다.

"광석과 인간을 비교하는 바보 같은 생각 말이야. 인간을 소중하게 여기면 광석은 나오게 마련이야. 그런 간단한 이치가 어째서 당신들의 머릿속에서는 반대로 되어 있는지, 난 통 영문을 모르겠어."

오카자키는 찰싹, 찰싹 하고 가죽 정강이싸개를 계속해서 때리고 있었다. 그러면서 가지를 때려눕히고 싶은 욕망을 간신히 억누르고 있는 듯했다.

"그거야 조만간 알게 될 날이 오겠지. 말해두고 싶은 것은 라오후링의 오카자키는 돌과 흙 속에서 단련해온 사내라는 거야. 설령 이론이 어떻든 당신들의 그 설익은 학문적 이론을 넵, 알겠습니다 하고 무조건 따를 것 같나? 20년 동안 쌓아온 내 경험으로 마음속에 자리 잡은 생각을 바꿀 수야 없지. 알아듣겠나? 난 앞으로도 내 마음대로 할 테니까 잘 기억해둬."

"기억해두지."

싸움을 걸어온다면 받아줄 작정이다. 어쩔 수 없다. 자신이 그렇게 하는 것이 아니라 자신의 입장이 그렇게 하는 것이다. 그는 그렇게 생각했다. 달빛을 받은 가지의 얼굴은 이상하게 창백했다.

"피장파장이야. 나도 내 마음대로 할 테니까."

"틀림없겠지?"

오카자키는 채찍을 고쳐 쥐고 가지 앞에서 활 모양으로 구부렸다. 미치코가 뛰어나가려고 했다.

"소장 앞에서도 그렇게 말할 수 있나?"

"원한다면."

"좋아! 잊지 않는 게 좋을 거야."

오카자키는 걸음을 크게 내디디며 느닷없이 채찍을 휙 휘둘렀다. 나뭇가지가 부러지는 소리가 조용한 밤공기를 위협했다. 무거운 발소리는 영원히 이어질 것 같더니 차츰 희미해졌다.

"괜찮아요?"

미치코가 뛰어와서 떨리는 손으로 가지의 가슴을 쓰다듬었다.

"20년 동안 쌓아온 경험이라고? 20년 동안 착취해온 경험이겠지! 난 그걸 깨부수려고 온 거야."

미치코는 바싹 달라붙으며 크게 고개를 끄덕였다.

"정말 기분 나쁜 사람이에요."

"난 해야 할 일은 반드시 해낼 거야."

가지는 스스로에게 맹세하듯이 주먹을 쥐며 말했다. 무엇을 할지 분명하지는 않았다. 단지 그는 그의 열정이 밀어내는 방향으로 스스로를 데리고 갈 뿐이다.

16

오카자키는 기분이 영 좋지 않았다. 그저 큰 소리로 한 번 호통을 치거나 눈 한 번 부라리면 건방진 신출내기를 옴짝달싹 못하게 할 줄 알았다. 그러나 뜻밖에도 상황은 그렇지 않았다. 상대는 고집이 세고 이치로 따지려고 드는 자였다. 아니, 단순히 고집이 세고 이치로 따지려고만 했다면 그렇게 울화가 치밀지는 않았을지도 모른다. 상대가 본사의 부장이라는 큰 호랑이의 위세를 등에 업고 교활하게 짖어대는 여우라는 것이 도저히 참을 수 없었던 것이다.

오카자키를 더욱 불쾌하게 만든 것은 2, 3일 후에 '오카자키 영감이 노무계 풋내기한테 한 방 먹은 모양이야.'라는 소문이 돌기 시작한 것이다. 소문이라는 것은 사람의 감정이 상하게끔 윤색되게 마련이다. 처음에 미치코는 그날 밤에 당한 공포와 분노를 있는 그대로 오키시마의 아내에게 말했다. 오키시마의 아내가 그것을 뭉뚱그려서 이웃집 여편네에게 말했다. 그 여편네가 또다시 그것을 간추려서 누군가에게 전한 모양이다. 뭉뚱그려지고 간추려지는 사이 문제의 본질은 잘려나가고 꼬리와 지느러미만 남아 있는 꼴이 되었다. 그것을 오카자키의 마누라가 들은 것이다. 성질이 괄괄하고 말이 많은 여자다. 전업주부의 무료함이 망상벽까지 키워놓았다. 게다가 임기응변으로 그때그때 남편을 위하는 여자다. 가만히 있을 리가 없다.

밤에 남편이 귀가하기를 기다렸다가 말했다.

"그런 애송이한테 한 방 먹고 아무렇지도 않수, 당신은? 사내 체면이 그게 뭐예요?"

거무튀튀한 얼굴에 원색의 루주를 발랐는데 입 가장자리까지 번져서 몹시 천박해 보인다.

"그래서 현장에 있는 젊은 것들한테 말발이 먹히겠어요?"

말하면서 축 늘어진 큰 젖가슴을 젖먹이의 입에서 떼고 옷을 여민다. 오카자키는 핏대를 올린 채 말이 없었다. 기세 좋게 상대를 제압해버렸다면 한담거리로도 재미있었을 텐데, 이런 얘기는 그저 입을 다물고 있는 게 상책이다. 계집인 너랑은 또 다른 생각이 있어. 오카자키는 속으로 그렇게 말했다. 부장이라는 방패막이만 없다면 그런 애송이를 때려눕히는 것쯤이야 식은 죽 먹기다. 갈아 마셔도 시원찮을 놈!

"여태까지 당신과 관련된 험담 같은 건 들은 적이 없었는데, 당신도 이제 늙었구려."

여자는 끈질기게 소문의 발단을 원망했다.

"시끄러워, 내가 언제 남한테 당한 적 있었어? 나한테도 다 생각이 있다고."

"어떤 생각이슈? 내가 앞으로 그놈의 여편네 앞에서 얼굴도 못 들게 되길 바라기라도 하는 거유?"

두 내외가 흥분해서 대거리하고 있는 사이, 옆방에서는 한창 자랄 때인 세 사내아이가 방바닥에 깐 돗자리의 보풀이 일 정도로 심하게 장난치고 있었다.

"넌 B29 해. 붕— 하고 이쪽으로 날아와."

큰놈이 하는 소리다.

"야, 뭐 하고 있어? 붕— 하고 이쪽으로 날아오라고! 난 하야부사 전투기(태평양 전쟁 당시 일본 육군의 주력 전투기 – 옮긴이)다. 정면 박치기! 붕!"

그 순간 엄청난 소리가 났다. 작아야 할 전투기가 크고, 커야 할 B29가 작았으니 B29가 뒤로 날아가 찬장에 부딪힌 모양이다. 사기그릇이 깨지는 소리가 들리고 B29가 폭발했는지 울음을 터뜨렸다.

"대본영大本營(다이혼에이, 전시나 사변 시에 설치되었던 일본의 최고 통수기관 – 옮긴이) 발표, 1기 격추!"

"조용히 못해!"

엄마가 꽥 소리를 지르자 젖먹이가 깜짝 놀라 울기 시작했다.

"왜 소리를 지르고 그래?"

"내버려뒀다간 금방 다 박살 내버리고 말게?"

"괜찮아."

아이들은 이번엔 셋이 나란히 급강하 폭격에 들어갔다.

오카자키는 울퉁불퉁한 손으로 젖먹이를 마누라의 품에서 받아 달래기 시작했다.

"까꿍 까꿍, 착하지. 울면 안 돼. 우루루루—."

굵은 팔로 작은 생명체를 높이 들었다 내렸다 한다. 성질난 말을 달래듯 장단까지 맞춘다.

"따끔한 맛을 보여줘야 되겠군!"

여자가 소란스러운 옆방으로 눈을 희번덕이며 일어섰다.

"멍청하긴! 애들이 다 날 닮아서 그래. 활달하고 지기 싫어하는 걸 장점이라고 생각해."

"그게 아니에요."

여자가 일어선 채 말했다.

"당신 위신을 세우려고 그래요."

"그 애송이 말이군……."

오카자키는 젖비린내 나는 아기의 얼굴에 코를 대고 은은히 풍기는 달달한 냄새를 맡았다. 거칠고 험한 오카자키의 생활 중에서 유일하게 평화로운 시간이었다. 아련한 감상을 불러일으키는 젖 냄새다.

"이거 봐. 내가 안으니까 금방 웃잖아."

그렇게 말하면서도 그 풋내기를 결코 잊을 수가 없다. 두고 봐. 그 자식이 아직 본색을 드러내지 않았는데, 내가 다 까뒤집어주지. 그런 물러터진 생각으로 전쟁을 치른다는 게 말이 돼?

17

허리를 굽히고 간살맞은 웃음을 지으면서 노무계 사무소에 들어온 세 남자, 무타와 고바야시와 가네다는 5분도 되지 않아 표정이 돌변하여 위협적으로 나왔다.

"왜 우리 조만 해산시킨다는 겁니까?"

무타가 입을 쭉 빼며 말했다. 칫솔 수염이 실룩실룩 움직였다. 옆에서 오키시마는 팔짱을 낀 채 창문에 기대 있었고, 후루야는 정말로 무관심한 듯 졸린 얼굴로 책상에 앉아 있었다.

가지가 쌀쌀맞게 대답했다.

"실적이 나빠서 그렇소. 그 이유는 광부들에게 너무 많이 뜯어먹기 때문이죠. 광부 한 명당 평균 공임이 1엔 70센인데, 어째서 광부들이 손에 쥐는 건 1엔도 안 되는 겁니까?"

"농담 좀 하지 마쇼. 그게 도대체 어디 이야기입니까? 우리가 그렇게 돈을 벌었다면 벌써 창고를 몇 동은 지었을 거요."

무타가 말하자 오키시마가 옆에서 이죽거렸다.

"돈이 생기는 족족 계집질하는 데 쓰니까 그렇지."

"난 근거도 없이 말하는 게 아니오. 정 그렇다면 증거를 보여드리지."

말하고 나서 가지가 책상 위에 쌓여 있는 서류철에서 서류다발을 한 묶음 빼냈다.

오키시마가 담배를 문 채 말했다.

"이 친구는 나와 달리 계산도 빠르거니와 성질도 급해. 자네들이 깨달았을 때는 이미 등짝에 불이 붙고 난 뒤라고."

"우리가 어떻게 하든 그건 우리와 광부들 사이에 맺은 계약이니까."

58조의 고바야시가 갸름한 얼굴에는 어울리지 않는 험상궂은 표정으로 말했다.

"회사에서 트집 잡을 일이 아니란 말이오."

"임금은 광부들에게 지불하는 것이지 당신들한테 주는 게 아닙니다."

가지가 묵살했다.

"당신들 조는 취로율이 너무 불안정해요. 당신들이 무리하게 광부들을 몰아세운 날은 취로율이 올라가죠. 그런데 그게 감당 못할 정도로 무리한 거라 금방 떨어진단 말이오. 평균적으로 50퍼센트를 밑돌더군. 그건 광부들이 일할 의욕을 잃을 정도로 당신들이 착취하기 때문이오."

"하지만 현장의 오카자키 씨는 우리 조가 일을 잘한다고 칭찬하지 않았습니까?"

조선인 가네다가 얼굴을 붉히며 대들었다.

"103조가 일을 잘한다는 건 압니다. 하지만 그것도 광부들이 일하러 나온 날이 그런 건데 일하러 나오지 않는 날이 더 많소. 조사해보았더니 당신 조의 재적수가 완전히 엉터리로 되어 있었소."

"하지만 현장의 오카자키 씨는……."

"난 현장의 오카자키가 아니라 노무계의 가지란 말이오!"

가지는 오카자키가 채찍으로 가죽 정강이 싸개를 두드리는 대신 장부로 책상을 내려쳤다.

"내가 이 책상에서 잠이나 자고 있는 줄 아시오?"

오키시마가 창에 기대 빙그레 웃었다. 가네다는 의자에서 엉거주춤 일어나 언제라도 박치기를 할 수 있는 자세를 취하고 있었다. 무타가 슬쩍 후루야의 동태를 살폈지만 후루야는 모르는 체하며 풀스캡으로 병풍을 치고 있었다.

"우리 조는 숙소가 열악하고, 먹는 것도 시원치가 않아서 환자가 많소. 우리만의 죄는 아닙니다."

고바야시가 눈을 치뜨고 말했다.

"그래요. 숙소가 형편없단 말이오. 1인당 할당된 자리라곤 폭이 60센티미터, 길이가 1미터 70센티미터가 안 돼요. 먹을 것도 형편없어서 콩깻묵이 주식입니다. 하지만 이보다 더 나쁜 것이 있소. 그것이 뭔지 아시오?"

가지는 세 사람을 둘러보았다. 세 사람은 세상 물정 모르는 하룻강아지 같은 새끼가 회사라는 뒷배만 믿고 까불고 있구나 하는 시선으로 맞받아쳤다.

"당신들 잘 들으시오. 난 광부들에겐 약속하겠소. 식량 사정을 반드시 조금씩이라도 개선하겠다고. 숙소도 당장이야 힘들겠지만 되도록 빨리 생각해보겠소. 약속한 건 반드시 실행할 것이오. 그러나 그런 약속을 했다고 해서 당신들이 중간에 서서 계속 착취한다면 아무것도 이루어지지 않을 것이오."

가지는 증오의 눈빛으로 세 사람을 보았다.

"당신들은 산하이관山海關 근방에 가서 유랑하는 광부들을 모아 쥐꼬리만 한 선금을 주고 그걸로 평생을 옭아매고 있소. 예를 들면 5엔을 선금으로 줬다고 칩시다. 그러고 나서 또 5엔을 기찻삯으로 쓰고, 모자란 만큼은 걷게 해서 산에 도착하면 모집비로 20엔이 들었다고 사길 쳐서 해먹지. 그건 뭐 아직 괜찮소. 회사는 거대 자본가니까. 내가 말하는 것은 5엔을 미리 당겨줬다고 해서 그걸 받은 광부들에게 평생 500엔, 5,000엔을 쥐어짜낸다는 거요. 그 광부가 일할 수 없는 몸이 되어 객사할 때까지 말이오. 그렇지 않습니까? 소조장을 몇 명 두고, 도망치려는 놈을 붙잡아서 반쯤 죽을 때까지 두들겨 패고. 광부는 하나의 조에서 도망쳐 나와도 어딘가에서 누군가의 조에 들어가지 않으면 일조차 하지 못하고, 어느 조에서나 같은 처지에 놓이니까 포기해버리는 거요. 내 말이 틀렸소? 광부들을 짓밟고, 목줄을 움켜쥐고, 엉덩이를 패가면서 쥐어짜낸다. 그게 당신들 조장의 수법이오. 조장이라고 불리는 자들은 만주인이든 일본인이든 조선인이든 다 똑같더군. 그중에서도 일본인 조장의 수법이 제일 악랄해요. 지금까지는 오키시마 씨가 혼자 손을 쓸 수가 없어서 보고만 있었지만, 앞으로는 절대로 그런 방법은 용납하지 않을 겁니다."

그러자 가네다가 벌개져서 가지의 책상을 내려쳤다.

"용납하지 않겠다니, 뭘 말이오? 당신도 우리랑 똑같이 회사에서 월급을 받는 처지요. 무슨 권리가 있는데? 용납하지 않겠다니, 어떻게 용납하지 않겠다는 거요? 어디 한 번 봅시다!"

말이 끝나자마자 오키시마가 가네다의 의자 다리를 걷어찼다.

"야 인마! 어디서 협박이야? 불알을 확 날려버릴까 보다."

실내를 쩌렁쩌렁 울리는 소리로 호통을 치고는 씨익 웃었다. 사람을 제대로 다룰 줄 안다. 가네다에게선 독기가 사라졌고, 가지는 오키시마의 절묘한 타이밍에 감탄하며 자기도 모르게 긴장이 풀렸다.

"어쨌든 말이오, 우리 광산에서는 노예와 노예 소유자의 관계는 인정하지 않기로 했소. 당신들 조를 해산해서 직할제도로 편입하겠습니다."

"그럼, 우리가 볼 손해는 어떻게 해줄 겁니까?"

고바야시가 태도를 바꾸어 강하게 나왔다. 이 가지라는 애송이가 자기만 성인군자인 양 지껄이며 잘난 척하고 있지만, 회사는 조장 덕분에 광부를 모을 수 있을뿐더러 그 광부를 들들 볶으며 쥐어짜니까 광물을 캐낼 수 있었던 것이다. 말하자면 상부상조 아닌가. 회사만 단물을 쪽 빨아먹겠다니 그렇게 맘대로 되진 않을 거다.

"울며 겨자 먹기로 단념할 생각도 없고, 하지도 않을 테니까요."

"손해랄 게 없지 않습니까?"

가지는 불쾌하다는 듯 웃었다.

"당신들도 그동안 많이 챙겼을 것이오. 그러나 광부들을 이쪽에서 맡게 되면 당신들이 광부들에게 준 선금은 회사에서 당신들한테 돌려줄 것입니다. 근일 중에 계산서를 제출해주시오. 단, 나도 눈뜬장님은 아니니 손장난은 치지 않는 게 좋을 것이오."

세 사내는 얼굴을 마주 보았다. 후루야가 모르는 척 일어서서 나갔다. 무타가 그 모습을 흘낏 보더니 코를 풀고 칫솔 수염을 닦으면서 말했다.

"오키시마 씨, 어떻게 좀 해주시죠. 우리도 꽤 오래된 사이 아닙니까."

"너무 오래돼서 내 몸에 곰팡이가 다 슬었지."

오키시마가 대꾸했다.

"그런데 가지가 속돌을 가지고 와서 북북 문질러주더군. 난 온몸이 벌겋게 벗겨졌지 뭔가."

세 사람은 다시 얼굴을 마주 보고 거의 동시에 일어났다.

"아무래도 오늘은 나리님들이 저기압인 것 같아. 그럼, 다시 찾아오겠습니다."

무타가 꾸벅 고개를 숙이고 세 사람이 나가려고 하자 가지가 무타를 불러 세우더니 하얀 종이 꾸러미를 주었다.

"이건 돌려드리겠소."

무타가 뭐라고 말하려고 할 때 옆에서 가네다가 노골적으로 증오를 드러내며 꾸러미를 가로챘다.

"물건은 당신들 숙소로 보내죠."

세 사람은 허둥지둥 나갔다.

가지는 콧잔등에 솟은 비지땀을 닦고 천천히 담배를 물고 천천히 불을 붙였다. 연기가 한숨과 함께 나왔다.

"이상해."

오키시마가 창문에 기댄 채 고개를 갸웃했다.

"저놈들이 너무 순순히 물러났어. 뭔가 꿍꿍이가 있을 거야……."

가지는 연거푸 담배를 빨았다. 당연히 그들에겐 뭔가 속셈이 있을 것이다. 아무래도 이번엔 방법이 잘못된 것 같다. 초조한 나머지 너무 서두른 느낌이다. 낡은 제도를 그 제도 내에서 발생하는 새로운 힘으로 뒤집어엎는 것이 아니라 외부에서, 말하자면 일종의 강권強權을 발동하여 뒤집어엎으려고 한다. 그런 방법이 혁명의 역사상 통용된 적이 있었던가?

담배 맛이 썼다. 마치 채워지지 않는 마음의 맛 같다. 그렇다고 이제 와서 어떻게 해볼 방법이 없다. 회사가 가지라는 고용인에게 요구하는 것은 속전속결의 효과밖에 없다. 심원深遠한 철학이나 사관이 아니다. 여하튼 지금까지와는 다른 방법으로 해볼 수밖에 없다.

"만약 회사에서 선금 환불을 꺼린다면 어쩔 텐가?"

오키시마가 말했다.

"자네는 놈들한테 뭇매를 맞든가 갱내로 끌려가 폭발을 시켜놓고 아까운 사람이 너무 일찍 죽었습니다, 나무아미타불, 분향해주십시오, 가 될지도 몰라."

"다 생각하고 있어. 만약 회사에서 환불을 꺼리는 기색이 보이면 그 금액을 광부들의 신규 모집비로 집행할 거네. 물론 사기를 치는 것이긴 하지만……."

오키시마가 씨익 웃었다.

"이번엔 자네가 회사의 직속 조장이 되는 셈이군. 이거 볼 만하겠어!"

"그래. 어쩌다 보니 그렇게 됐어."

앞으로는 그가 광부들을 짓밟고, 목줄을 움켜쥐고, 엉덩이를 두들겨 패며 쥐어짜내는 역할을 맡는 것이다. 인간을 인간으로서 대우하겠다고 공언하던 그가.

"자네 일이니 다 생각하고 있겠지만……."

오키시마가 다시 말했다.

"놈들이 가령 말일세, 환불을 받아놓고 광부들마저 빼내간다면 어떻게 할 건가?"

가지는 얼굴을 찡그렸다.

"……그런 경우에 내가 기댈 수 있는 것은 두 가지밖에 없어. 하나는 당신의 그 부리부리한 눈이야. 조장과 광부들을 속속들이 알고 있는 당신이 늘 눈을 번뜩이고 있어주길 바라는 거지."

"어이, 이보게. 이 이상 나한테 쓸데없는 일은 떠넘기지 마."

오키시마가 농담인지 진담인지 모를 애매한 표정으로 말하고는 눈동자만 번뜩였다.

"자네한테 와달라고 한 것은 내 어깨의 짐을 좀 가볍게 해달라는 뜻이었어. 그런데 그런 일을 하면 난 마음 놓고 내 마누라의 얼굴도 보지 못하게 될 거 아닌가."

그러나 가지는 웃지도 않고 어딘가 먼 곳을 응시하며 말을 이었다.

"다른 하나는 내가 광부들을 인간으로서 인정하려고 하는 만큼, 적어도 그만큼은 광부들이 스스로를 인간으로서 취급해주어야 한다는 거야. 난 믿고 싶어. 광부들이 자기 자신을 상품으로, 매매수수료의 대상으로 삼거나 콩깻묵처럼 마지막 한 방울까지 착취당하게 하지는 않을 것이라고 말이야."

오키시마는 다른 때 같으면 씨익 웃고 말 것을 이번엔 기묘한 표정을 지어 보였다.

"과연 자네는 휴머니스트야. 그것도 꽤 센티멘털한……."

가지는 몸을 움찔 움직였다.

"내가 잘못하고 있는 건가?"

"뭐 꼭 그렇지는 않지만……."

가지는 학우인 가게야마가 출정 전날 밤 그 카페에서 여자를 무릎 위에 앉히고 그에게 한 말을 떠올렸다.

"센티멘털 휴머니스트의 견본이야, 넌."

그때 그는 양치기 개가 되는 일로 고민했다. 지금 이미 그 개가 되었을 그가 양을 모는 일로 고민하고 있다.

18

 보름쯤 지나 일본군이 앗투 섬에서 '옥쇄'했다는 소식이 전해졌을 때 산에서는 구로키 소장의 명령으로 각 작업장마다 조기를 달았다. 야마모토 이소로쿠 제독의 전사 보도에 이은 이 비보는 광산 마을 사람들에게 적잖은 충격을 주었다. 지난 한 달 동안 전황이 좋다는 보도를 사람들은 진짜로 받아들였던 것이다.
 '야스다 신 항공총감 담화—미국 본토 공습 결단코 가능. 하늘의 주도권 장악'이니, '북 호주 뉴기니 폭격, 수송선단과 기지의 맹폭' '강력한 미군 상륙, 앗투 섬에서 격전. 적의 초려焦慮 뚜렷. 아군에 절대적인 승산' '버마 침입 영인군英印軍 궤멸. 적의 거점 몬도우 점령' '앗투 섬의 황군 용전勇戰. 소규모 병력으로 대적을 거뜬히 압박' '전함 등 7척 격침 격파, 앗투 섬 부근에서 대 전과' 등과 같은 보도가 나온 뒤에 갑작스럽게 '정강무비精强無比'하다는 '황군'의 1개 부대가 북해의 고도에서 '신수神髓를 발휘'하여 '옥쇄'했다는 것이다.
 소장은 라오후링에 있는 일본인 종업원 200여 명을 사무소 본관 앞에 모아놓고 "앗투의 원수는 누가 갚겠는가!"라고 뚱뚱하고 땅딸막한 몸을 떨면서 울부짖었다. '1억 총돌격'이니 '전선으로 총알을 보내자!'고 떠들어대는 소장의 연설을 요약해보면 앗투 섬 비극의 원인이 마치 라오후링 종업원이 무능하기 때문인 것 같았다. 그는 애국자인 척 떠들다가 스스로를 전형적인 애국자라고 믿기 시작했다. 결국 감격에 겨운 나머지 눈물 섞인 목소리와 함께 쏟아내는 장황한 연설은 진충보국의 극치를 보여주었다.

이날 광산에서는 열한 명의 응소자가 출발하기로 되어 있었다. 현장 관계자 중에서 일곱 명, 노무계에서 네 명이다. 열한 명의 불행한 운명에 놓인 '인간 방패'는 앗투의 패전 소식과 소장의 일대 웅변이 만들어 낸 예사롭지 않은 분위기 속에서 종업원들이 합창하는 〈이기고 돌아오라〉를 들으며 산을 내려갔다.

각 직장에서 많은 사람들이 나와 이 감분흥기感奮興起해야 할 날의 출정자를 골짜기의 광석 운반 선로까지 배웅했다. 가지는 노무계에서 출정하는 네 명을 따라갔다.

선로변에 출정자의 가족과 사택의 아낙네들이 종이 일장기를 들고 모여 있었다. 기차가 출발할 때까지는 아직 시간이 있었다. 노무계에서 출정하는 네 명이 가지 앞으로 와서 저마다 말했다.

"신세 많았습니다."

"건강하게 잘 다녀오겠습니다."

이 네 사람은 가지가 부임해오고 나서 아직 이름도 외우지 못했을 때부터 그의 성급한 일처리에 내몰리며 느꼈을 불만을 분명 잊지 않았을 것이다. 지금 말은 출정보다는 차라리 그 편이 낫다는 것에 불과하지 싶다. 가지는 대답할 말이 궁색했다.

네 사람 중에서 한 명만 유부남이었다. 그의 아내는 밤새 울어서 퉁퉁 부은 얼굴에 분을 바르고 이웃집 아낙네들과 큰 소리로 떠들기도 하고 웃기도 한다. 군국軍國의 아내는 울어서는 안 된다. 그게 유일한 부덕婦德이라도 되는 듯 행동하려고 애쓰고 있었다. 그의 남편은 봉공대奉公袋(입대 시에 받는 군대수첩, 소집영장 등을 보관하는 주머니 - 옮긴이)를 들고 동양인 특유의 무의미한 미소를 띤 채 기차가 오기를 기다리고 있었다.

아직 독신인 응소자들은 친구들과 편안하게 담소를 나누고 있었지만 어서 이 시간이 지나가기를 바라기라도 하는 듯 번갈아가며 손목시계를 보았다.

가지는 옆에서 소곤거리는 후루야의 목소리를 들었다.

"가지 씨는 좋겠어요. 이런 걱정만은 절대로 없을 테니까요."

얼굴에는 이 사내에게선 좀체 볼 수 없는 질투의 빛이 역력했다. 주위의 남자와 여자들이 가지 쪽을 보았다. 가지는 어색한 미소로 얼버무렸다. 죄인이 죄를 의식했을 때처럼.

옆에서 한 사내가 동료에게 말했다.

"국경 부대로 갈까?"

"아니, 1기 검열(일본에서 군에 입대하여 계급장을 달기 전에 일차적으로 받는 교육, 우리나라의 신병교육과 흡사 - 옮긴이)이 끝나면 동원되어 남방으로 가겠지."

"남방 쪽이 나아."

다른 사내가 말했다.

"북쪽 바다에서는 겨우 목숨을 부지한다 해도 살아 있는 게 아니니까."

"남쪽 섬 야자수 그늘에서 덩실덩실 춤이나 출까?"

또 다른 사내가 웃으며 말했다.

"관비여행이지 뭐. 가서 남양 미인이라도 안고 오게나."

사람들은 웃었지만 운송계가 백기를 흔들었을 때 웃음이 일제히 멎더니 기적이 울었다. 출정자의 아내가 순간 필사의 표정을 지었다. 출정자들은 경직된 얼굴을 무리하게 일그러뜨리며 승무원 차에 올라탔다. 노랫소리가 일어났다.

"아아, 그 얼굴로 그 목소리로……."

출정자들은 군중 속 어느 한 곳만을 응시하며 뭐라고 소리치고 있었다. 노랫소리가 그 소리를 가로막았다. 다시 기적이 울었다.

"공을 세우라고 아내와 아이들이……."

기차는 한 번 경련을 일으키듯 꿈틀하더니 움직이기 시작했다. 출정자의 아내는 남편이 창밖으로 손을 내밀자 어느새 군국의 조신한 아내임을 잊었는지 차창에 매달리려고 했다.

"갈기갈기 찢어질 정도로 흔들던 깃발……."

전송 나온 사람들은 목청껏 노래를 불렀지만 깃발의 바람과 물결은 기차 안에 있는 사람들과 아무 인연이 없었다. 가는 사람은 가는 것이다. 노랫소리도 들리지 않고, 깃발의 물결도 결코 닿지 않는 곳으로. 가지는 출정자의 아내에게 갑작스럽게 덮친 무서운 허탈감을 보고 몸서리를 쳤다. 몇 날 밤을 울며불며 원망하고 한탄하다 결국 폐허가 되고 만 여심이 거기에 있었다.

"가 버렸어……."

출정자의 아내가 초점 없는 시선으로 사방을 더듬으며 중얼거렸다.

"기어이 가고 말았어……."

여자는 겨우 가지를 알아본 듯 또다시 중얼거렸다.

"이제 돌아올 일은 없겠죠?"

그러더니 쓸쓸한 웃음을 남기고 자리를 떠났다. 가지는 눈물을 삼켰다. 축축한 눈에 인파 속에 있는 미치코가 비쳤다. 그녀는 오랫동안 만나지 못했던 사람을 찾기라도 하는 듯 바쁘게 사람들 울타리를 헤치고 다가왔다. 실 같은 눈물을 보이며 미소를 짓고 있었다.

"눈물이 나서 참을 수가 없었어요. 왜 이럴까요?"

"……나도 그래."

필시 우리가 자신의 행복과 타인의 불행을 비교하고 있기 때문일 것이다. 그리고 자신의 행복을 완전히 정당하다고는 생각할 수 없기 때문일 것이다. 가지는 그것을 말로는 하지 않았다.

사람들은 뿔뿔이 흩어졌다. 어차피 남의 일이다. 내일이면 자기 일이 될지도 모르지만, 오늘의 행복은 어디까지나 자신의 것이었다.

미치코는 가지와 나란히 언덕길을 올라가면서 가지가 소집을 면제받았다는 사실이 얼마나 감사한 일인지 새삼 뼈저리게 느꼈다. 만약 오늘 소집 명령을 받고 간 사람이 가지였다면 지금쯤 어떤 마음으로 이 언덕을 오르고 있을까? 집에 돌아가도 사랑하는 남자는 당장 오늘 밤부터 집에 없다. 내일도, 모레도, 언제까지나. 그런 생각을 하지 않는 것만으로도 얼마나 행복한지 몰랐다.

"참 기가 막힐 거예요, 그 아주머니도."

중얼거리는 미치코의 말에 가지는 검은 눈동자를 잠깐 움직였을 뿐 잠자코 고개를 끄덕였다.

두 사람은 길이 숲으로 갈라져 들어가는 본관 사무소 앞에서 헤어졌다.

"오늘은 빨리 들어와요. 부탁이에요."

가지는 다시 고개를 끄덕이고 본관 쪽으로 걸음을 옮겼다. 각 작업장의 간부가 소장실에 모여 소장의 훈시를 듣기로 되어 있었다.

소장실에서는 전쟁 이야기가 한창이었다. 앗투 섬은 어쩌다가 함락된 거지? 야마자키 부대장이 이끄는 정예부대는 왜 '옥쇄'를 선택할 수밖에 없었을까? 앗투 섬의 함락은 전략상 어떤 의미를 가질까? 그런 얘기들이다.

"양코배기 놈들은……."

오카자키가 말하면서 마치 야전부대의 대장 같은 용맹스런 얼굴로 사람들을 쭉 둘러보았다.

"고작 1개 연대의 일본군을 공격하는 데 2만 대군을 보내 보름이나 걸렸으니 일본군이 얼마나 강한지 뼛속 깊이 깨달았을 거야."

"소부대로 적의 대부대를 북쪽 끄트머리에 보름 동안이나 붙잡아두었으니 함락되었어도 수지가 맞는 장사였어."

주임인 히구치가 약간 자신 없는 말투로 말했다.

"섬을 그렇게 하나하나 먹어 들어오겠지. 그동안 본토 방어는 철통같아질 테니 우리 작전대로 되는 셈이야."

주임인 고이케는 절묘한 본토의 작전을 자신이 그 발안자라도 되는 듯 책상 위에서 손짓까지 해가며 강조했다. 그것을 현장감독인 가와시마가 득의양양하게 받았다.

"앗투 섬 한 군데에서 적의 손해가 6,000명쯤 되니까 그 비율로 가면 2만의 대군은 세 개 섬이면 몽땅 없어져. 그 계산대로라면 태평양에 있는 섬을 전부 건너오는 동안 적의 전투부대는 전멸해버리게 되지."

너무나 통쾌한 상상이었지만 아무도 웃지 않았다.

"하지만 왜 원군을 보내지 않은 걸까? 방법이 있었을 텐데."

영선계營繕係 반장이 참모부를 불신하는 듯한 발언을 했다.

"죽게 내버려두는 게 말이 돼?"

"연합함대는 어디로 간 거야? 왜 지원하러 가지 않았을까?"

공기계工機係 반장이 영문을 모르겠다는 듯 말했다.

"어디에 있든 전속력으로 달려왔다면 늦지 않았을 텐데."

"남방 해역에서 대대적인 해전이 벌어졌겠지. 틀림없이 그쪽으로 갔을 거야."

운수계 반장이 단정적으로 말했다.

"거기서 이기기만 한다면 앗투 섬 같은 건 두세 개 준다고 해도 문제될 게 없어!"

모두가 그렇다는 듯이 고개를 끄덕였다. '무적연합함대'에 대한 신뢰는 거의 신앙에 버금갈 정도였다.

"그래도 병참선이 너무 길어."

노무계의 오키시마가 비로소 입을 열었다.

"좀 더 줄일 필요가 있어. 수송 능력이 부족한 것만으로도 패전할 수 있어."

"너무 긴 것도 아니지. 제공권과 제해권을 쥐고 있다면 그런 건 아무 문제도 안 돼."

오카자키는 안심한 말투로 말했지만 가지 쪽을 향한 시선은 험악하게 번뜩이고 있었다. 모두가 보고 있는 앞에서 한 번 혼쭐을 내주자. 그런 오카자키의 마음가짐을 느끼고 가지는 섣불리 입을 열지 않았다. 오늘처럼 전황이 비장한 날에 그의 지론이 되어버린 생산력 비교론에 근거해 비관적인 의견을 토로한다는 것은 자살행위나 다름없었다.

사람들은 또다시 어디에서 일본군이 결전에 돌입하여 이 전대미문의 어마어마한 전쟁을 승리로 이끌 수 있을지 따위로 한바탕 열을 올렸다. 여기 사람들은 아무도 몰랐다. 이날로부터 정확히 1년 전에 그들이 믿고 의지하는 '무적연합함대'의 제공·제해 주도권은 한 번의 해전에 의해 이미 적의 수중에 떨어졌다는 것을.

소장은 사람들이 이렇게 전쟁 이야기로 한창 떠들고 있는 동안 본사와 직통전화로 긴 이야기를 나눈 뒤 돌아와서 간부 직원들이 모여 있는 것을 보고 즉각 '전산全山 총돌격'을 위한 훈시를 했다.

이번 훈시는 방금 전에 그가 전 직원 앞에서 토로한 애국자적 대연설의 재방송에 불과했기 때문에 색도 향도 맛도 없는 지루하기 그지없는 것이었다. 본시 훈시라는 것은 세파에 시달려 뻔뻔해질 대로 뻔뻔해진 산 사내들의 성격에는 맞지 않는다. 처음에야 어쩔 수 없이 북해 고도에서 옥쇄한 영령에 대한 추모의 마음으로 얌전히 듣고 있었지만, 금방 싫증을 내고 만다.

히구치는 하품을 연발하고 있었고, 오카자키는 꾸벅꾸벅 졸기 시작했다. 고이케는 손톱에 낀 때를 열심히 파내고 있었고, 가와시마는 심각한 표정으로 콧구멍을 후비고 있었다. 공기계는 수첩을 꺼내 쓸데없이 이리저리 넘기고 있었고, 운수계는 성냥개비로 장난을 치고 있었다. 오키시마는 담배 연기로 팔찌만큼 큰 고리와 반지처럼 작은 고리를 연달아 만들어내고 있었고, 가지는 손가락으로 책상 위에 무언가를 계속해서 쓰고 있었다.

한 사람도 제대로 듣는 놈이 없었다! 그중에서도 꾸벅꾸벅 졸고 있는 오카자키가 소장의 심기를 건드렸다. 이 자식이 요즘 좀 건방을 떤단 말이야!

소장은 훈시를 중간에 끊고 힐문하기 시작했다.

"자네들이 좀 따분한가 보군. 그럼 재미있는 이야기를 하나 들려주지. 1에 1을 더해도 좀처럼 2가 되지 않는다는 이야기야. 이건 자네들의 산술이네. 기존엔 노무계에 우리 광산의 애로사항이 있었네. 그 상태를 1이라고 하자고. 그런데 최근엔 취로율이 꽤 높아졌어. 이건 플러스 X야. 그런데 출광량은 여전히 플러스 X가 되지 않으니 도대체 어떻게 된 건가?"

히구치는 소장의 시선이 자신에게 머문 것을 알고 대답했다.

"막장 상황이 나빠졌기 때문입니다. 그렇게 산술대로 될 수는 없는 거죠. 새로 막장을 개척하기에는 자재도 노력도 충분치 않습니다."

"그뿐인가?"

"저희 쪽도 대체로 그렇습니다."

고이케가 말했다.

"특히 저희 쪽은 현장도 멀고, 운반 계통과 공구 정리가 불충분해서……"

운수계와 공기계가 거의 동시에 반박하려는 것을 소장이 제지했다.

"잠깐만. 자네들 지금 책임을 남에게 전가하려고 드는데……"

그러자 이번엔 오카자키가 소장의 말을 중간에 끊었다.

"소장님, 전가를 하고 싶어서 하는 게 아닙니다. 요컨대 노무 건만 해도, 물론 투입되는 광부 수는 많아졌지만 입갱해도 일하지 않으면 아무 소용이 없는 게 이치 아니겠습니까?"

말하면서 오카자키는 삼백안의 가장자리로 가지 쪽을 보았다. 가지는 손가락 끝으로 책상 위에 글씨를 쓰고 있었다. '출광에 미치는 경제 외적 제능력의 영향'

"일하게 만드는 것이 자네들 일이야. 언제부터 그렇게 농땡이를 피우게 된 거야?"

소장이 이마에 내 천(川) 자를 그렸다.

"말씀하신 대롭니다."

오카자키가 끈덕지게 대들었다.

"일을 시키는 건 저희들 일이 맞습니다만, 그래서 놈들에게 기합을 좀 넣으면 노무계에서 불평을 해대는 통에."

가지와 오카자키의 시선이 허공에서 충돌했다. 오카자키는 다부진 턱을 치켜들고 소장 쪽으로 천천히 시선을 돌렸다.

"불평으로 그친다면야 문제될 게 없지만 노무계 나리님의 심기를 건드리기라도 하면 막장에 보내는 광부들 수로 장난을 치니 무서워서 어디……."

"잠깐만."

그때 오키시마가 말을 끊으며 눈을 부라렸다.

"막장에 광부들을 보내는 건 내 책임인데 그걸 갖고 장난을 친 적이 있던가, 내가?"

"그건 저쪽 선생한테 물어보슈, 뭐라고 하는지."

가지는 피우던 담배를 책상 위에 비벼 끄며 말했다.

"오카자키 씨는 내가 욱해서 실언이라도 하길 바라는 모양인데……."

"자네들 지금 여기가 어디라고 생각하는 건가?"

소장이 이마에 핏대를 세우며 소리를 질렀다.

"자네들은 후방의 하사관이야. 그 하사관이란 놈들이 이 모양 이 꼴이니까 전선에 있는 장병들이 옥쇄하는 거야. 신중하게들 처신해!"

오카자키는 부루퉁해져서 팔짱을 끼고 몸을 뒤로 젖혔다. 가지는 다시 손가락으로 책상 위에 글씨를 쓰기 시작했다. 이번에는 글씨가 좀처럼 안정되지 않는다. 오카자키를 업어치기 한판으로 갱도 속에 던져버리고 싶었다. 그런가 하면 무서운 허탈감에 휩싸인 아까 그 아주머니의 얼굴이 자꾸 어른거렸다. 이제 돌아올 일은 없겠죠?

만약 내가 출정했다면 미치코는 어떻게 말했을까? 아아, 우리 다음엔 언제 다시 만날 수 있죠?

소장이 언성을 낮추며 말했다.

"가지 군, 광부들의 급여 수준이 높아져서 취로는 잘 하지만 도대체가 일을 하지 않는다는데 어찌 된 영문인가?"

가지는 슬쩍 오키시마를 보았다. 그의 얼굴에는 이렇게 쓰여 있었다. '그렇다고 광부들이 당연한 반응을 보일 거라고 생각했다면 착각이야.'

꼴좋게 됐군. 오카자키의 얼굴은 그렇게 말하고 있는 듯했다. 그러기에 내가 말했잖아, 네가 여기에 온 몽고바람이 불던 그날에.

가지가 대답했다.

"하나는, 이건 오키시마 씨의 의견이자 부분적으로는 오카자키 씨나 가와시마 씨의 의견이기도 한데, 광부들은 먹고살 만큼만 벌면 나머지는 아무래도 상관없다, 그냥 빈둥빈둥 놀고 싶다는 것입니다. 하지만 저는 꼭 그렇다고는 생각하지 않습니다."

"어떻게 생각하는가?"

"가지 군이 제 의견을 말했으니까……."

오키시마가 끼어들었다.

"제가 가지 군의 생각에 대해 말씀드리죠. 개혁의 과도기라서 어쩔 수 없다는 것입니다. 조장제도의 완전 철폐만이 실효를 거둘 수 있다, 뭐 이런 거죠. 저도 꼭 그렇다고는 생각하지 않습니다만……."

"실효는 좀 더디기는 하나 이미 거두고 있습니다."

가지가 말했다. 소장은 고개를 끄덕였다.

"그러니 시간을 좀 주십시오."

"나야 얼마든지 줄 수 있네. 하지만 전쟁은 시간을 주지 않아."

가지는 침묵했다. 그래, 전쟁이야. 모든 것이 전쟁으로 귀납된다.

"그렇기 때문에 내가 자네들한테 곤란한 상황을 강요하고 있는 거네."

"그렇습니다. 전쟁은 시간을 주지 않습니다."

가지가 혼잣말하듯 대답했다.

"광부들은 그것을 우리보다 더 잘 알고 있을지도 모릅니다."

"무슨 말인가?"

가지는 흘낏 소장을 올려다보았다. 무슨 말이냐고? 앗투 섬에서 옥쇄한 수천 명의 사내들. 그로 인해 통곡하고 있을 수천 명의 여자들. 왜 그렇게 되었는지, 이 남자는 생각해본 적도 없을 것이다.

앗투 섬의 몇 백 배에 이르는 비극을 중국인들이 경험하고 있다는 사실은 더더욱 생각해본 적이 없을 것이다. 오늘 밤 홀로 쓸쓸히 잠자리에 누울 여자들의 신세를 생각해본 적도 없으리라. 앗투 섬의 복수를 부르짖으며 실적을 올리고 싶어 하는 이 남자는!

"이건 오로지 제 생각입니다. 아무 근거가 없습니다. 일본인의 전쟁에 왜 중국인 노동자가 협력해야 하는지 말입니다. 일본인에게 협력해서 잘 먹고 잘사는 자도 있습니다. 권력에 빌붙어 살고 있는 자도 있습니다. 하지만 이도저도 아닌 자도 있으니까요. 만주에 아마테라스오미

카미天照大神(일본 신화에 나오는 해의 여신이자 일본 황실의 조상 – 옮긴이)를 이식해놓아도 뿌리가 내리지 않는 것과 마찬가지로 일본인이 일본인의 전쟁을 위한 목적 때문에 아무리 중국인을……."

오키시마가 테이블 아래에서 가지의 다리를 툭 찼다. 그만하라는 말이다. 내가 또 눈치 없이 굴었군. 가지는 입을 다물었다. 소장이 짜증스런 목소리로 말했다.

"난 자네의 괴이한 사상을 묻고 있는 게 아니야. 아무리 곤란한 사정이 있어도 우리가 그것에 직면하여 타개해가기 위해서는 어떤 구체적인 방법이 필요하냐는 걸 묻고 있는 거네."

가지는 잠자코 있었다.

"알아듣겠나?"

가지는 여전히 말이 없었다. 소장은 이번 달에 출광 예정량을 채우지 못한 것에 대해 이르면 당장 내일 본사에서 질책을 받을 것이기 때문에 앗투 섬의 비극을 빙자하여 울화통을 터뜨렸다.

"자네들은 대책이 없단 말인가? 이 이상 어떻게 해볼 도리가 없다면 솔직히들 말해봐. 괜히 빙 돌려서 말하지 말고. 엉?"

가지는 창백하고 생기가 없는 얼굴로 소장을 정면으로 바라본 채 눈도 깜빡이지 않았다. 오키시마가 빙그레 웃으며 말했다.

"아무렇든지 간에 급하다고 하시니 하지하책下之下策을 취할 수밖에요. 일단은 되는 대로 광부들을 끌어 모아서 절대량을 늘린다. 그렇게 해놓고 채찍으로 두들겨 패면서 마구 부린다. 누군가가 좋아라 할 만한 가장 어리석은 방법입니다만."

"어리석든 말든 효과만 있다면 써봐야지."

대단한 기세다. 소장은 그렇게 말했다.

오카자키는 기분 나쁜 웃음을 흘렸다. 어리석다고 했겠지! 하지만 거 봐라 이 자식아. 내가 하는 식으로밖에 할 수 없다는 걸 이젠 알았겠지?

이리하여 비뚤어진 결론에 도달한 회의는 끝났다. 남자들은 자리에서 일어났다. 소장이 가지와 오키시마를 불러 세웠다. 오카자키가 마지막에 철썩 하고 가죽 정강이 싸개를 울리고 나갔다.

소장이 숱이 적은 머리를 어루만지며 가지를 보았다. 방금 전까지 보이던 험악한 모습은 온데간데없었다.

"가지 군, 내가 자네들의 노력을 인정하지 않는다는 건 아니네. 왜 그렇게 못마땅한 표정을 짓고 있나? 자네가 영단英断을 내려서 해산시킨 조가 꽤 좋은 실적을 올리고 있다는 것쯤은 잘 알고 있네. 그뿐인가, 노무계의 전반적인 실적이 나날이 좋아지고 있다는 것도 잘 알아. 이게 자네들 두 콤비의 공적이라는 걸 무시하는 것이 아니야. 다만, 이 산에서 책임져야 할 것이 아무래도 너무 무겁단 말일세. 전쟁은 기다려주지 않으니까."

오키시마가 담배 연기로 큰 고리를 만들어 뻐끔 내뱉고는 딴청을 부렸다. 가지가 차갑게 말했다.

"칭찬을 받을 거라고는 생각지도 않았습니다."

소장은 가지가 이따금 보이는 이런 갑작스런 변화, 쌀쌀맞은 정중함이 너무 싫었다. 윗사람을 경멸한다는 명백한 증거다. 하지만 소장은 그런 그를 용서했다. 쓸모가 있었다. 그것이 이런 시기에는 매우 중요한 것이었기 때문이다.

19

"어쩌자고 또 그런 바보 같은 소리를 한 건가?"

오키시마가 노무계 사무소로 가는 언덕길을 내려오면서 가지에게 말했다.

"전쟁 때문에 존재하는 것이나 다름없는 직장에서 전쟁이 어떠니 저떠니 하니 딱 미치광이 같더군."

"그렇다고 어물쩍 넘어갈 수는 없잖아?"

가지는 언짢은 표정으로 오키시마를 보았다.

"광부들은 급여 개정안으로 겨우 현장에 투입할 수 있게 되었네. 하지만 별로 일하고 싶어 하지 않아. 이건 당신이나 오카자키가 말한 막노동자 근성 때문이 아니야. 근본적으로는 이 전쟁이 번지수를 잘못 찾았다는 거야. 자신들을 위한 전쟁이라면 누구든 목숨을 걸고 미친 듯이 일할걸?"

"그럼 하나만 물어보겠네. 이 전쟁이 우리들의 전쟁인가? 자네나 나의 전쟁이냐는 말이야. 아마도 자네의 솔직한 심정은 어쩔 수 없다는 것이겠지. 이 전쟁을 어쩔 수 없으니까 치러야 한다는……."

가지는 대답 대신 돌멩이를 찼다.

"섣부른 말로 제 발밑에 무덤을 파지 않는 것이 좋아."

"그럼 당신은 이 전쟁을 어떻게 생각하고 있는데?"

"이도저도 아니야."

툭 던지듯이 오키시마가 말했다.

"난 적당히 선량하고 적당히 악한 서민이네. 세상이야 어떻게 돌아가든 나 혼자만은 살아야겠다는 놈이야."

"나도 그런 식으로 살라는 건가?"

"그러라는 말은 아니야. 자네는 나보다 약간은 혈통이 좋은 것 같은데, 그것에 너무 연연해선 안 되네. 혈통 좋은 말은 무거운 짐을 지고 장거리 여행을 하기에는 적합하지 않으니까, 조심해야 하겠지."

"누가 더 오래갈지 한번 해볼까?"

가지는 노무계 사무소 앞의 네모난 광장에 멈춰 서서 오키시마의 부리부리한 눈을 들여다보며 말했다.

"어떤 말을 하든 우린 모두 이 전쟁에서 도망칠 수는 없으니까."

"이거야 원! 휴머니스트라는 인종과 사귀는 것도 좋지만은 않군. 자네는 그럼 막다른 곳에서 올바르게 사는 방법이라는 것을 보여주게. 죄를 지은 인간의 올바른 삶의 모습이라는 것을 말이야."

오키시마는 싱긋 웃었다.

두 사람 위에 두터운 먹구름을 안은 하늘이 무겁게 늘어져 있었다.

그날 밤 여름을 알리는 뇌우가 요란스럽게 퍼부었다. 비가 내리자마자 개천에서 폭포처럼 쏟아져 내려가는 물소리가 들리기 시작했다. 무시무시한 섬광이 어둠의 숲을 정확히 둘로 가르고 나자, 이번에는 요란한 천둥소리가 천지를 뒤흔들었다.

"굉장해요!"

미치코가 창밖을 보고 있는 가지에게 다가오며 말했다.

"산에서 듣는 천둥소리가 이렇게 무서운 것이었나요? 그래도 우리 집에 떨어지지는 않겠죠?"

가지는 미치코의 어깨를 감싸 안았지만 폭포수처럼 쏟아지는 비에 정신이 팔려서 불안해하는 미치코의 얼굴은 보이지 않았다.

"광부들의 숙소에는 지금쯤 비가 엄청 새고 있을 거야."

가지가 그렇게 말하자 갑자기 미치코가 "아, 깜빡했다!"라고 소리쳤다.

"닭을 들여놓아야 돼요. 오키시마 씨 댁에서 받았어요. 궤짝에 넣어두었으니까 괜찮겠지만……."

미치코는 두려움도 잊고 부엌문을 열고 뒤뜰로 뛰어갔다. 가지는 미치코를 따라가려다가 다시 창가로 돌아왔다. 닭이 문제가 아니다. 사람들은 지금 어찌고 있을까? 수십 동이나 되는 광부들의 숙소 중엔 지붕이 새는 곳이 태반이다. 영선계에 수리 청구서를 내는 것까지가 가지의 직분이라지만 지붕이 새는 것에 대한 책임은 역시 그에게 있다. 비가 걱정되어서 나간다면 그쪽부터 가야 할지도 모른다.

하지만 가지는 창밖을 내다보고 있을 뿐 아무것도 하지 않았다. 아무엇도 하지 않는 게 잘하는 짓이냐? 가지는 홱 돌아서서 부엌문으로 갔다. 미치코가 닭 두 마리가 든 큰 궤짝을 끙끙거리며 들고 왔다. 닭은 별로 젖지 않았지만 미치코는 흠뻑 젖어 있었다.

"무섭게 쏟아지네요!"

미치코는 숨을 헐떡이면서 젖은 머리카락을 한 번 홱 흔들었다.

"자, 꼬꼬님도 이제 편히 쉬세요. 평소엔 아무런 느낌도 없더니 이제야 알겠네요. 뭔지 알아요? 비바람이 아무리 몰아쳐도 걱정할 필요가 없는 자기 집이 있다는 게 정말이지 너무 좋다는 거예요."

미치코는 머리를 닦으면서 여전히 숨을 헐떡이며 생기가 넘치는 눈으로 가지를 올려다보았다.

"닭장을 만들어줘야 되겠어요. 우릴 위해서 앞으로 매일 달걀을 낳아줄 텐데……."

"그래. 앞으론 당신이 비에 젖지 않게 해줄게."

가지는 목욕 타월을 들고 와서 미치코의 몸을 닦아주었다. 이 하얗고 부드러운 피부에는 아직 전쟁이 할퀴고 간 흔적이 없다. 뿐이던가, 전쟁 따위는 아예 모르는 것 같다. 탱글탱글한 젊음과 생활 속 기쁨으로 충만해 있다.

번개가 번쩍이자 주위가 순간적으로 밝아졌다 어두워진다. 전등불이 흐릿하게 껌벅였다. 천둥이 울리고 집이 흔들렸다. 미치코의 눈동자는 생기가 넘치며 다정하게 반짝이고 있었다. 가지는 생각했다. 수리 청구는 이미 전부터 재삼재사 되풀이했던 일이다. 타이밍을 맞추지는 못했어도 자기는 할 만큼 했다. 천둥이 또다시 울었다. 미치코의 젖가슴이 눈앞에서 천천히 흔들렸다. 가지는 느닷없이 미치코를 부둥켜안고 방으로 들어갔다.

그리고 마치 1년을 통째로 여색과는 완전히 단절된 삶을 살아온 산사내처럼 미치코를 탐했다. 한바탕 격정이 훑고 지나간 뒤 미치코는 땀이 밴 남자의 이마를 닦아주면서 황홀한 피로와 희열이 느껴지는 목소리로 말했다.

"굉장했어요! 웬일이에요?"

"비가 오니까……."

가지가 거친 숨소리와 함께 대답했다.

"비가 사랑을 연주하게 했어. 잡념이 씻겨 내려가고 당신만 남았으니까."

미치코는 남자를 사랑할 때의 여자의 예민함으로 다른 무언가가 있다는 것을 알아챘다.

"무슨 일이 있었던 거죠?"

가지는 미치코의 보드라운 목덜미에 얼굴을 묻었다. 여자의 감미로운 살 냄새가 남자를 감상에 젖게 했다.

"내가 너무 멍청했어. 이제 와서 깨닫다니! 중국인을 일본인이 관리한다, 게다가 전쟁이라는 목적 때문에……. 이런 건 처음부터 알고 있었어야 했어. 당신과 약속한 날 난 많은 말을 했어. 그런데 그로부터 한 걸음도 나아가지 못했어. 왜? 난 당신과 사랑을 나누기 위해서 광부들을 관리하기로 한 거니까. 게다가 어떤 방식의 사랑인지 알아? 당신에게 비를 맞게 하고 난 팔짱을 낀 채 보고만 있는 거지. 그래 그런 거였어. 아니, 또 있어. 광부들에게는 별로 중요하지도 않은 걸로 최선을 다하면서 남보다 빨리 공적을 쌓고 남보다 빨리 승진하고 싶어 했는지도 몰라!"

가지는 또다시 미치코의 하얗고 따뜻한 목덜미에서 출정자 아내의 살풍경한 표정을 떠올렸다. 이제 돌아올 일은 없겠죠? 아주머니, 저는 안 갑니다. 이렇게 아내를 끌어안고 아내의 살 냄새를 맡으면서 하고 싶은 말을 할 수 있지요.

미치코가 맨 팔을 남자의 목에 감고, 그의 등을 쓰다듬고, 겨드랑이를 만지면서 그를 가만히 쳐다보았다. 번갯불 때문에 깜박이는 전등불을 받으며 벽걸이 접시의 남녀는 여전히 환희의 포옹을 하고 있었다.

"어쩔 수 없잖아요."

잠시 후 미치코가 중얼거렸다.

"왜 그렇게 걱정이 많아요? 당신 혼자서 전쟁을 거부하는 건 애초에 무리예요. 그런 생각만 하고 있다간 우리 생활이 뿌리부터 말라버릴 거예요. 말라버리는 건 싫어요. 우린 살아야 하니까요. 전쟁 중이라 힘든 상황에 처할지도 몰라요. 하지만 아무리 억압을 받아도 그 밑에서 꿋꿋하게 살아가요. 잘못을 저지르지 않도록 가능한 한 조심하면서 꿋꿋하게 살아가다 보면 그것도 행복할 거예요. 그렇게 생각하지 않아요?"

가지는 고개를 끄덕였다. 행복하기만 하면 더 무엇을 바라겠는가.

그러나 일은 순조롭게 진행되었다. 광부들의 취로율은 점점 높아졌고, 출광량도 서서히 늘어났다. 가지에 대한 소장의 감정은 약간 기복이 있긴 했지만 대체로 좋았다. 가지는 성실하게 일했다.

한동안 아무 일도 없었다.

20

7월 어느 날 가지는 소장에게서 전화로 호출을 받았다. 오키시마와 둘이 바로 올라오라는 것이었다. 소장은 급한 일이 아니어도 바로 오라는 말이 습관처럼 되어 있었다. 부하 직원이란 용건을 불문하고 상사의 명령에 즉시 복종하는 것이 의무라고 생각하고 있는 듯했다. 오키시마는 광부들의 숙소를 둘러보러 나가 있었다. 가지는 창밖을 내다보면서 짜증이 났다. 공기 전체가 하얀 불꽃이 되어 활활 타오르는 듯 몹시 더웠다. 태양은 지금 한창 절정에 있었다.

노무계 사무소에서 본관까지는 정말 엎어지면 코 닿을 거리로 보이지만 올라가는 동안 가지는 땀을 비 오듯 흘렸다. 나무와 풀도 축 늘어져 있었다. 한 걸음 한 걸음 옮길 때마다 마른 흙먼지가 일어났다. 주위엔 온통 아지랑이가 흔들거리고, 기름에 볶은 듯한 더위 속에 매미소리가 눌어붙듯 늘어졌다.

본관 앞에 사이드카가 한 대 서 있었다. 드문 일이다. 하얀 차체에 아무 표시도 되어 있지 않은 흔한 사이드카였지만, 가지는 갑자기 불길

한 예감에 휩싸였다. 그와 오키시마에게 소집영장이 나온 것은 아니겠지? 그럴 리가 없어! 가지는 채광부장과 그의 앞에서 공손하게 서 있던 자신을 동시에 떠올렸다. 그럴 리가 없어! 자신을 지금 속여봤자 회사에는 아무런 득이 안 된다. 오키시마도 소장이 특별 신청을 해놓았음이 틀림없다.

소장실에서는 문 밖까지 웃음소리가 흘러나오고 있었다. 이것도 드문 일이다. 그렇다면 분명 불길한 일은 아닐 것이다. 가지는 땀을 닦으면서 문 가까이에 있는 서무계의 책상을 보았다.

"좀 성가신 손님입니다."

서무계 남자가 나지막한 목소리로 말했다. 들어가 봐야 별로 재미를 못 볼 겁니다, 라고 말하는 듯했다.

가지는 문을 열었다. 웃음소리와는 딴판인 날카로운 시선이 가지에게 꽂혔다. 손님은 군복 차림의 두 사내다.

소장이 가지를 두 사람에게 소개하자 가죽 의자에 깊숙하게 앉아 있던 호리호리한 헌병 장교는 턱을 약간 쳐들었다. 가지를 관찰하는 태도가 냉혹한 독사를 연상시켰다.

온몸이 근육덩어리 같은 또 다른 사내인 헌병 중사는 쫙 벌린 허벅지 사이에 군도를 세운 채 꿈쩍도 하지 않았다.

"가지 군, 헌병대 분들이 좋은 소식을 가지고 오셨네."

소장은 다분히 아첨 섞인 말투로 말했다.

"우리 광산의 긴급 증산을 위해서 군이 특수 광부를 600명 정도 보내주시겠다는 거네."

"특수 광부라시면?"

"화베이華北의 포로들이다."

호리호리한 고노 대위가 말했다.

"가지 군, 본사의 채광부장도 몹시 감사하고 있다네."

소장이 그렇게 말하자 "그야 그럴 테지."라고 말하며 고노 대위가 얇은 입술로 웃었다.

"포로들은 부려먹을수록 이익이지. 먹여만 주면 되니까."

가지는 멍하니 서서 유리창에서 숨이 막힐 정도로 더운 날개 소리를 내고 있는 파리를 보고 있었다.

뭐가 좋은 소식이란 말인가! 포로를 부리는 것은 노무관리의 책임이 아니지 않은가. 군속과 착각하지 말란 말이다.

"지당하신 말씀입니다."

소장이 맞장구를 쳤다.

"광부들이 부족한 시기이니 더할 나위 없이 좋구말굽쇼."

"굴러들어온 호박이란 말이군."

고노가 말하고 나서 다시 피식 웃었다.

"오키시마 군과 상의해서 빠른 시일 내에 인수할 준비를 하게."

소장은 미간을 찌푸리고 가지를 보며 말했다. 조금 불안해진 모양이다. 잠자코 있는 가지가 갑자기 무슨 말을 꺼낼지 모른다. 가지라는 사내에겐 그런 나쁜 버릇이 있다.

"어떻게 말입니까?"

"그것에 대해서 지금부터 지시를 내리겠다."

와타라이 중사가 처음으로 입을 열었다.

"난 같은 말을 두 번 하지 않는 성격이다. 알겠나? 첫 번째 주의사항은 특수 광부를 일반 광부와 접촉시켜서는 안 된다. 둘째, 숙소는 철조망으로 엄중하게 포위한다. 물론 감시를 충분히 세우고, 철조망에는 반드시 전류를 흘릴 것. 알겠나? 식량과 노역, 그 외의 것들에 대해서는 라오후링에 일임하겠지만 요는 탈출을 엄중히 차단해야 한다는 것이다. 북만주 탄광의 노무관리자가 포로가 탈출한 사건으로 중형에 처해진 사례가 있다. 그걸 똑똑히 기억해두도록. 소장님, 철조망의 전압은 어느 정도까지 낼 수 있습니까?"

"3,300볼트입니다."

"좋소."

와타라이 중사는 용의자를 보는 형사의 눈빛으로 가지를 훑어보았다.

"인도 기일은 특별한 상황 변화가 없는 한 오늘로부터 일주일 후가 될 예정이다. 시각은 추후 통보하겠다."

거부하겠습니다. 포로 관리에 대한 책임은 지고 싶지 않습니다. 가지는 그렇게 말하고 싶었다. 몇 번을 시도해보았지만 결국 말할 수 없었다. 가지는 두려웠다. 만약 그렇게 말했다간 말썽이 생길 게 틀림없었다. 그러면 소장은 군의 눈치를 보느라 가지를 이 광산에서 추방할 것이다. 소집면제는 무효가 되고 만다.

가지는 그러나 자신의 두려움이 그것만은 아니라는 것을 알고 있었다. 그는 눈앞에 있는 두 군인, 그 배후에 있는 군이라는 거대한 조직에 대한 두려움에 떨고 있었다. 화가 났지만 부정할 수 없는 사실이다. 불응할 수 없는 압박감, 절대적인 권력의 중량감이 두 군인의 몸에서 뿜어져 나오는 것 같았다.

그뿐만이 아니다. 가지는 또다시 와타라이 중사의 강철같이 단련된 몸, 그의 날카로운 얼굴과 우락부락한 팔뚝에서 끊임없이 흘러나오고 있는 땀과 피비린내가 나는 듯한 살벌한 기백에 공포를 느꼈다. 그런 생리적인 공포를 느낀 적이 거의 없었지만 이번만은 어쩔 수 없이 겁을 먹었던 것이다. 패배자 근성이다. 게다가 제대로 한 번 싸워보기도 전에……. 그런 자신을 용서할 수가 없어서 화가 났다.

올라올 때 흘린 땀이 가슴에서 배로, 등에서 엉덩이로 차가운 물방울이 되어 흘러내리고 있었다.

"알겠나?"

와타라이가 다짐을 두었다.

"서둘러 준비하도록 하게."

소장이 이제 내려가도 된다고 말하듯 턱짓을 했다.

"일주일로는 준비가 안 될지도 모르겠습니다."

가지는 그렇게 말했다. 안 될 건 없다. 사흘만 있으면 충분하다. 다만 그렇게라도 말하지 않으면 성이 차지 않을 것 같았다. 비열한 근성이었다. 그 덕에 더욱 불쾌해졌다.

"별로 달갑지 않은 모양이군."

고노 대위가 와타라이 중사 쪽을 돌아보았다.

"탄광에서 탐을 내는데 그쪽으로 돌릴까?"

소장은 당황하기 시작했다.

"가지 군, 성미 급한 자네한테 안 어울리게 왜 그래? 고노 대위님, 이 사람이 일언거사—言居士이긴 하지만 할 일은 합니다. 쓸데없는 소리 하지 말고 어서 가서 일이나 해!"

가지는 기분 나쁜 표정을 짓고 서 있는 것으로 가장 소극적인, 그리고 완벽하게 무의미한 저항을 시도해보았다.

"와타라이, 이제 슬슬 가 볼까?"

고노 대위가 일어서는 기색도 없이 가죽 의자에 깊숙이 파묻힌 채 말했다.

소장은 황급히 문으로 뛰어가 서무계에게 서둘러 향응을 준비하라고 시켰다.

늘 있는 일이다. 군인이나 관청 직원이 시찰 명목으로 이 산에 찾아오면, 산에서는 중국요리를 시켜놓고 최대한으로 대접한다. 산속 마을인지라 호화롭지는 않지만 그 대신 전시하의 배급품과는 동떨어진 술과 육류는 풍부했다.

이곳에선 밀주 제조와 소·돼지의 밀도살이 많았다. 내방자는 거의 예외 없이 이 주지육림의 향연에 만족한다. 술자리에 아리따운 기생은 없지만 혹여 여자가 꼭 필요하다면 라오후링에 전속된 위안소에서 미인을 뽑아올 수는 있다. 손님이 돌아갈 때는 광부들의 배급 창고에서 설탕, 밀가루, 기름 같은 것을 가지고 와 들려 보낸다. 그런 연유로 인해서 라오후링 채광소라는 곳은 인기가 있다.

이번에도 두 헌병은 술과 고기로 배를 채우고 사이드카에는 선물을 가득 싣고 아주 유쾌해져서 돌아갔다.

21

특수 광부라고 반드시 군인 포로만은 아니었다. 팔로군과의 교전지역에서 일본군은 종종 '청향공작淸鄕工作'이라고 해서 적성敵性 마을로 분류된 마을을 포위했다. 이런 경우 침략군의 성격은 동서양을 불문하고 비슷한 면이 있다. 마을 내의 사내는 침략자의 강제 사역에, 여자는 침략자의 육욕에, 재물은 약탈에, 반항하는 자는 학살에 희생된다. 라오후링에 보내기로 한 600여 명은 군이 청향 지구의 사내들을 포로로 잡아 북방의 변두리 개발에 투입한 자들 중 일부였다.

가지와 오키시마는 특수 광부들을 수용하기 위해 노무계원 몇 명을 데리고 일반 광부 숙소 넉 동의 거주자를 다른 동으로 이주시키는 작업에 들어갔다.

산 위에서 보면 정연하고 아름답기까지 한 빨간 벽돌의 광부 숙소도 가까이 가 보면 이상한 냄새가 진동한다. 숙소와 숙소 사이에는 늘 오수가 흘러 질퍽질퍽하고, 여기저기에 똥파리들이 새까맣게 들러붙은 대변이 흩어져 있다. 이보다 더 불결한 곳이 있을까 싶은데, 이는 단순히 변소에 가서 배변하는 것이 귀찮아서만은 아니었다.

변소라고 있는 것이 또 황당하기 그지없기 때문이다. 숙소 넉 동에 한 동 꼴로 길쭉한 변소 건물이 있는데, 가운데에 칸막이가 없다. 변소 건물의 벽은 용변이라는 생활상의 가장 중요한 행위 가운데 하나를 그 외의 행위로부터 격리시키는 역할만 하면 충분하다. 동일한 행위라면 일렬종대로 쭈그리고 앉아서 한다고 해도 전혀 부자연스럽지 않고, 불합리하지도 않다는 설계자의 생각이 이런 변소를 만들어낸 것이다.

그러나 자기 외의 많은 사람들에게 매일 자신의 엉덩이를 보여주는 것이 강요된 생활이라면 굳이 악취가 진동하는 변소에서 볼일을 볼 필요가 없다. 숙소와 숙소 사이의 공터에서, 신선한 공기 속에서 배설하는 게 쾌적하다는 견해를 가진 사람도 분명 있을 것이다. 따라서 가지는 그런 모습을 볼 때마다 표정을 일그러뜨리긴 했지만 그런 견해를 가진 사람을 혼낼 수는 없었다.

지금도 가지는 비교적 신선한(?) 똥을 하마터면 밟을 뻔했다. 파리가 웽 하고 날아올랐다. 그늘진 벽에 기대앉아서 이를 잡느라 여념이 없던 광부가 그 모습을 보고 누런 이를 드러내고 웃었다. 가지와 눈이 마주치자 광부는 손으로 코를 풀더니 그 손을 벽에 문지르고 다시 부지런히 이를 잡기 시작했다. 노무계의 이 '나리'께서는 웃음거리가 되는 것을 그다지 좋아하지 않는다는 걸 알고 있는 듯한 모습이었다.

가지는 처음 얼마 동안 광부들로부터 한 사람도 빼놓지 않고 사랑을 받겠다고 꿈꾸기도 했지만, 지금은 그들을 사랑하는 직무상의 일방적인 의무만이 남아 있었다. 왜냐하면 남의 코앞에서 자신의 엉덩이를 드러낸 채 볼일을 보도록 훈련받은 사람이 그런 훈련을 시킨 인간과 한패에게 어떻게 사랑스러운 애정을 쏟을 수 있겠느냐는 것은 이곳에 와서 석 달쯤 지나면 짐승도 알 수 있는 것이기 때문이다.

가지는 더 이상 똥에 구애받지 않았다. 그것이 오래된 것이든 새 것이든. 또 그것이 미학의 문제이든 위생의 문제이든 간에. 그는 그것을 넘어 다음 일, 광부들을 이주시키는 일에 착수해야 한다. 가지는 똥을 넘어 오키시마와 함께 숙소 입구에 섰다.

오키시마가 유창한 중국어로 소리를 질렀다.

"이제부터 너희들은 이사를 한다. 갈 곳을 안내할 테니 짐을 들고 밖으로 나와라!"

숙소 안은 토방을 사이에 두고 좌우로 갈라져 각각 하단과 상단으로 구분되어 있다. 여기저기에서 통나무처럼 알몸으로 누워 자고 있던 광부들은 한 번의 고함으로는 일어나지 않았다.

노무계원들이 뛰어 들어가 한 사람씩 붙들고 소리를 지르자 겨우 일어나서 이의 배양기 같은 얇고 더러운 이불을 둘둘 말아서 느릿느릿 토방으로 내려오기 시작했다.

그들은 이불 한 채를 들고 그들의 출생지에서 유랑의 길로 나선 것이다. 태어난 고향이 그들을 생활 밖으로 쫓아냈기 때문에 그들도 고향을 기억 밖으로 쫓아내고 있었다. 그들은 어디를 가든 이불 한 채뿐이었고, 필시 앞으로도 그럴 것이다. 신진대사를 하는 것은 이것밖에 없고, 늘어나는 것도 이것밖에 없다. 그들은 유일한 재산인 이 이불 위에서 그들을 사랑하는 여자와 잔 적이 없었고, 필시 앞으로도 그럴 것이다. 이불은 때에 절고 때때로 흘리는 고통의 눈물과 어쩌다 하는 몽정에 젖어 그들의 생활 속 꿈을 이야기하고, 생활의 역사를 짓고 있다. 그들은 평생 결혼을 모른다. 따라서 결혼하면 생길 수 있는 불행과 아내의 히스테릭한 박해만은 면할 수 있다. 평생의 반려자인 이불은, 그러나 여로旅路의 종착지에서 그들에게 죽음의 안식을 줄 수 있을지 어떨지는 의문이다. 왜냐하면 죽을 때까지 마지막이자 유일한 이 재산은 죽음과 함께 몇 푼의 동전으로 바뀌어 있을 것이기 때문이다.

그들은 피와 땀을 착취당하기 위해 살고, 이의 먹이가 되기 위해 먹고, 고독을 달래기 위해 잔다. 이런 사람들 1만 명을 가지가 관리한다. 가지는 지금 이들 '짱꼴라' 노동자를 닦달해서 다른 동의 1인당 60센티미터 폭을 50센티미터 폭으로 좁힌 곳으로 몰아넣고, 새롭게 '적성 포로'인 짱꼴라를 맞이할 것이다.

이주가 끝난 뒤 소장이 첸을 앞세워 빈집이 된 넉 동의 숙소를 둘러보러 왔다. 소장이 인간 이하의 인간의 상태를 점검하고자 노무 현장을 찾는 것은 이례적인 일이다. 그는 광부가 먹는 콩깻묵이 어떤 것인지, 그 광부가 싸는 똥이 어떤 색과 모양을 하고 있는지 따위에는 애당

초 관심이 없었다. 그는 라오후링의 수장으로서 철광석을 한 덩이라도 더 캐내기만 하면 된다. 하지만 이번만은 헌병이 주는 위압감이 그에게도 상당한 효력을 미친 모양이다.

"넉 동이면 충분한가?"

소장은 땀과 때와 마늘 냄새가 밴 실내 공기를 굵고 짧은 목을 갸웃거리며 맡아보았다. 고약한 냄새였지만 신경이 쓰여서 맡지 않을 수 없다는 태도다.

"충분하지는 않습니다."

가지가 대답했다.

"그럼 왜 좀 더 비우지 않았나?"

오키시마가 히쭉 웃었다.

"그렇게 했다간 일반 광부들이 특수 광부를 지원하겠다고 나설지도 모릅니다."

"그도 그렇지만……."

말하면서 소장은 거무튀튀한 벽에 시선을 고정시켰다. 그곳에 못 같은 것으로 많은 줄이 그어져 있었다.

"저건 뭔가?"

"벽은 광부들의 출납부입니다."

오키시마가 대답했다.

"도박 빚의 대차 메모입니다."

"도박을 방임한다는 건가, 자네는?"

"규칙으론 도박 현행범은 유치장에 처넣게 되어 있습니다. 하지만 1만 명을 수용할 만한 유치장을 이곳 경찰은 만들어주지 않겠답니다."

소장은 평소 같으면 이 따위로 대답하는 태도를 묵인할 리가 없었다. 그러나 이번만은 미간을 약간 찌푸렸을 뿐이다. 왜냐하면 그의 눈이 벽을 타고 옆으로 가서 다른 곳에 있는 다른 것을 발견했기 때문이다. 거기에도 많은 줄이 새겨져 있었는데, 그 사이에 크게 여자의 나체가 그려져 있다. 목 윗부분과 무릎 아랫부분이 없는, 마치 원시시대 동굴에서 살던 원시인의 예술 같은 낙서다. 어떤 의미에서는 여자로서 필요충분조건을 완벽하게 갖추고 있다.

"저것도 대차 메모인가?"

소장이 웃었다.

"그럴지도 모릅니다."

오키시마는 소장이 관심을 갖는 것에 관심을 가졌다. 정도의 차이는 약간 있지만, 여자에게 자유롭지 못한 처지는 광부나 소장이나 마찬가지다.

가지는 그 소박한 여자 그림이 도박에 이긴 남자가 여자의 육체를 소유한다는 약속의 징표인지, 도박하는 남자가 자신의 운을 거는 우상인지, 아니면 단순히 불타오르는 욕망의 표현인지, 알 수 없어서 알고 싶었다. 그러나 어느 쪽이든 간에 한 가지만은 공통된 것이 있다. 만약 그것이 원시시대의 동굴 속 벽화와 유사하다면 완전히 상반된 정신 상태가 그 유사함을 낳았다는 것이다.

태고의 선조들은 자유로운 욕망, 건강한 욕망의 자유롭고 건강한 해방구로서 그것을 그렸을 테지만, 1943년의 '노동자'는 억압된 욕망, 발효되어 산패(酸敗)하기 시작한 욕망의 자유롭지 못하고 건강하지 못한 내공으로서 그것을 그렸다는 것이다.

가지는 만약 그가 미치코에게서 강제로 떨어져 노동자나 포로의 입장에 놓인다면 그도 마찬가지로 못 같은 것으로 목 윗부분과 무릎 아랫부분이 없는 미치코의 나체를 그리고 싶어질 것만 같았다. 그것이 가로막힌 사랑을 유지하는 가장 확실한 방법일 것 같았다. 망상이, 그것을 근거로 목소리와 빛과 냄새와 움직임을 보충하는 것이다. 수많은 사랑의 속삭임, 기억해야 할 애환의 날들, 사랑하는 여자의 일희일비의 표정에서부터 음모에 이르기까지의 모든 것을.

소장은 이때 가지의 문학적 산책과는 전혀 관계가 없이 이렇게 말했다.

"어떤 놈들이 올까?"

"항일의식이 투철한 놈들이겠죠."

오키시마가 대답했다.

"음, 군에서 적성 마을로 분류한 곳에서 잡아오는 포로들이니 틀림없겠지. 우릴 깔보지 못하도록 주의하게."

소장은 숙소 안에 밴 땀과 때와 마늘 냄새를 더는 견디지 못하고 서둘러 밖으로 나갔다.

영선계에서 나와 넉 동의 숙소 주변에 철조망을 쳤다. 정문에 감시소를 설치하고, 무장한 간수가 숙직할 수 있도록 조치했다. 철조망에는

3,300볼트의 전류를 흘렸다. 가지는 모든 준비가 완료됐다는 것을 문서로 작성해서 헌병대에 보고했다.

22

특수 광부들을 인수하러 가는 날, 오키시마는 되도록 많은 수의 노무계원을 데리고 가자고 주장했다. 적어도 스무 명 정도는 필요하다는 것이었다. 그가 통역으로서 선무공작에 종사한 경험이 그런 소리를 하게 만든 것 같았다.

"1개 소대 정도의 무장병력이 와주지 않으면 우리는 무사히 돌아올 수 없을지도 몰라."

가지는 완강하게 반대했다. 그가 오키시마의 의견을 무시한 것은 이번이 처음이었다. 경험적인 근거는 전혀 없었다. 그저 분위기가 너무 삼엄해질 것 같았기 때문이다. 상대는 600명이다. 스무 명이 아니라 쉰 명이라도 당하는 건 똑같다.

"당신은 혼자서도 산하이관에서 500명이나 데리고 온 적이 있잖아?"

"하지만 그때랑 지금은 얘기가 달라."

"다르지 않아. 적어도 그들을 인수하는 우리의 태도에 다를 건 없을 거야. 난 공격적인 자세도 방어적인 자세도 취하고 싶지 않으니까."

그가 선택한 것은 일본인 노무계원 세 명과 만주인 노무계원 다섯 명이었다. 지명받은 후루야가 갑자기 어젯밤 복통이 왔다며 결근계를 냈다. 복통으로는 보이지 않았다. 두려운 걸까? 일본인은 두려워 할 이유가 있다. 가지는 다른 두 명의 일본인 노무계원의 얼굴을 보았다. 가고 싶지 않은 것 같았다. 그는 일본인 세 명마저 제외했다.

"당신도 가고 싶지 않으면 남아."

가지가 오키시마에게 말하자 오키시마는 히쭉 웃었다.

"이봐, 내 앞에서 영웅 행세할 생각은 추호도 하지 마. 가 보면 알게 될걸? 내 존재의 고마움을."

두 사람은 만주인 노무계원을 재촉해서 사무실을 나왔다. 오키시마가 광장 끝의 나무그늘 쪽으로 손을 흔들자 그곳에 서 있던 짐마차가 움직이기 시작했다. 짐마차에는 젠빙煎餅(좁쌀가루나 녹두가루 등을 묽게 반죽하여 번철燔鐵에 골고루 펴서 익힌 얇은 부꾸미 같은 것-옮긴이) 600근과 음료수 통이 실려 있었다.

가지가 오키시마를 보자 그는 득의에 찬 표정으로 말했다.

"뭐, 약간 솜씨 좀 부려봤지."

가지는 정말로 모르는 표정이었다. 전혀 생각지도 못했던 일이다.

"한 방 먹었군."

"가끔은 나한테도 한 방 먹어줘야지. 내가 보고 말았네. 자네가 명검을 휘두르고는 있지만 애석하게도 이따금 훈도시褌(남성의 음부를 가리기 위한 폭이 좁고 긴 천-옮긴이)가 벗겨져 있는 걸 말이야."

오키시마가 더러운 이를 몽땅 드러낸 채 매우 유쾌하다는 듯 웃었다.

라오후링으로 들어오는 선로와 만주 철도 지선의 분기점까지는 20리가 안 되는 거리다. 마침 구름이 끼어 있어서 걷기에는 안성맞춤이었다.

도중에 가지가 혼잣말하듯 말했다.

"도대체 우리가 뭘 하고 있는 걸까?"

오키시마는 가지의 버릇이 또 시작되었다는 식으로 흘려들었다. 가지는 오키시마가 별 말이 없자 역시 입을 다물었지만 오래가지는 않았다.

"우리는 포로수용소의 관리인이 되어 스스로 전쟁의 책임을 지고 뭘 하려는 걸까?"

"우리는 아무것도 하고 있지 않네."

오키시마가 우울한 듯 대답했다.

"자네처럼 생각한다고 한들, 나처럼 생각하지 않는다고 한들 결과는 매일반이야. 난 노동기계의 기름주개야. 여기에 기계가 있고, 그것이 움직이고 있다면 누군가가 기름을 쳐야 해. 설령 그것이 전쟁이라는 이름의 엄청나게 큰 기계의 부품이라고 해도 기름주개 자체가 그 기계의 부품인 이상 어딘가에서 끼익끼익 소리가 나거나 열이 나면 기름주개는 자동으로 그곳에 기름을 쳐야 하는 거야."

"그렇겠지. 하지만 왜 그렇게 된 걸까? 내가 말하는 것은 왜 그렇게까지 인간이 의지를 잃고……"

"자네 어머니한테나 물어보게."

오키시마가 퉁명스럽게 말했다.

"내가 언젠가 말했잖아. 뭐가 어떻게 되든 간에 자네만은 살아갈 수 있을 거라고. 자네는 언제나 정당한 목적이 없으면 만족하지 못하는 사내야. 그건 훌륭한 태도야. 하지만 관념만 갖고 발버둥 쳐본들 뭐가 될 것 같은가? 자네는 확실한 목적을 갖고 자신의 의지로 살아본 적이 있나?"

그것과는 다르다. 그것과는 달라. 이번 일은 뭔가 확실한 목적이 없으면 안 된단 말이야. 가지는 오키시마가 이 순간만은 전혀 말이 통하지 않는 이방인처럼 여겨져서 잠자코 뒤에서 덜컥거리는 단조롭고 태평한 마차 소리를 들으면서 걸었다. 건각健脚인 그에게 20리도 안 되는 길이 몹시 멀게 느껴졌다.

라오후링의 사내들은 멀리서 오는 진귀한 손님들을 분기점에서 기다렸다. 한적한 풍경이었다. 라오후링 쪽을 뒤로 하고 둘러보니 지평선 저편까지 두 줄기의 선로와 선로를 따라 늘어선 전봇대가 원근법의 표본과 같은 도형을 그리며 적토와 녹색의 평야를 둘로 나누고 있다. 나머지는 아주 멀리 빨간 벽돌로 지은 아담한 역사가 한 채 보일 뿐 하늘도 땅도 그저 한적하기만 하다.

이윽고 철로 저편에서 기관차의 하얀 연기가 보이기 시작했다.

"드디어 행차하시는군."

오키시마가 중얼거렸다.

하얀 연기는 좀처럼 가까워지지 않았다. 꽤 빠른 속도로 달려오고 있을 텐데 지극히 한가롭게 보였다. 기차를 기다리며 마차 위에서 긴 담뱃대로 담배를 피우고 있는 늙은 차부의 모습도 지극히 한가로워 보였다.

가지는 만주인 노무계원들을 보았다. 그들도 한가롭게 서 있었다. 첸조차 그 단정한 용모에 곧 도착할 비참한 동포에 대한 감상은 전혀 없는 듯 보였다. 오기를 기다린다. 그저 그뿐이다. 미리 걱정해서 무슨 소용이겠는가? 다섯 명의 만주인에겐 그것이 공통된 표정이었다.

가지는 손에 땀이 배어 있는 것을 알았다. 오키시마를 슬쩍 보니 그의 입술이 바싹 말라 있었다. 가지는 나지막한 목소리로 첸에게 말했다.

"넌 아무 느낌도 없어? 이리로 오는 것은 네 동포들이고 그들을 혹독하게 다루는 것은 필시 내 동포들이야. 개중에는 산둥에서 오신 네 어머니가 아는 사람도 있을지 몰라……."

첸은 상냥하게 웃었다.

"제 어머니는 저를 일본인에게 반항하지 않도록 키웠어요."

그래. 넌 그런 놈이지. 가지는 민족의식과 적개심을 갖지 않는 첸을 경멸했다. 그러면서도 그가 일본인을 사랑하기 때문에 사랑했다. 그가 자신의 말을 잘 듣고, 일에 도움이 되기 때문에 더욱 사랑했다.

"교전 지역이었으면 넌 매국노라고 동포들한테 살해되었을 거야."

첸은 굶주린 들개가 박해자를 보는 듯한 시선으로 가만히 가지를 보았다.

기차가 그들 앞에 섰다. 대형 유개화차_{有蓋貨車} 다섯 량이다. 밀폐되어 있었다. 어떤 소리도 나지 않았다. 기관사가 내리더니 모르는 체하며 역사 쪽으로 사라졌다. 오키시마와 가지는 얼굴을 마주 보았다.

잠시 후에 역원 한 명이 열차 뒤에서 나타났다.

"열쇠는?"

"아직 못 받았습니다."

가지가 대답했다.

"그런데 안엔 뭐가 들어 있습니까?"

"기계 부품인데 우리도 모릅니다."

오키시마가 대답했다.

"온다, 와."

늙은 차부가 마차 위에서 괴상한 소리를 지르고 긴 담뱃대로 먼 곳을 가리켰다.

멀리 철로와 나란히 있는 길에서 흙먼지가 일어나고 있었다. 누군가가 전속력으로 말을 몰고 오고 있었다. 아직 얼굴은 분간할 수 없었지만 가지는 그가 와타라이 중사가 틀림없다고 생각했다.

예상은 적중했다. 말은 거품을 물고 거칠게 콧숨을 내쉬면서 가지 일행 앞에서 춤추듯 제자리걸음을 했다. 와타라이가 말 위에서 소리쳤다.

"라오후링의 노무계 직원들인가?"

"그렇습니다."

가지가 대답했다.

"자네가 책임자인가?"

"그렇습니다."

"이름이 뭐라고 했지?"

"가지입니다."

"맞아, 가지였지? 난 한 번 들으면 잊지 않는 사람이야. 좋아, 지금부터 특수 광부들을 인계한다. 제군들에게 말해두는데, 이자들은 군의 포로다. 그러니까 이자들을 다루는 자는 군인과 같은 마음가짐을 지녀야 한다. 민간인과 같은 부주의나 태만은 용서하지 않겠다. 알겠나?"

"알겠습니다."

"모르는 것 같은데, 가지!"

와타라이가 소리쳤다.

"고작 일곱 명이 600명을 인솔할 수 있다고 생각하나? 도중에 도망이라도 치려고 하면 어떡할 건가!"

"인솔하는 데 특별히 주의할 것은 없다고 봅니다. 주의할 것이 없는 것은 위험하지 않다고 판단했기 때문입니다."

그 말을 듣고 와타라이는 험악한 웃음을 지었다.

"좋다. 그럼 다시 한 번 앞으로 주의해야 할 것들에 대해 설명하겠다. 매주 반드시 관리 보고를 할 것. 알겠나? 요령은 총원 몇 명, 사고 몇 명, 현재원 몇 명, 사고 내역은 무엇…… 일석점호와 같은 요령이다. 알겠나?"

가지는 대답하지 않았다. 바로 노성이 작렬했다.

"알았나, 몰랐나?"

"알겠습니다!"

가지가 창백해져서 고함으로 응수했다. 그날, 소장실에서 공포에 사로잡혔던 자신을 야단치는 듯했다.

"좋다."

와타라이가 한 번 더 험악한 웃음을 지었다.

"기합이 바짝 들었군! 몇 살인가?"

"……스물여덟입니다."

"아내는 있는가?"

가지가 쌀쌀맞게 말했다.

"화물열차 열쇠나 주십시오."

와타라이의 굵은 눈썹이 꿈틀거렸다. 말이 갑자기 모래 바닥을 구르면서 가지 쪽으로 다가왔다. 말의 코는 가지의 얼굴 앞에 있었다. 가지는 와타라이가 일부러 말을 옆에 붙인 것을 알고 움직이지 않았다. 말은 격렬하게 목을 아래위로 흔들 때마다 거친 콧숨을 토해냈다. 이빨을 드러내고 소리 높이 울면서 뒷발로 곧추 섰다. 가지의 몸은 거의 말발굽 아래에 있었다. 와타라이는 고삐를 당겨 말목을 돌리더니 역원의 발밑에 열쇠 꾸러미를 던졌다.

"깡다구가 제법 세군. 마음에 들었어."

가지가 지지 않으려고 기를 쓰고 말했다.

"광부들을 넘겨받는 자리에 입회해주시죠."

"이봐, 촌스럽게 왜 이래? 난 이제부터 공용외출이야."

와타라이가 어디로 외출하는지를 암시하는 듯한 야비한 웃음을 흘리며 말했다.

"넌 군의 조치에 실수가 있을지도 모른다고 생각하나 본데, 안심해도 된다. 군이 604명이라고 하면 틀림없이 604명이야. 돌아가는 즉시 인수증을 제출하도록, 알겠나? 죽을 놈은 죽게 내버려둬도 돼. 단, 탈출하는 것만은 무슨 일이 있어도 막아라."

와타라이는 자기 할 말만 하고는 말을 채찍으로 힘껏 때려 달려갔다.

"저 개 같은 새끼가!"

오키시마가 으르렁거렸다. 가지는 이마의 비지땀을 닦고 역원에게 손짓했다.

역원이 화물열차의 자물쇠를 벗겼다. 노무계원들이 열차의 문을 여는 순간 훅 하고 뜨거운 열기와 시큼한 악취가 쏟아져 나왔다. 무심결에 얼굴을 돌릴 정도다. 밀폐된 차량 안에 발 디딜 틈도 없이 빽빽하게 갇혀 있던 특수 광부들은 더위에 지치고 배고픔에 시달려 한동안 움직이지도 못했다.

노무계원들이 가까운 곳부터 끌어내리기 시작하자 겨우 신선한 공기를 찾아 엉금엉금 기어서 내려왔다. 청명한 하늘 아래 오물과 코를 찌를 듯한 체취가 금방 가득 찼다. 하나같이 뼈가 가죽을 뒤집어쓰고 있는 꼴이었다. 거의 예외 없이 온몸이 지독한 피부병을 앓고 있었다. 낯빛은 영락없이 시체였다. 눈만이 흐리멍덩하니 힘없이 움직이며 겨우 살아 있었다.

"정말 심각한 놈들만 보내주었군."

오키시마가 신음하듯 말했다.

"이래서 그 헌병 새끼가 도망친 거야."

가지 역시 우울한 목소리로 중얼거렸다.

"부려먹을 대로 부려먹고 쓸모가 없어지니까 넘기는 거겠지."

줄지어 세워놓고 인원수를 파악해보니 열두 명이 모자랐다. 가지와 오키시마는 열차 안으로 뛰어올랐다. 군의 조치에는 역시 틀림이 없었다. 부족한 열두 명은 어두컴컴한 화물열차 안에서 시체가 되어 있었다.

"쪄 죽었어."

오키시마가 오물 틈에 쓰러져 있는 열두 번째 시체를 끌어 일으키고 가지의 얼굴을 올려다보았다. 가지는 어둠 속에서 말없이 서 있었다. 이 시체가 시체가 되기 전까지는 굶주림과 갈증에 시달리고, 더위에 숨을 헐떡거리면서 일본인을 저주한 수십 시간이 있었을 것이다. 그러면서도 또다시 한시라도 빨리 다른 일본인의 손에 넘겨져 그만큼은 자유롭게 신선한 공기와 소량의 물과 소량의 식량을 얻을 수 있기를 애타는 심정으로 바랐으리라. 우연히 그 다른 일본인으로 예정되어 있던 사람이 가지다.

그는 열두 구의 시체를 앞에 두고 거의 증오에 가까운 아픔을 느꼈다. 자신이 그런 것이 아닌데도 결국 책임은 그가 지게 될 것이다. 왜냐하면 이 열두 구의 시체를, 살아서 가지에게 온 592명은, 그들 역시 언젠가 반드시 가지의 손에 의해 죽임을 당할 것이라는 실증으로서 지켜보며 이곳에 왔을 테니 말이다.

이때 비로소 가지는 겨우 자신이 책임지고 해야 할 일의 성격이 확실해진 것을 깨달았다. 이 일에는 두 가지 방법밖에 없는 듯했다. 하나는 더러워지고 쇠약해진 이 사내들을 그들이 쫓겨 온 방향으로 그 종점까지 냉혹하게 쫓아 보내는 것이다. 다른 하나는 그 길을 어딘가에서 끊고 다른 방향으로 그들을 이끌어가는 것이다.

"어떡할까?"

오키시마가 시체에서 떨어져 일어서면서 말했다. 그는 시체 처리에 대한 문제로 물은 것이었지만 가지는 다른 대답을 했다.

"이제 와서 발을 빼려야 뺄 수 없게 되었어."

그때 갑자기 열차 밖에서 기괴한 함성이 들려왔다. 가지와 오키시마가 화물열차 문으로 뛰어가 보니 특수 광부들이 떼를 지어 느린 파도가 일렁이듯 짐마차로 몰려가고 있었다. 노무계원 중 한 명이 젠빙을 마차에서 내리기 시작한 것이 굶주린 광부들을 자극하고 말았던 것이다. 아주 둔한 움직임이었지만 그래서 더욱 섬뜩했다. 수많은 주검의 무리가 갑자기 행동을 일으킨 듯한 공포에 늙은 차부는 비명을 지르며 마차에서 뛰어내렸다.

"마차를 달리게 해!"

오키시마가 화물열차에서 소리 질렀지만 소용이 없었다. 늙은 차부도 마차도 이미 아귀의 물결에 휩쓸려버린 뒤였다.

"먹지 못하게 해라!"

가지가 소리쳤다.

"다 죽는단 말이다!"

가지와 오키시마는 잠깐 얼굴을 마주 보고 맹렬한 기세로 굶주린 떼거리의 물결 속을 뚫고 들어갔다. 노무계원들도 각 방향에서 뚫고 들어왔다. 아귀의 대군이 극도로 쇠약해져서 마치 흙으로 빚은 인형 같은 것이 가지를 비롯한 산사람들에게는 그나마 다행이었다. 그렇지 않았다면 그들은 압도적인 인파의 물결에 휩쓸려 누더기처럼 너덜너덜해질 때까지 짓밟혔을 것이다.

가지와 오키시마는 손에 닿는 대로 밀고 때려눕히며 돌진하는 동안 서로를 시야에서 놓치고 말았다. 가지 옆에서 늙은 차부가 울부짖으면서 이리저리 떠밀리고 있었다. 가지는 그의 손에서 채찍을 빼앗아 휘둘렀다. 비명이 일어나고 피가 튀었다. 두터운 인간 울타리가 마침내 무너지기 시작했다. 그 틈을 뚫고 오키시마가 뛰어가 마차로 기어 올라갔다.

"채찍을 이리 넘겨!"

오키시마는 기어 올라오려고 하는 아귀를 발로 차서 떨어뜨리면서 몇 번인가 소리쳤다.

가지는 자신이 채찍을 건네줄 수 있는 곳까지 어떻게 기어갔는지 기억이 없었다. 채찍이 머리 위에서 몇 번인가 선명한 소리로 우는 것을 들었다. 마차는 굄돌을 무리하게 뛰어넘어 달리기 시작했다. 인간 울타리가 갈라지고 무너져 내렸다.

'됐어!'

가지의 마비된 머릿속에는 그 생각밖에 없었다. 그는 겨우 서 있었다. 특수 광부들은 격동의 회오리가 지나가자 서 있는 자는 한 명도 없었다. 노무계원들은 겨우 무리 속에서 탈출하여 제각각 뻗어 있었다. 가지는 비로소 자신의 작업복이 갈기갈기 찢어져 있는 것을 알았다. 손은 까져서 피에 절인 듯했다. 갑자기 다리가 후들거렸다. 그대로 쓰러져서 자고 싶었다. 첸이 웅크리고 앉아 무릎 사이에 파묻고 있던 얼굴을 들어 가지를 보았다. 상처 입고 흙투성이가 된 얼굴이 희미하게 웃었다. 가지는 쓰러지려는 몸을 겨우 버티고 섰다.

오키시마가 마차를 멀리 갖다 놓고 역시 초췌한 몰골로 비틀거리면서 돌아왔다.

"어떡할까?"

"……조금 쉬게 하고, 조금 먹게 하고, 그러고 나서 이동해야겠지."

"걷지도 못할 것 같아. 운수계에 연락해서 운광차를 이쪽으로 좀 보내달라고 해야겠어."

오키시마가 역사의 전화를 빌려 연락했지만 운수계는 노무계의 요구에 응하지 않았다. 운광차의 운행 계획이 틀어지지 않게 하는 것이 훨씬 중요했다.

"좋아, 부탁하지 않을게! 대신 임시 사역을 보내달라고 해도 고양이 새끼 한 마리 보내주지 않을 테니까 그런 줄 알아!"

걸을 수밖에 없었다. 노무계 사내들은 자갈과 흙으로 열두 명의 사망자를 매장했다. 특수 광부들은 그것을 보고도 아무 반응이 없었다. 배급받은 소량의 젠빙을 걸신들린 듯 먹고 있었다.

첸이 다가와서 가지에게 말했다.

"일본 군대는 포로에게 아무것도 먹이지 않고 일만 시킵니까?"

"심하다는 말인가? 인간이 할 짓이 아니라고?"

가지는 불쾌하게 대답했다.

"네 아버지가 만약 이 열두 명 중에 있었다면 넌 일본 군대에게, 아니 당장은 저 와타라이 중사에게 복수할 용기가 있나?"

"……모르겠습니다."

"그럼 나한테 일본 군대에 대해 이러쿵저러쿵 말하지 마. 난 놈들이 말려서 쩌 죽인 인간을 감사히 받아서 돌아가는 인간이야."

괴상한 행렬이 라오후링을 향해 움직이기 시작한 것은 그로부터 한 시간쯤 지나서였다. 특수 광부의 행렬은 유순했다. 그들은 고개를 숙인 채 비틀거리면서 묵묵히 걸었다.

23

라오후링에 도착하자마자 가지는 본관 사무소로 올라갔다. 오키시마가 만주인 노무계원에게 말했다.

"넌 조선인 조에 가서 개를 한 마리 빌려와. 항상 식용으로 두세 마리는 묶어두고 있을 거야."

그 노무계원이 개를 끌고 오자 오키시마는 철조망 안쪽에 특수 광부들을 정렬시키고 눈알을 굴리면서 유창한 중국어로 말했다.

"난 너희들에게 하고 싶지 않은 주의를 주겠다. 너희들은 도망치고 싶을 것이다. 오늘 그렇게 생각하지 않아도 내일은 그렇게 생각할 것이다. 하지만 도망쳐서는 안 된다. 이걸 봐라!"

오키시마가 신호를 보내자 노무계원이 잡고 있던 개를 철조망에 던졌다. 개의 목숨은 순식간에 불꽃이 되고, 연기가 되고, 누린내가 되어 허공으로 사라졌다.

"너희들은 인간 구이를 좋아하지 않을 것이다."

오키시마가 말했다.

"나도 좋아하지 않는다. 하지만 너희들이 탈출하려고 하면 할수록 난 인간 구이를 좋아하게 될 것이다."

특수 광부들은 표정을 잊어버린 듯 멍하니 서 있었다.

24

"특수 광부들은 당분간 취로시킬 수 없습니다. 한 달 간의 휴양을 줘야 합니다."

그렇게 말하는 가지의 너덜너덜해진 복장과 핏발 선 눈을 피해 소장은 고개를 돌렸다.

"포로들을 받은 것은 일을 시키기 위해서야. 공짜로 밥을 먹일 여유가 우리한테 있는 줄 아나?"

"하지만 너무 쇠약해져 있습니다."

"이거 봐, 가지, 그들은 포로야. 따라서 당연히 항일분자다. 그런 놈들 때문에 우리 일본인이 막대한 희생을 치르고 있어. 그 희생의 대가 중 일부가 그들의 노동력이야."

"말대꾸하는 것 같습니다만, 인수 현장에 소장님도 계셨으면 좋았을 걸 그랬습니다. 뭣하시면 저희랑 함께 숙소에 가 보시겠습니까?"

소장은 분명히 화가 나 있는 것 같았지만 가지를 보려고는 하지 않았다.

"그들은 포로가 확실합니다."

가지는 소장의 시선을 붙잡으려고 몸을 움직였다.

"그렇기 때문에 열두 명이 쪄 죽임을 당했습니다. 592명은 포로라서 극도의 영양실조라는 대가를 지불하고 있습니다. 죽일 생각이시라면 간단합니다. 오늘 밤 생 콩깻묵을 한 근씩만 줘도 이삼 일 안에 태반은 죽어 나갈 것입니다. 그들은 포로입니다. 따라서 한 놈도 빼놓지 않고 중증 피부병을 배지 대신 달고 있습니다."

"이제 그만하게."

소장은 시끄럽다는 듯이 생산일보로 책상 위를 털었다.

"한 번만 더 자네 의견을 존중하도록 하지."

"한 번만 더요?"

"그래. 한 번만 더."

소장은 지금까지 피하고 있던 시선을 가지에게 험악하게 던졌다.

"이유를 말씀해주시겠습니까?"

"듣고 싶나? 자네는 뭐든 자신을 갖고 하는 모양인데, 자네가 해산시킨 조의 광부들이 어떻게 된 줄 아나?"

"얼마 전에 소장님에게 과분한 칭찬을 들었을 뿐입니다. 기억하고 계시지 않습니까?"

"그랬지. 경솔했어, 나도. 자네는 조장에게 선금을 돌려주고 광부들을 인수했네. 그 돈으로 또 누군가가 광부들을 빼내 갔다면 자네는 도대체 뭘 한 것이 되는가?"

"언제 그랬다는 겁니까?"

가지가 놀라 물었다.

"오늘이네. 방금 전에 후루야가 보고하러 왔어."

"몇 명이죠?"

"서쪽 숙소에서 150명이라고 하더군. 자네가 이상적인 상태라고 믿고 직할제도로 편입시킨 광부들이야! 엊저녁부터 조금씩 했겠지만, 여하튼 자네와 오키시마 군이 없을 때를 교묘하게 노렸더군. 자네는 이렇게 될 때까지 아무런 낌새도 채지 못했단 말인가?"

가지는 침묵했다. 피로와 우울에 풀 길이 없는 분노가 겹쳤다. 내심 우려하던 일이 너무 빨리 실현된 것이다. 광부들은 가지의 선의를 배신했다. 광부들은 자기 자신을 인간으로서 취급하지 않았다. 어처구니없게도 자기와 자기 몸을 매물로 삼아 어느 조장의 착취 앞에 목숨을 제공한 것이다.

너희들은 노예가 돼도 싸다! 너희들은 들판에 쓰러져 죽을 때까지 착취를 당해도 싸다!

"본사의 경리가 알게 되면 자네는 문책을 받게 될 걸세."

"책임을 지라는 말입니까?"

"아니, 그렇게 말하지는 않았네. 이번 일은 내 손에서 묻어두겠네. 앞으로 조심하라는 말이야. 알겠나?"

소장의 속셈은 뻔했다. 가지가 문책당하는 것은 소장에게도 큰 오점이 되기 때문이다. 가지는 문을 박차고 나가고 싶었다. 일직선으로! 어디까지라도! 다시는 결코 돌아오는 일 없이!

가지는 그 욕망을 완전히 정반대로 표현했다. 그는 조용히 문을 열고 고양이처럼 소리도 없이 나갔다.

25

"포로 관리는 손이 덜 가서 좋아."

노무계 배급반의 마쓰다가 말했다. 상대는 농땡이를 피우려고 와 있던 후루야와 이곳엔 볼 일이 없을 현장 쪽 사내다.

"여기도 군과 교섭해서 광부들을 전부 포로로 바꾸면 괜찮을 거야. 그러면 인건비만으로도 막대하게 남을 텐데."

"그렇겠지."

현장 사람인 마흔 안팎의 사내가 맞장구쳤다.

"그렇게 해서 남은 만큼만 우리한테 챙겨주면 모두들 신이 나서 일할 게야. 증산하라고 닦달하느니 그 편이 훨씬 수월하지 않겠나."

마쓰다와 현장 사내는 결코 실현되지 않을 이 급여안을 서로 칭찬해가며 궁색한 월급쟁이의 신세타령을 했다.

배급계 사무소는 광부 식량창고의 한쪽 구석을 작게 갈라서 쓰고 있다. 마쓰다는 여기서 한나절을 무좀으로 고생하고 있는 발을 책상 위에 올려놓고 지낸다.

후루야는 여전히 졸린 얼굴을 이리저리 흔들면서 듣고 있다가 벽시계를 올려다보며 말했다.

"슬슬 포로들이 도착할 때가 됐군."

그 목소리에 이끌려 마쓰다도 시계를 올려다보고 다리를 책상에서 내렸다.

"시끄러운 놈이 돌아올 테니 어서 가는 게 좋겠네."

그리고 현장 사내의 발밑에 있는 큰 보따리를 눈으로 가리켰다.

보따리 안에는 밀가루가 들어 있었다. 일본인 종업원이 마쓰다에게 와서 광부 배급용 밀가루를 슬쩍해간다. 현장 사람들의 호감을 사기 위해 지금까지 마쓰다는 밀가루든 설탕이든 흔쾌히 빼주곤 했는데, 신경질적인 가지가 온 뒤로는 번거롭게 되었다.

가지라는 사내는 무슨 일에나 참견하는 성가신 놈이다. 그래서 마쓰다는 꾀를 내어 거의 쓴 적이 없는 기안문까지 썼다. '증산 장려를 위해 일본인 종업원에게 식량 특별 배급을 허가하자.'는 것이다. 광부들에게 배급하는 식량의 양을 줄여서 정기적으로 일본인 종업원 200명에게 밀가루나 기름, 설탕을 특별 배급해주면 부정 유출이 문제될 걱정도 없고, 종업원들에게 호감도 사게 되고, 증산에도 효과를 보게 될 테니 소장의 신임도 두터워질 것이다. 마쓰다는 적어도 일석삼조一石三鳥를 노리고 있었다.

원래 이런 종류의 식량은 광부용이긴 하지만 광부들 전원에게 배급하기에 충분할 만큼 입하되지는 않아서 오랫동안 꾸준히 모아온 것이 현재 상당한 양에 이르게 된 것이다. 광부들에게 내주면 금방 없어지지만, 일본인이 슬쩍해가는 만큼은 줄어드는 양이 그렇게 눈에 띄지 않는다.

그런데 노무계의 기안문서는 순서상 가지나 오키시마를 경유하여 본관 사무소로 올라가게 되어 있다. 마쓰다가 며칠이 걸려서 쥐어짜낸 명문의 취지서는 가지의 책상에서 스톱하여 빨간 종이가 붙은 채 기안자에게 반려되었다. 이틀 전 오후의 일이다. 되돌아온 기안문서는 지금도 마쓰다의 책상 위에 있었다. 빨간 종이에 가지가 이렇게 써놓았다.

'일본인 종업원의 복지에 관한 사항은 본관 서무계 소관. 따라서 본건은 철회하길 바람.'

마쓰다는 가지 덕에 점수를 딸 수 없게 되었다. 젠장맞을, 그렇다면 여태 하던 대로 빼돌릴 수밖에. 그 첫 결과물이 지금 현장 사내의 발밑에 있는 보따리다.

마쓰다는 시간이 마음에 걸렸다. 네모난 광장에 가지가 나타나면 노무계는 그의 지배하에 들어가게 된다.

"어서 가."

마쓰다는 다시 한 번 재촉했다. 그 목소리에 현장 사내가 보따리를 들고 일어섰을 때 문이 열리고 사나운 표정으로 오키시마가 들어왔다. 오키시마는 부리부리한 눈으로 실내의 공기를 즉각 간파했다. 현장 사내는 낭패한 표정으로 다시 주저앉았다.

"마쓰다 영감, 오늘 밤부터 특수 광부들에게 밀가루와 좁쌀을 배급해야 되니까, 신경 좀 써주게."

오키시마가 말했다.

"포로한테? 이거 놀랄 일이군! 그랬다간 일반 광부들에게 줄 게 없어질 텐데."

"일반 광부들의 몫 말인가?"

오키시마는 코웃음을 쳤다.

"그건 자네가 알아서 일반 광부들에게 잘 챙겨주고 있잖나. 실제로 내가 이 광산에 온 뒤로 아직 한 번도 본 적이 없을 정도니까."

"그야 늘 부족하니까 그렇지. 난 모아뒀다가 한꺼번에 확 풀 생각이었어."

오키시마는 떠나갈 듯 큰 소리로 웃으면서 현장 사내의 발밑에 있는 보따리를 가볍게 찼다.

"밀가루가 꽤 많이 들어 있군!"

현장 사내는 오키시마의 험악한 인상과 번뜩이는 안광에 압도되어 횡설수설 변명하려고 했다.

"괜찮아. 금붕어처럼 주둥이 뻐끔거릴 필요는 없어. 빨리 가지 않으면 귀찮은 일이 생겨도 난 몰라."

사내는 비굴하게 웃으면서 허둥지둥 달아났다.

"가지가 셈은 어두운 편이지만 말이야."

오키시마는 짓궂게도 마쓰다가 일부러 다리를 올려놓으려고 생각하고 있던 책상을 엉덩이로 점령하고 말했다.

"1만 명의 10일분 밀가루와 좁쌀에서 600명의 30일분을 빼내도 아직 1만 명의 8일분 이상이 남는다고 하더군. 그렇다면 일반 광부들의 몫이 없어진다고는 할 수 없겠지?"

"포로를 특별 대우하라고 군에서 명령이라도 나왔소?"

"아니. 이건 인간의 의무라는 거야."

오키시마는 히쭉 인상을 구겼다.

돌아오는 도중에 가지가 말했던 것이다.

"당신은 반대하지 않겠지? 소장의 허가 따위는 필요 없어. 쇠약해질 대로 쇠약해진 인간의 밥통에 콩깻묵을 쑤셔 넣을 수는 없잖아. 환자에게 환자식을 주는 것은 인간으로서 당연한 의무가 아닐까?"

후루야가 어렴풋이 조소를 흘렸다.

"그 양반 생각답군요."

"무슨 말이야?"

오키시마가 다그쳐 물었다.

"아니, 가지 씨는 탁상공론가니까. 포로는 불쌍한 인간이니 돌봐줘야 한다고 생각하면 다른 건 다 제쳐놔도 그렇게 하지 않고는 직성이 풀리지 않을 거잖아요."

"가지 씨의 사고방식은 한쪽으로 너무 치우쳐 있어. 젊으니까 무리도 아니지만."

마쓰다가 말했다.

"일반 광부조차 구정에나 먹을 수 있는 밀가루를 포로들에게 30일이나 먹이겠다니! 그런 짓을 했다간 난 일반 광부들에게 밤길을 가다가 기습당할지도 몰라."

"일반 광부들한테가 아닐 텐데. 주변의 머리가 검은 일본 쥐한테 마쓰다 영감은 말이 통하지 않는다는 소리를 듣기 싫어서가 아닐까?"

오키시마는 말하면서 마쓰다의 책상에서 내려왔다.

"영감이 그런 소릴 하면 가지는 광부 식량의 수불잔고와 가동 인원수를 맞춰보고 철저하게 규명할걸세. 그래도 상관없나? 그자는 한다고 하면 사흘이면 해버릴 사내야. 그럼 어떻게 될까?"

마쓰다는 잔뜩 못마땅한 표정으로 다리를 책상 위에 올려놓고 잠자코 있었다. 식량 수불 상황을 소급해서 조사받기라도 하면 마쓰다의 목이 위험할지도 모른다.

그의 눈은 다시 기안문서의 빨간 종이로 갔다. 아무리 생각해도 너무나 성가신 놈이 난데없이 나타났다. 마쓰다는 기안문서를 들고 홧김에 찢어버리려다가 그만두었다. 이것은 다음을 대비해 갖고 있는 게 나을 것 같다. 몇 월 며칠에 마쓰다가 이런 안을 세우고 증산장려에 일조하려고 했지만 가지가 일본인보다 중국인을 더 중요하게 생각하는지 그 안을 폐기해버렸다는 사실을 입증하는 증거로 삼을 생각이다. 마쓰다는 기안문서를 책상 서랍 안에 넣었다.

오키시마가 후루야에게 말하고 있었다.

"가지는 자네가 말하듯 탁상공론가일지도 몰라. 난 그렇게는 생각하지 않지만. 마쓰다 영감이 말하듯이 사고방식이 편파적일 수도 있고. 그러나 객관적으로 봐서 난 이거 하나만은 인정해야 한다고 봐. 그 녀석은 자네가 먹는 것과 사타구니만으로 살고 있는 것과 달리 조금은 마음이라는 게 있어. 인정머리 같은 것 말이야."

"그 인정머리 같은 것이 가끔은 없느니보다 못한 경우도 있죠."

후루야가 반박했다.

"먹는 것과 사타구니는 결코 그럴 일이 없으니까요. 인정머리 같은 것이 없느니보다 못하니까 그 양반이 직할로 바꾼 광부들이 몰래 빼돌려진 겁니다."

오키시마는 눈을 딱 부릅떴다.

"어떻게?"

"모르겠는데요. 덕분에 난 오늘 아주 엉망이었습니다. 여하튼 소장님은 화가 잔뜩 나 있어요."

마쓰다가 히쭉히쭉 웃었다.

"밀가루와 좁쌀은 어떻게 하나? 차별대우를 하면 또다시 빼돌려질걸."

"영감은 관리반이 입안한 것을 실행하면 돼!"

말하면서 오키시마는 책상 위에 있는 마쓰다의 다리를 쳐서 떨어뜨렸다.

"알겠습니다. 오키시마 대장."

오키시마는 평소와 달리 미소조차 짓지 않았다.

26

150명이라는 많은 광부들이 빼돌려진 사태에 대해 첸은 짐작 가는 데가 있었다. 그것을 오전 중에 가지에게 말했다면 막을 수 있었을지도 모른다고 생각하니 첸은 어떻게든 실수를 만회하고 싶어서 견딜 수가 없었다. 그는 노무계 사무소의 입구에 서서 가지가 본관에서 내려오기를 기다리고 있었다. 가지의 모습이 언덕 위에 조그맣게 보이자 첸은 피로도 잊고 달려 나가 땀을 뻘뻘 흘리며 언덕을 뛰어 올라갔지만, 가지는 광부들이 빼돌려진 사태라면 이미 알고 있다는 듯 신경질적인 표정을 짓고 있을 뿐이었다.

첸은 말할 기회를 잃고 어쩔 수 없이 이렇게 말했다.

"광부들이 왜 다른 광산으로 가는 겁니까?"

왜라고 생각하나? 가지가 그렇게 반문하리라 예상하고 있었다. 그러면 어떤 나쁜 놈이 광부들을 거래하기 때문입니다, 라고 대답할 생각이었다.

"만주인인 네가 일본인인 내게 묻는 거야?"

가지는 걸으면서 말했다.

"너 같으면 어떤 유혹을 받아도 가지 않을까?"

"가지 않습니다. 조장의 감독을 받는 것보다 노무계의 감독을 받는 편이 몇 배는 나으니까요."

"나도 그렇게 생각했어."

가지가 자조 섞인 목소리로 말했다.

"그 생각이 틀리진 않았을 거야. 그런데도 놈들은 갔어. 10엔인가 15엔의 선금을 준다고 하자 그 돈으로 술을 한 잔 하고, 돼지비계를 실컷 먹고, 내친김에 여자를 안고 싶었는지도 모르지. 혹은 고향에 송금하거나 누군가에게 빌린 돈을 갚고 싶었는지도. 어쨌든 정상적인 공임으로는 할 수 없는 일이니까. 만약 그렇다면 그런 욕망이 생길 때마다 어디론가 옮겨가고 싶어질 거야. 놈들은 내가 와서 조장제도 때보다 조금은 자유로워졌어. 그래서 그 자유를 활용해보고 싶었는지도 몰라. 활용해보기는커녕 원래 상태로 돌아가 버리는 것도 모르고. 멍청한 놈들!"

첸은 분노를 웃음으로 바꾸려고 무척 노력하고 있는 가지를 보았다.

"제가 어젯밤에 봤습니다……"

"빼돌려진 광부들 말인가?"

"아니요. 마을 반점에서 후루야 씨가 어떤 사람과 함께 나오는 것을요. 얼굴에 큰 흉터가 있었습니다. 조선인 같았습니다. 그 사람 말이……."

첸은 슬쩍 가지를 보았다. 험악한 표정으로 입을 꾹 다물고 있는 것은 가지가 이야기에 집중하고 있다는 표시다.

"어젯밤 늦게였습니다. 그 조선인이 출구에서 후루야 씨에게 말했습니다. 또 부탁합시다. 나와 당신은 공존공영……."

공존공영이라고? 가지의 걸음이 멈췄다. 눈빛이 험악해졌다.

"저는 어머님의 약을 사러 가는 길이었습니다."

"그거랑 광부들이 빼돌려진 것과 무슨 관계가 있다는 거지?"

낮은 목소리였지만 말투가 험악해서 첸은 당황했다.

"……모르겠습니다."

가지는 첸을 뚫어지게 보았다. 왜 좀 더 빨리 말해주지 않았어? 가지는 그렇게 말하고 싶었다. 하지만 실제로는 이렇게 말했다.

"첸, 나는 고자질하는 놈을 싫어해. 난 너한테 스파이 짓을 해달라고 부탁한 적이 없어."

후루야가 누군가와 어떤 이야기를 나눴다. 따지고 보면 이상한 냄새가 나는 것도 사실이지만 그것만으로 후루야를 의심할 수는 없다. 실제로는 첸을 믿고 싶었다. 그 기분의 정도만큼 후루야에 대한 의혹이 확실하게 움직이기 시작했다. 그것이 위험한 것이다. 만약 잘못 짚은 것이라면 어떻게 하지?

가지는 첸을 무시하고 걷기 시작했다. 첸은 가지가 왜 화를 냈는지 영문을 몰랐다. 그는 가지의 호의적인 반응을 기대했다. 첸은 가지를 사랑했다. 그가 첸을 일본인과 차별하지 않았기 때문에 가지를 경애했다. 오늘은 기분이 나쁜 거야. 나쁜 일이 겹쳐서 일어나서 울분을 약한 곳에 쏟아 부은 거야. 첸은 그렇게 해석했다. 약한 곳, 첸은 정확히 그 입장에 서 있다. 그는 쓸쓸해서 견딜 수가 없었다.

가지는 노무계 사무소 앞 광장에서 오키시마를 만났다. 두 사람은 서로 상대의 초췌해진 모습을 보고 웃었다.

"준비는 다 되었네. 휴양 기간은 얼마나 받았나?"

"한 달."

"잘됐군. 그럼 돌아가서 목욕부터 하고 오자고. 온몸에 피부병이 들러붙은 것 같아서 기분이 영 찝찝해."

"난 아직 할 일이 있어."

오키시마는 가지가 입술을 굳게 다문 것을 보았다. 이 얼굴로, 이 모습으로 실패의 흔적을 찾아 돌아다니며 점점 더 인상을 찌푸릴 것이다. 인간에겐 다소 그런 경향이 있다.

"해가 될 말은 하지 않아. 돌아가서 목욕부터 하라고. 응? 하고 싶은 건 먼저 해두는 거야. 나중으로 미뤄서는 절대로 안 돼."

오키시마가 싱글거리면서 말했다.

"내 얘기 한번 들어보겠나?"

가지는 여전히 입술을 다물고 있었다.

"내가 군 통역을 했을 땐데, 작전을 따라다니느라 집에 오는 건 며칠에 한 번 꼴이었네. 먼지를 잔뜩 뒤집어써서 집에 돌아오면 바로 목욕부터 했지. 목욕은 좋은데 대낮에 집에 들어가기라도 하면 마누라 얼굴과 몸을 보고는 밤까지 기다릴 수가 없더군. 그래서 마누라를 목욕탕으로 끌고 들어가서 한바탕 치르고 나면 마누라가 뭐라고 하는지 아나? 바보 같다는 거야. 그래도 아주 나쁘지는 않았나 봐. 그게 습관이 돼서 마누라가 먼저 오게 됐으니까. 그런데 말이야, 어느 날 난 큰 실수를 저지르고 풀이 죽어서 집에 돌아왔네. 대낮이었지. 아무리 해도 가라앉은 기분을 풀 길이 없어서 미치겠더군. 마누라가 목욕탕으로 따라왔지만 내쫓았어. 그래도 목욕을 하고 나니까 기분이 조금 풀려서 마누라에게 손을 내밀려고 하는 순간 즉각 출동하라는 소리가 들리지 뭔가. 트럭이 집 앞까지 와서 기다리고 있었던 거야. 해보지도 못하고 끝난 거지, 빌어먹을! 난 그 뒤로 석 달가량 마누라 배를 구경조차 하지 못했네. 호르몬이 썩어서 식초가 되어버렸어."

가지가 마침내 웃기 시작했다.

"자네도 신경 끄고 집에 가서 목욕하고 한 방 쏴버려. 생각은 그 다음에 하고."

가지는 순간 미치코의 새하얀 알몸뚱이를 떠올렸다. 오늘 아침에 나온 뒤로 마치 석 달은 흐른 것 같은 기분이 든다. 미치코는 목욕탕 타일 위에 그 풍만한 육체를 눕힐 것이다. 탕 안에서도 엉겨 붙을 것이다. 왜냐하면 그것이 사랑의 행위라고 믿으니까. 미치코는 사랑의 이름으로 그것을 한다. 가지는 화물열차 안에서 쪄 죽은 열두 구의 시체 앞에서 그것을 하게 된다.

"여자는 때때로 남자를 타락시키지만……."

오키시마가 다시 말했다.

"반드시 그런 것만도 아니더군. 아무리 불결한 사내라도 깨끗하게 정화시켜주고, 아무리 의기소침해 있는 사내라도 아직 불알을 갖고 있다는 것을 실감하게 해주지. 어떤 사내라도 여자한테 그런 대접을 받아야 할 때가 있는 거네."

"알았어."

가지가 말했다. 이제 웃지는 않는다.

"되도록 빨리 돌아가서 나도 목욕탕에서 해야겠어."

오키시마는 집으로 돌아가고 가지는 노무계 사무소로 들어갔다.

후루야가 즉각 광부들이 빼돌려진 일을 보고했다. 가지는 후루야의 졸린 듯한 얼굴을 보았다. 이자가?

"복통은 어때?"

가지가 불쑥 물었다. 후루야는 갑작스런 사고에 복통 건은 잊고 있었던 모양이다. 당황해하며 말했다.

"이제 거의 나았습니다."

"기름진 중국 요리를 너무 많이 먹는 거 아냐?"

"엊저녁엔 먹지 않았습니다."

"그래? 그럼 내가 잘못 들었나? 엊저녁에 집사람이랑 반점에 갔다가 옆방에서 당신 목소리를 들은 것 같았는데……."

후루야의 졸린 듯한 얼굴에는 아무 변화도 일어나지 않았다. 가지는 담배를 물고 후루야에게도 한 대 권했다.

"당신은 이번에 광부들이 빼돌려진 것에 대해 어떻게 생각해?"

"전혀 짐작 가는 바가 없습니다."

"고참인 당신이 짐작 가는 바가 없는데, 신참인 내가 짐작 가는 게 있다는 건 잘못된 걸까? 노무계의 누군가가 내통하고 있는 거야, 이건. 아무래도 그런 것 같아. 당신이 좀 수상하다고 생각하는 놈을 조사해볼 수 없을까? 일본인이든 만주인이든."

"알겠습니다."

후루야의 졸린 듯한 얼굴에는 여전히 아무 변화가 없었다.

첸이 들어와서 두 사람의 이야기를 듣더니 잠자코 자리에 앉았다. 가지는 첸을 믿고 싶다고 생각하는 정도만큼 후루야를 믿기로 했다.

마음은 평온하지 못했다. 누군가가 빨간 혀를 내밀고 있는 게 분명하다. 그는 자신의 계획이 실패한 것 때문에 화를 냈고, 누군가가 그를 우롱하고 있는 것에 화를 냈고, 그렇게 화를 내는 방법이 잘못되었기에 더욱 화를 냈다. 화를 낸다면 인간이 부당하게 취급당한 것에 화를 내야 했다. 인간이 인간을 부당하게 취급한 것에 화를 내야 했다. 그러나 그렇게 하는 것은 가지가 자신 외의 모두를 적으로 미워해야 한다는 것과 같았다. 전쟁 중이기 때문이다. 전쟁이 인간을 부당하게 취급하지 않을 리가 없다. 전쟁은 가지에게도 인간을 부당하게 취급하게 만들어버린다. 가지는 결국엔 자신도 적으로서 미워하지 않으면 안 될 것이다.

"특수 광부들은 틀림없이 가지 씨에게 감사할 겁니다."

후루야가 말했다. 조롱하는 것으로 들렸다.

"밀가루라니, 그놈들은 자유의 몸일 때도 먹지 못하던 것이었습죠."

첸이 고개를 들어 가지를 보았다. 뭔가 씁쓸해하는 낯빛으로 변해 있었지만 가지는 알아채지 못했다.

"당신이라면 감사하겠나?"

가지는 다시 그 망자(亡者)의 무리와 같던 특수 광부들을 떠올리고 진저리를 쳤다. 피부병으로 짓물러서 고름이 흘러나오는 피부와 미치코의 매끈매끈하고 하얀 피부가 동시에 이 산에 존재하고, 동시에 가지와 밀접한 관계를 갖는 것이 견딜 수 없었다.

"3,300볼트의 전류가 흐르는 철조망 안에서 밀가루 만두를 배급받는다고 해서 감사할 정도로 타락했을까, 인간이란 존재가?"

가지는 자리에서 일어섰다. 역시 일단 목욕부터 하고 기분을 전환하는 것이 좋을 것 같다. 오키시마도 아주 쓸데없는 말은 하지 않았다.

문을 나왔을 때 첸이 쫓아왔다.

"……부탁이 있습니다."

첸은 말하기 어려운 듯 주저하며 말했다.

"밀가루를 조금 나눠주실 수 없을까요? 어머니가 병 때문에 콩깻묵이나 수수를 잡수시면 배가 아프시답니다."

가지는 아직 첸의 어머니를 본 적이 없다. 하지만 늘 보던 모습처럼 바로 머릿속에 떠오른다. 아담한 초로의 그녀는 전족纏足(중국에서 여자의 발을 인위적으로 작게 하기 위하여 헝겊으로 묶던 풍습-옮긴이)을 하고, 관자놀이와 볼에 큰 자줏빛 흡각吸角 자국이 있고, 미간에 잔뜩 주름을 모으고 푸념만 늘어놓고 있다. 산둥에서 흘러온 사내의 뒤를 쫓아 유랑 생활에 덧없는 행복을 꿈꾸던 여자. 산둥으로 돌아가 친척들에게 이렇게 자랑하기를 염원하고 있는 여자. "우리 영감은 큰 부자가 되었어. 으리으리한 집을 지었고, 아들은 일본 학교를 나와서 만주국의 훌륭한 관리가 되었어."라고. 남편은 충전 수갱에서 떨어져 죽었다. 아들은 일급 1엔 50센의 고용인이다. 앞으로 10년쯤 더 일하면 일급 2원은 될 것이다. 그래도 암거래로 값이 매겨지는 밀가루를 병든 노모에게 매일 먹이지는 못한다.

"나눠주고는 싶지."

가지는 자신이 애원하듯 말했다.

"그러나 너한테만 예외를 둘 수는 없어."

"……알겠습니다. 어쩔 수 없죠."

첸의 눈에는 창고에서 산처럼 쌓인 채 자고 있는 밀가루 포대들이 아른거릴 것이다. 가지는 그렇게 생각했다. 그 밀가루들은 단오나 정월 명절의 뻔한 속임수 같은 배급이나 개근자에게 포상으로 배급하기 위해 자고 있었고, 일본인이 쥐새끼처럼 빼가기 위해 자고 있었다. 아주 조금은 융통해줘도 아무 티도 안 난다. 그렇게 함으로써 인간미가 있다느니, 사람을 잘 부릴 줄 아는 사내라느니 따위의 소리를 들을 것이다. 그렇게 하고 싶었다. 그렇게 생각하는 순간 가지는 마쓰다가 어렴풋이 웃는 모습 또한 상상했다. 결국 당신도 말이 통하게 되었구먼, 그래야지. 그 기안문도 통과시켜주겠네? 응?

풀이 죽어서 가려는 첸을 가지가 불러 세웠다.

"첸, 특수 광부의 밀가루와 좁쌀 급식은 한 달 간이다. 저녁 분량만 네가 감독해. 알았어?"

첸은 가지의 얼굴을 보고 있었다. 그러다가 갑자기 서광이 비친 듯 밝게 웃으면서 힘차게 뛰어갔다.

27

광부들이 대거 빼돌려진 이번 사건은 가지의 실패담으로 산에 있는 여편네들의 심심풀이 이야깃거리가 되었다.

"그 양반은 자신감이 좀 과하더라고."

"뭐니 뭐니 해도 아직 젊잖아요."

"상대는 산전수전 다 겪어서 이러지도 저러지도 못하는 놈들이니."

"뇌물을 일체 안 받았다네요! 혼자 청렴한 척 허세를 떨더니만."

"그런데 그 허세에 발이 걸려 넘어졌지요."

"그래도 누가 해도 제대로 못했을 일로 체면을 구겼으니 불쌍하긴 하죠."

"이봐요, 그런 이상한 마음일랑 갖지 말아요. 그이는 예쁜 마누라가 있으니까."

입빠른 여편네들의 뒷담화는 돌고 돌아서 모두 미치코의 귀에 들어온다.

가지는 그 일에 대해서는 미치코에게 한 마디도 하지 않았다. 실패했기 때문이 아니다. 실패라고는 생각하지 않았다. 자신 이외의 무언가가, 어딘가에서, 어떤 식으로든 잘못되고 있는 것이다. 그것을 모를 뿐이다. 모르는 것을 미치코에게 말해서 무슨 소용이 있단 말인가. 쓸데없이 걱정만 끼칠 뿐이라고 생각했다.

미치코는 반대로 이렇게 생각하고 있었다. 나란 여자는 일에 있어서는 아무 도움도 되지 못하나 봐. ……그래도 말 상대라도 해주고 싶은데.

"푸념이라도 괜찮아요."

미치코가 말했다.

"남의 입에서 왜곡된 소문 같은 걸 듣기 전에 당신한테 들으면 저도 저 나름대로 그들에게 해줄 말이 있을지도 모르잖아요."

"아무 말도 하지 않는 게 나아."

가지가 대답했다.

"일본인은 말이야, 이 대륙에까지 섬나라 근성을 들여왔어. 남의 성공을 시기하고, 남의 실패를 기뻐하니까. 무슨 말을 어떻게 하든 상관없는데, 답답한 것은 모른다는 거야."

"뭘요?"

"아니, 머리로는 이해하겠는데, 자기 자신을 인간으로서 존중하지 않는 자들을 어떻게 인간으로 다뤄야 되는지를 모르겠어."

"또 당할 것 같아요?"

"모르겠어. 주의는 주고 있지만 누군가가 돈을 싸들고 와서 달콤한 소리라도 속삭여대면……."

"그런 돈에 눈길도 주지 않도록 대우해주면 회사가 힘드나요?"

"그래, 그게 문제야."

가지는 몇 번이나 고개를 끄덕이며 말했다.

"회사가 도무지 들어줄 생각을 하지 않아."

"그럼, 메이파즈(할 수 없다)네요. 인간은 사고 파는 물건이 아니라고 교육하면요? 옛날 서당식으로."

미치코는 자기가 말해놓고도 너무 세상 물정 모르는 소리에 일부러 명랑하게 웃었다. 가지도 따라 웃다가 갑자기 뚝 멈췄다.

큰일날 소리다. 인간을 몽매한 상태로 놔두고 생명을 포함한 일체의 가치를 착취한다. 그것이 식민지 정책의 근본정신이다. 미치코가 아무 생각 없이 밝은 웃음소리로 그곳에 비춘 한 줄기 빛은 거대한 암초 위에 스스로 올라간 가지의 모습을 비춰낸 듯한 것이었다. 가지를 이 산으로 이끈 〈식민지적 노무관리의 제문제〉는 이 암초의 소재를 해도(海圖) 위에 명시하지 않았다. 만약 명시할 수 있었다면?

"이거야."

가지는 수도(手刀)를 목덜미에 댔다.

"이거요?"

미치코도 그 하얀 목으로 손을 가져갔다.

"큰일이네요. 그럼 어떻게 하면 되죠?"

"알면 자기가 쓰겠다고 오키시마 씨가 그러더군."

가지는 천장을 보고 드러누워서 하얗게 빛나는 전구를 바라보았다. 미치코가 위에서 가지의 얼굴을 보았지만 미소조차 짓지 않았다.

"도저히 방법이 없나요?"

미치코는 조용히 물었다.

어떤 방법으로 선체에 상처를 내지 않고 암초를 피할지가 관건이다. 가지는 미치코의 얼굴을 보지 않고 말했다.

"한 번 더 근사한 말을 해줘. 무슨 말이라도 좋으니까 다른 각도에서."

미치코는 당황했다. 남자는 이미 천리나 먼 곳에서 아무렇게나 걷고 있는 것 같다.

"물론 당신도 못하겠지."

말하고 나서 가지가 얼굴을 돌렸다.

"나도 못해. 이따금 전쟁으로부터 떨어져보지만 곧바로 붙잡혀서 돌아와버려, 우린."

미치코는 가지의 마음속을 점령하고 있는 구체적인 것은 거의 몰랐지만, 뭔가 굉장히 거대하고 강인한 거미줄 같은 것에 가지가 사로잡혀서 몸부림치고 있는 것만은 느꼈다. 도와주고 싶어도 도와줄 길이 없었다.

"어떻게든지 해서 그런 상황을 뚫고 나갈 수는 없을까요?"

미치코는 몹시 불안해졌다. 가슴속에 간직하고 있는 일상의 행복이 가지의 몸과 함께 그 거미줄에서 생피를 빨릴 것만 같은 기분이 드는 것이다.

"어떻게든지 해서?"

가지가 가볍게 웃었다.

"해봐야지. 당신이 말했어. 기억해? 아무리 억압을 받아도 그 밑에서 꿋꿋하게 살아가자. 잘못을 저지르지 않도록 가능한 한 조심하면서 꿋꿋하게 살아가는 것은 행복한 일이라고. 지금도 그렇게 생각해?"

"물론이죠!"

그 말이라면 거의 절대적으로 실감하고 있다. 미치코는 겨우 생기를 되찾았다.

가지는 고개를 끄덕이면서 오키시마의 빙그레 웃던 얼굴을 떠올렸다. 그 얼굴은 지금도 이렇게 말하고 있다. 자넨 혈통이 좋다는 말에 너무 연연해하고 있어…… 막다른 곳에서 올바르게 사는 방법이 어떤 것인지를 보여주게. 죄를 지은 인간의 올바른 삶의 모습이라는 것을 말이야, 라고.

28

특수 광부의 한 달짜리 휴양 신청은 소장의 명령으로 3주일로 단축

되었다. 본사로부터의 증산 독촉 때문이었다. 이 광산에서는 예전에 비해 꽤 높은 실적을 올리고 있었다. 그래도 출광 예정량에는 아직 한참 모자랐다. 애초에 출광 계획이라는 것이 생산능력을 토대로 엄밀하게 산출해낸 것이 아니라 전쟁이 요구하는 숫자에 가깝도록 끼워 맞춘 것일 뿐이다. 생산능력이 모자라는 부분은 정신력으로 보충하라는 말일 터. 무리한 그 요구가 출광 계획의 입안과는 본래 아무 관계도 없는 특수 광부의 휴양일 단축으로 나타났다고 해도 별로 이상할 건 없다.

"내일부터 너희들은 일을 시작한다."

오키시마가 숙소 입구 앞에서 특수 광부들의 다섯 대표에게 말했다.

"식량도 콩깻묵과 수수로 바꾼다. 일반 광부들과 같다."

다섯 명의 대표는 무표정하게 듣고 있었다.

철조망 안쪽에서 어슬렁대고 있는 광부들은 3주간의 휴양으로 체력이 꽤 회복된 것으로 보였다. 피부병으로 엉망이던 피부는 탕약이 잘 들어서 깨끗해지고 있었다. 혈색도 상당히 좋아졌지만 전혀 달라지지 않은 것은 표정을 잃은 얼굴이었다. 그들은 어슬렁대며 걸어 다니다가 우뚝 서서 철조망 밖을 쳐다보고는 또다시 어슬렁어슬렁 걸었다.

가지는 담뱃갑을 열어 바로 옆에 있는 2호 숙소의 대표인 쑹 앞에 내밀었다. 쑹은 담배 한 대를 빼내며 고맙다고 말했다. 1호 숙소의 리우도 웃는 얼굴로 한 대 받았다. 3호 숙소의 황과 4호 숙소의 까오도 한 대씩 받았다. 총대표인 왕시양리는 냉소하듯 보이는 차가운 표정으로 외면했다. 담배로 매수될 사람은 여기에 없다고 말하는 듯했다. 가지는 키가 크고 갸름한 얼굴의 농사꾼으로도 노동자로도 보이지 않는 왕시양리를 가만히 쳐다보았다.

"담배 안 피우나?"

가지가 중국어로 물었다.

"전에는 피웠다."

"끊었나?"

"우리는 괴로운 일이 이미 너무 많아."

왕이 뜻이 강한 말을 조용한 어투로 말했다.

"담배를 끊으면 우리는 괴로울 게 틀림없다."

"쳇, 혁명가적 정진이라는 말이군!"

가지는 일본어로 지긋지긋하다는 듯 중얼거렸다. 왕이 조용히 말을 이었다.

"일본인이 우리에게 배급을 충분히 줄 거라고는 생각하지 않는다."

"맞아."

오키시마가 퉁명스럽게 말했다.

"이놈들이 기껏 건강을 되찾아주고 피부병을 고쳐줬더니 불평이나 하려고 들어?"

왕은 비웃는 듯한 냉소로 받았을 뿐이다.

"우리는 언제 자유의 몸이 될까?"

갑자기 1호 숙소의 리우가 물었다. 가지와 오키시마는 얼굴을 마주 보고 다음 말을 기다렸다.

"우리, 전부, 농부, 전쟁하지 않아요. 일본 군대, 왔다. 중국 여자, 마구 괴롭혀. 남자, 저리 가, 이리 가. 먹을 것 없다. 입을 것 없다. 노동한다. 병에 걸리지 않았냐? 많은 사람, 죽었다. 처음, 2,000명보다 많은 사람 있었으니까. 지금 몇 명 있는가? 600, 없을걸? 모두, 죽었다."

"죽은 게 아니야!"

2호 숙소의 쑹이 격렬한 어조로 말했다.

"살해당한 거야."

"난 너희들을 죽이지 않아. 약속한다."

가지가 말했다.

"일본인, 좋은 말 한다. 좋은 말 쓴다."

4호 숙소의 까오가 말했다.

"그것, 전부, 진짜 아니다! 언제나, 거짓말 하지 않는가!"

오키시마의 눈이 번쩍 빛났다.

"일본인을 믿고 안 믿고는 너희들 자유다. 하지만 너희들은 일본인에게 관리를 받고 있다. 가지와 나는 일본인이다. 그래서 너희들에게 묻겠는데, 일본인을 믿지 않고 너희들이 얻을 이익이 얼마나 되겠는가? 너희들이 군의 관리를 받고 있었을 때는 말하고 싶은 것도 말할 수 없었을 것이다. 함부로 입을 놀렸다가는 바로 총살일 테니까. 이곳에 와서 밀가루를 먹고, 3주 동안이나 빈둥대다 보니 간덩이가 커진 모양이구나. 그건 괜찮다. 하지만 이것만은 잊지 말아라. 너희들이 지금 큰소리를 치고 있는 상대가 너희들을 관리하고 있다는 것을 말이다."

"저기 철조망이 있다."

가지가 오키시마를 대신해서 말했다. 그의 중국어는 오키시마에 비하면 속도와 유창함에서 한참 떨어진다.

"저 철조망이 철거되느냐 안 되느냐는 너희들에게 달렸다. 너희들이 어떻게 생각하든 적어도 나는 그렇게 생각하고 있다."

총대표인 왕시양리가 길게 찢어진 눈으로 가지를 보고 있었다. 3호 숙소의 황이 보일 듯 말 듯 장사치의 미소를 지으며 말했다.

"거짓말 하지 않는 사람, 믿는다. 우리들, 장궤이(나리) 믿었다. 장궤이, 우리들 믿었다. 됐나?"

가지는 왕에게 물었다.

"넌 어떠냐?"

"우리는 전투원이 아니었다."

왕이 대답했다.

"그래서 당연히 석방될 권리가 있다고 생각한다. 당신들에게는 우리를 구속할 권리가 없을 것이다."

"미안하지만 나에게는 석방할 권리가 아니라 구속할 권리만 있다."

가지가 대답했다.

"넌 전에 있던 곳에서도 그렇게 말할 수 있었나?"

"어떻게 말할 수 있었겠어?"

오키시마가 웃으며 말했다.

"말하면 목숨이 위험할 텐데."

왕은 잠자코 있었다.

"여기선 위험하지 않은가?"

"죽일 생각이었다면 3주 동안 쉬게 하거나 밀가루를 먹이진 않았을 테지."

"과연."

가지는 오키시마를 보고 쓴웃음을 지었다.

"오키시마, 이자들에게 내 말 좀 통역해주게. 공포만이 너희들을 순종케 하고, 약간의 선의가 도리어 너희들에게 반항심을 갖게 했다면 우린 방법의 선택을 다시 생각해야 할지도 몰라. 우리는 너희들에게 자유와 행복을 줄 입장이 아니다. 미안하지만 이건 사실이다. 우리가 너희들에게 해줄 수 있는 것은 최소한도의 인간의 조건의 범위 내에서다."

오키시마가 그것을 정확한 중국어로 바꿔서 말했다. 다섯 명의 대표들에게 표정 변화는 나타나지 않았지만, 왕의 고요하고 맑은 시선은 가지에게 고정되어 있었다.

29

다음 날 아침, 가지는 노무계 사무소의 입구에 서서 투입도로를 따라 오키시마가 특수 광부들을 인솔하여 현장으로 올라가는 것을 보고 있었다. 투입도로 양측에는 높은 철망 울타리가 있다.

급사인 어린 쇼하이가 옆에 와서 덩치도 작은 주제에 허리에 손을 얹고 가지를 흉내 내며 말했다.

"가지 씨, 뭘 봐? 저건 불쌍한 사람들이다! 틀림없이 도망갈 거예요."

허를 찔린 가지는 소년을 내려다보았다.

"누가 그렇게 말했어?"

"첸 씨, 말했어요. 광부, 도망가, 가지 씨, 곤란하지 않아?"

"첸!"

가지는 사무소 안에 대고 소리쳤다. 첸이 황급히 나왔다. 가지는 턱으로 투입도로 쪽을 가리켰다.

"왜 도망간다고 생각한 거야?"

첸은 어물거렸다.

"저 사람들은 자기 고향에서 일했습니다."

그리고 가지의 안색을 살폈다.

"그래서?"

"뭣 때문에 여기서 일하고 싶겠습니까? 어머니도, 아내도, 자식도 기다리고 있습니다."

"그럴지도 모르지. 하지만 어디로 도망간다는 거야? 고향으로 돌아갔다간 일본군에게 다시 잡히고 말걸? 고향 마을에는 일본군의 앞잡이 노릇을 하는 매국노가 있을 테니까. 결국 줄창 도망만 다녀야 할 거야. 유랑 생활보다 훨씬 고된 일이지. 넌 아버지가 유랑민이었다니까 무슨 말인지 알겠지? 자기 고향에서 밀려나 밑바닥을 떠돌아다니는 유랑보다 저들이 여기에 있는 게 왜 비참하다고 생각하지?"

"유랑은 어쩔 수 없으니까 스스로 결심하고 고향을 떠나는 것입니다. 저 사람들은 무엇을 결심하고 떠난 겁니까?"

"……하긴 그렇군."

가지는 낮게 중얼거렸다.

"내 질문이 우문愚問이었던 것 같다. 하지만 난 군대가 아니야. 저들을 인간으로서 대우해주려고 생각하고 있다고. 포로로 취급하려는 게 아니야. 알겠어?"

첸은 고개를 끄덕였지만 대답은 하지 않았다. 가지는 철망 울타리가 길게 이어져 있는 투입도로 쪽을 보았다. 한 무리의 특수 광부들은 이제 작은 장난감 대열처럼 보였다. 그곳에서는 3,300볼트의 전류가 흐르는 철조망에 둘러싸인 넉 동의 숙소가 분경盆景처럼 보일 것이다. 그들은 철조망을 나온 순간부터 철망으로 세상과 격리된 길을 걷고 있는 것을 어떻게든 자각하고 있음이 틀림없다.

가지는 첸을 흘끗 보고 유감스럽다는 듯 중얼거렸다.

"내가 거짓말을 하고 있는 것 같아."

첸은 아무 말 없이 엷은 미소만 짓고 있다.

"이 거짓말도 당분간이야. 두고 봐."

그리고 첸의 얼굴을 똑바로 보았다.

30

"내일부터 우리 광산은 증산 돌격 월간으로 들어간다."

소장은 현장 책임자들을 불러놓고 말했다.

"각 작업장은 매일 반드시 2할의 증산을 달성하도록. 크게 어려울 것도 없다. 현장 곳곳에서 2, 3할의 시간이 낭비되고 있는 것이 현실이다. 그걸 없애면 돼. 각 책임자는 2할 증산을 달성하지 못하면 현장에서 떠나지 않겠다는 열의와 각오로 임해주길 바란다."

"2할입니까……?"

기술주임인 히구치가 투덜댔다.

"많아야 1할 정도면……."

"2할이야. 마음 같아서는 3할이라고 말하고 싶다."

소장이 털북숭이 팔을 내밀었다.

"본사에서 시달이 내려왔다. 본사의 각 공장은 다음 주부터 돌격 월간에 들어간다. 라오후링은 내일부터야. 다른 곳은 늘 어떻게든 목표를 달성하는데, 우리 광산에서는 한 번도 목표를 달성한 적이 없어. 이번에야말로 큰 폭으로 돌파해야 한다."

"하지만 2할은 무리입니다, 소장님."

기술주임인 고이케가 불복하겠다는 듯 말했다.

"제가 담당하는 곳은 이미 거의 풀로 가동하고 있으니까요."

"자네는 우리가 전쟁 중이라는 걸 잊었나?"

소장의 땀으로 번들번들한 얼굴에서 조금씩 김이 나는 것 같았다.

"자네들도 오늘 아침 신문을 봤겠지?"

소장은 옆에 있던 신문을 펴고 두드렸다.

"남방공영권을 사수하라. 적의 반격이 점점 본격화되고 있다지 않은가. 엄포가 아니야. 아군의 시설 교란 기도, 남서태평양의 전황 심각. 전쟁은 월급쟁이 근성으로는 할 수 없다. 자네들은 전투 중 군인들의 명심사항이라는 것을 모르나? 전투가 아무리 치열하게 벌어져도 군인은 더욱 의연하게 모든 수단을 다하고, 등등이다. 가령 우리 광산의 생산력을 병력에 비유하여 1개 사단의 병력이라고 하자. 자네들이 말하는 것은 1개 사단은 1개 사단의 일밖에 할 수 없다는 것과 같아. 만약 자네들의 정면에 2개 사단의 적이 나타났다면 어떻게 할 텐가? 풀로 가동하고 있으니까 이 이상은 안 된다고 도망칠 건가? 자네들은 가장 중요한 산업의, 더구나 가장 중요한 직위에 있는 산업 전사야."

소장은 열변을 토하며 자신의 말에 감동해서 똘똘 만 신문으로 책상을 두드렸다.

"본사 이사회에서는 라오후링의 간부들 전원을 경질하라는 말까지 나온 모양이다. 난 사력을 다하고도 증산할 수 없다면 그 불명예도 감수하겠다. 하지만 우리는 아직 사력을 다하지 않았어. 난 이번 돌격 월간을 2개월이든 3개월이든 계속 끌고 갈 결심을 하고 있다. 2할 증산의 목표를 큰 폭으로 돌파할 때까지야. 반대 의견이 있는 자는 지금 이 자리에서 말하라. 앞으로는 전쟁 완수에 있어서 제군의 변명은 일체 인정하지 않을 테니까."

 숨 막힐 듯한 침묵이 찾아왔다. 산 표면을 태우고 있는 백주의 열기에 매미 소리가 눌어붙었다. 소장의 이마에서 흘러나온 땀방울이 볼을 타고 턱 끝에서 뚝뚝 떨어졌다. 오카자키가 팔짱을 풀고 채찍으로 가죽 정강이 싸개를 찰싹 때렸다.

 "히구치 씨, 소장님 앞에서 서약합시다. 1채광구의 2할 증산은 이 오카자키가 사나이의 명예를 걸고 해낼 것을 맹세합니다."

 이 순간 나니와부시浪花節(샤미센三味線의 반주로 곡조를 붙여서 부르는 일본 고유의 창唱-옮긴이)에 딱 들어맞는 감동이 소장과 오카자키 사이에 소리 없이 교차한다.

 "목표를 달성하기 위해 동원하는 모든 수단과 방법은 제게 일임해주십시오, 소장님."

 오카자키가 삼백안을 번뜩이며 다짐을 두고, 시선을 테이블 반대쪽에서 잠자코 있는 가지와 오키시마에게로 옮겼다.

 "상관없겠지요?"

 "아무렴, 모든 수단을 다 동원해야지. 요는 증산 목표를 달성하는 것이야."

 소장의 대답에 화답하듯 오카자키의 가죽 정강이 싸개가 또다시 울었다.

31

'지금이 사나이의 능력을 보여줄 때다.'

오카자키는 마음속으로 생각했다. 흥분으로 설레어 온몸이 떨리는 듯한 삶의 보람을 느꼈다. 그는 이사장 상에 빛나는 자신의 모습을 상상했다. 관동군 사령관의 감사장도 가까운 장래에 오카자키의 것이 될 것이다. 결국에는 전 일본 최우수 산업 전사의 표창장도 그의 머리 위에서 빛날지 모른다.

그는 통동 갱구에 30명의 조수를 모아놓고 선언했다.

"잘 들어라. 내일부터 시작되는 돌격 월간에는 2할 증산의 목표를 다시 2할 더 돌파한다. 그것이 최저선이다. 알겠나? 여태 해왔던 것보다 다섯 배, 열 배 더 기합을 넣도록! 짱꼴라 새끼들이 게으름을 피운다면 상관없으니까 두들겨 패도 된다. 정신을 못 차릴 정도로 몰아쳐서라도 무조건 목표를 달성시켜라. 목표를 돌파한 자에겐 내가 소장님한테 상금을 받아주겠다. 마을로 데리고 가서 색기가 줄줄 흐르는 계집을 안겨주겠다. 너희들도 전투 중……의 명심사항을 알고 있을 것이다. 전투……가 극단으로 치달아도 군인은…… 모든 수단을 다하는 것이다. 그렇게 쓰여 있다. 알겠나? 너희들은 전쟁을 하고 있다, 전쟁을! 월급쟁이 근성으로는 전쟁을 할 수 없다. 알았나?"

오카자키는 두세 번 연거푸 채찍으로 가죽 정강이 싸개를 때렸다.

"이 오카자키와 사나이 대 사나이의 약속을 할 수 없는 놈은 앞으로 나와라!"

아무도 나오지 않았다.

"좋다! 약속했다! 작업 중에 일어나는 모든 책임은 이 오카자키가 진다. 안심하고 하고 싶은 대로 해라! 알았나?"

조수들은 오카자키의 말에 선동되어 알 듯 모를 듯한 표정을 지었지만, 그래도 흥분된 표정으로 갱내로 흩어져 들어갔다.

32

특수 광부가 와서 가지나 오키시마가 그쪽에 시간을 빼앗기게 된 뒤로 오히려 일반 광부 쪽의 실적이 부쩍부쩍 오르기 시작했다. 이는 조장제도에 대한 부분적인 개혁이나 노동 조건의 개선 등이 이 무렵에 마침내 효과를 나타내기 시작한 것임이 틀림없지만 남 헐뜯기를 좋아하는 자들은 가지가 손을 놓는 게 실적이 올라간다고 험담하곤 했다. 또 그것을 증명이라도 하듯 가지가 신경 쓰고 있는 특수 광부 쪽은 지독하게도 저조한 실적을 내고 있었다.

소장은 그러나 거기에서 가지가 의도적으로 조절하고 있다는 것을 느꼈다. 특수 광부들이 자발적으로 일하는 것이 아니라는 이유로 가지는 특별히 그들을 비호하는 경향이 있었다. 그러나 전쟁이라는 비상시기에 그런 감상은 절대로 용납될 수 없다. 600명을 제대로 부리고 못

부리고는 실적상 매우 큰 간극을 만들고 만다.

소장은 가지에게 직접 교육을 시켜야겠다는 생각에 찌는 듯한 더위를 무릅쓰고 노무계 사무소로 나갔다.

가지는 책상에 앉아서 소장이 들어온 것도 몰랐다. 후루야가 기립하여 나지막한 목소리로 주의를 주었다.

"가지 씨 소장님 오셨습니다."

가지는 고개를 들고 소장을 보았다. 소장이 어떤 잔소리를 하러 온 것일지, 경계심이 먼저 생긴다. 소장은 땀을 뚝뚝 떨어뜨리면서 살풍경한 실내를 둘러보았다.

"돌격 월간의 표어가 붙어 있지 않군."

가지는 말없이 일어섰다. 표어가 일하는 것은 아닙니다.

"불언실행不言實行이라는 건가?"

"……그렇습니다."

"불언실행치고는 특수 광부의 실적이 좋지 않구먼. 자네의 흠을 잡으러 온 것은 아니네만 숙소로 안내해주겠나?"

"알겠습니다."

두 사람은 찜통 같은 더위 속으로 나갔다. 도중에 비 오듯 흐르는 땀을 연거푸 닦으면서 소장이 말했다.

"오키시마 군은 없는 것 같은데……."

"일반 광부들의 숙소를 돌아보고 있습니다."

"자네 혼자서 괜찮겠는가?"

가지는 그 의미를 간파하고 웃었다.

"글쎄요. 그자들이 무슨 생각을 하고 있는지는 저도 모르겠습니다."

철조망 안쪽에서는 비번인 광부들이 왔다 갔다 돌아다니기도 하고, 그늘에 누워 있기도 했다. 피부병과 쇠약의 흔적은 아직 남아 있었지만, 겉보기에는 일반 광부와 크게 다르지 않았다.

"모두들 배불리 먹고 건강해 보이는군."

소장은 자신이 명령을 내려 휴양을 3주일로 단축한 결과에 만족했다.

"그런가요? 저에게는 그렇게 보이지 않습니다만."

소장이 뭐라고 말하려다가 말았다. 가지는 그것을 자네에겐 뭐든 반대로만 보이는 모양이군, 이라고 말한 것처럼 해석했다.

키가 큰 총대표 왕시양리가 숙소 벽에 기대 서 있었고, 그 발밑에 광부 네 명이 쭈그리고 앉아 있었다. 뭔가 의논하고 있는 모양이다. 왕은 다가오는 두 일본인을 싸늘한 시선으로 보고 다리를 조금 움직였다. 그것이 신호였는지 네 광부의 표정이 갑자기 경직되었다.

두 일본인은 그들 옆을 지나갔다.

"탈출할 염려는 없나?"

소장이 물었다.

탈출할지 탈출하지 않을지를 알고 있는 것은 그들 자신밖에 없다. 첸은 반드시 탈출할 것이라고 했다. 가지는 자신의 손길이 미치는 곳 이외의 지역에서 그들이 안주할 곳은 없앨 생각이었다. 적어도 그렇게 자부함으로써 이 일을 지탱하고 있었다.

"없다고 봅니다."

"음, 일에 의욕이라는 것을 갖게 해야 할 텐데……."

"그렇게 생각합니다. 공임 문제도 지금 생각하고 있는 중입니다."

"공임이라니?"

소장이 소리를 질렀다.

"자네 꽤 부잣집에서 태어났나 보군? 전쟁 중에 포로에게 사역을 시키고 공임을 줬다는 역사를 난 아직 읽은 적이 없네."

"그렇습니까……?"

가지는 쓴웃음을 지었다. 어떤 역사도 진실을 담은 역사는 한 페이지도 읽은 적이 없을 것이다.

"그럼 제가 그런 역사의 창시자가 되겠죠."

"포부는 좋지만, 자네는 아무래도 아직 어려. 자네는 먹여주고 공임을 주면 된다고 생각하는 모양인데, 그래서 그놈들이 기뻐할 것 같나? 우선 그 돈을 어디에 쓸까? 그들이 지금 갖고 싶어 하는 것이 뭐라고 생각하나?"

가지는 왕시양리 쪽을 돌아보았다. 왕은 이미 그곳에 없었지만, 그의 조용하고 싸늘한 눈동자만은 아직 그 근처의 벽에 남아 있는 듯한 기분이 들었다.

가지는 대답했다.

"자유입니다."

"자유라. 자네는 시인이군그래."

소장이 비웃었다.

"아니면 철학자라고 해야 할까?"

가지는 입을 굳게 다물었다. 시인도 철학자도 아닙니다. 월급쟁이도 아닙니다. 양치기 개라고 하더군요.

"우리 안에 있는 인간은 뭘 가장 먼저 생각할까?"

가지는 고집스럽게 반복했다.

"자유입니다."

소장이 웃었다.

"여자야. 남자라면 여자야. 여자라면 남자이고."

소장과 가지는 이때 단 하나의 점에서 일치하고 있었다. 넉 동의 숙소 벽 어딘가에 못 같은 것으로 새긴 목 위와 무릎 아래가 없는 여자의 육체 그림을 기억 속에 불러낸 것이다.

"이런 놈들은 말이야 여자가 있으면 자네가 말하는 자유라든가 행복이라는 걸 얻은 것처럼 느끼게 되어 있어. 자네는 부인을 얻기 전에 독신자 숙소에서 밤낮으로 무슨 생각을 했나?"

소장은 득의양양하게 웃었다.

"세상과 국가인가? 그렇지는 않았을 거야. 자네 같은 시인조차 그렇단 말이야. 인간을 우리 안에 넣고 능률적으로 일하게 하는 방법은 생리적인 욕망을 7할 정도 채워주는 거야. 알겠나? 충분해서는 안 돼. 그렇다고 부족해도 안 되네. 7할 정도야. 자네의 맹점은 여기에 있어. 어서 실행에 옮기게!"

"하지만 여자를……."

"뭐가 어때서?"

소장은 대수롭지 않다는 듯 말했다.

"자네는 광부 위안소의 책임자야. 여자들을 이곳으로 데리고 와."

가지는 경련을 일으킨 것처럼 그 자리에 멈춰 섰다. 소장의 멱살을 잡고 싶었다. 당신도 생각해보란 말이오! 당신은 사람들이 지켜보고 있는 데서 마누라랑 그 짓을 합니까? 당신은 그렇게 해주면 작업 능률이 오릅니까?

"……그러면 여자만 불쌍합니다. 남자도 좋아할 리가 없습니다."

"글쎄 괜찮으니까 실행해봐."

소장은 강하게 밀어붙였다.

"난 자네보다 훨씬 더 오래 살았어. 인간이 뭐라고 생각하나? 시가 아니야. 도덕적 존재도 아니야. 흡수와 배설의 비근한 욕망덩어리에 불과하다고."

소장은 주위를 둘러보고 근처에 있는 광부 옆으로 성큼성큼 다가갔다.

"너, 여기서 배부른가?"

그러더니 서툰 중국어로 물었다. 광부는 당황하며 대답했다.

"배부릅니다, 나리."

"그럴 거야."

소장은 일본어로 중얼거리고 다시 중국어로 물었다.

"너, 여자, 필요한가, 필요하지 않은가?"

광부는 표정을 일그러뜨리며 웃었다. 그 웃음은 근처에 있는 다른 사내들에게도 전염되었다.

"이것 보라고!"

소장은 득의양양하게 가지 쪽을 돌아보았다.

"여자라는 말만 듣고도 이자들이 좋아하는 것 좀 봐. 자유란 말이지, 가지 군, 공기 같은 것이네. 필요한 것이긴 하지만 손에 쥘 수가 없어. 사내는 계집의 육체를 얻어야 비로소 자신의 생명을 자각하고, 의욕을 갖게 되네. 자네도 그렇지 않았나? 그들도 인간이네. 자네나 나와 같은 욕망을 갖고 있다고. 그 욕망을 살펴줘야 해. 여자를 적당히 붙여주면 그들의 불온한 생각은 여자의 육체가 녹여줄 거야."

가지는 혐오감을 감출 길이 없었다. 몹시도 불결한 무언가가 그럴듯한 논리로 슬쩍 바뀌고 있는 듯했다.

"꼭 그렇게 해야만 합니까?"

"왜 반대를 하는 거지? 자네의 미적 감각에 맞지 않기 때문인가? 자네는 푹신푹신한 이불 안에서 오늘 밤에도 마누라를 안을 수 있을 거네. 저들은 이 상태에선 죽을 때까지 기다려도 그런 호사는 누릴 수 없어. 좀 더 현실에 맞게 생각해. 광부들이 기뻐할 일을 해주는 것이 자네의 방침 아닌가? 난 자네의 의견을 늘 존중하고 있는데, 자네는 내 의견을 무시하고 싶은 건가? 자네가 하기 싫으면 오키시마 군이나 후루야 군에게 시켜도 돼."

가지의 곤혹스러워 하는 시선 끝에 다시 왕시양리가 나타났다. 왕은 멀리서 역시 싸늘하게 두 일본인을 보고 있었다.

"다섯 대표의 의향을 확인하고 나서 진행하고 싶습니다만……"

가지가 그렇게 말하자 소장의 눈썹이 부르르 떨렸다.

"지금 내가 물어보지 않았나! 자네에게 명령하는 것이 항일분자인 포로들인가, 아니면 소장인 나인가?"

가지는 창백한 웃음을 지었다. 이 땅딸막한 사내가 직권을 내세우면서까지 포로들의 성욕을 동정하는 것은 금욕에서 온 도착倒錯이 아닐까?

"내가 아마도 자네 이상으로 놈들이 도망갈까 봐 걱정하고 있는 것 같군."

소장이 말투를 누그러뜨리며 말했다.

"저들은 자유의 몸이라도 여자를 쉽게 안을 수는 없을 거야. 그것을 공짜로 해주겠다면 좋아할 것은 뻔하지 않을까? 그러면 자네나 내가 걱정하고 있는 것의 태반은 자동적으로 해결될 테고. 어떤가? 설마 이런 걸로 날 화나게 하지는 않겠지?"

가지는 대답했다.

"……알겠습니다."

33

2할 증산을 사나이의 명예를 걸고 완수하겠다고 큰소리 친 오카자키는 그로부터 10여 일 동안은 그럭저럭 체면을 차릴 수 있었다. 어차피 기계설비는 한정되어 있었기 때문에 나머지는 1분의 시간이라도 낭비하지 않도록 눈을 번뜩이고, 조건이 좋은 막장으로 노동력을 집중시키고, 채찍과 고성으로 닦달하면 되는 것이다.

동바리꾼의 작업이 늦어져도, 충전 작업이 순조롭게 진척되지 않아도, 앞으로 닥칠 위험 따위는 안중에도 없이 팔 수 있는 데까지는 판다는 오카자키의 저돌적인 맹진猛進에는 기술주임인 히구치도 불안과 불만을 느꼈지만, 오카자키의 짐승 같은 추진력과 2할 증산의 절대 완수라는 중압감이 출광량을 예정 선까지 마구 높여놓고 있었다. 그 대신 오카자키는 밤대거리의 입갱 배치가 끝나고 나서 귀가하던 습관을 버리고 심야까지 갱내에 머무는 일이 빈번해졌다. 자연스럽게 피로가 쌓였고, 그렇지 않아도 성질이 거친 사내가 더욱 난폭해졌다.

광부들에겐 엄청난 재난이었다. 조금이라도 해이해져 있으면 오카자키나 조수들이 가차 없이 매타작을 해댔다. 체력의 한계까지 쉴 새 없이 혹사당했기 때문에 자연스럽게 주의가 흐트러져서 작은 부상이 끊이질 않았다.

그날, 오카자키는 한 시간마다 조수가 가지고 오는 감독 집계 전표를 보면서 점점 초조해지기 시작했다. 이대로 가다간 도저히 1일 생산 예정 선에 미치지 못한다.

"더 몰아치라고 전해!"

그는 조수 한 명에게 호통을 쳐서 갱내의 구석구석까지 전달하게 했다. 그 자신도 채찍을 울리면서 출광이 늦어지고 있는 곳을 돌아다녔다. 그의 초조한 눈에는 어느 곳이나 농땡이만 피우고 있을 뿐 최선을 다해서 열심히 일하고 있는 곳은 한 곳도 보이지 않았다. 오카자키 한 사람에게만 출광 책임을 지우고, 광산 전체가 유유자적이다.

노무계 등은 현장에서 요구하는 인원수만 투입해주면 광부들이 일을 하든 말든 나 몰라라 하고 있지 않은가! 공기계는 잔소리를 해야 겨우 임시변통으로 공구 정비를 해주는 실정이다. 현장이 다 쓰지 못할 정도로 공구를 갖춰준 적이 있었던가? 그래도 어떻게든 예정 출광량을 유지해오고 있는 것은 다 내 덕분이다!

오카자키는 보이는 것, 닿는 것이 모두 신경에 거슬렸다. 조수가 요다음에 가지고 올 집계 전표가 빨강 글자라면 그의 화가 폭발하리라는 것은 스스로도 알고 있었다. 이대로 가다간 밤대거리까지 남아서 닦달을 해야 한다. 밤중에 돌아가면 여편네가 뾰로통해 있다. "아함, 졸려라! 지금이 몇 시유? 그래요, 당신이 놀고 있지 않다는 것쯤은 알아요. 하지만 나도 논 건 아니라구요. 부엌일을 끝낸 지가 언젠데 또 일어나라고요?" 아함, 하고 암탕나귀 같은 하품을 하고 일어나는 여편네. 예정 출광량을 채우고 일찍 돌아가면 기분이 좋아서 가슴을 풀어헤치고 반주 한 병이라도 더 내놓으려고 하는 여편네가 말이다.

"그러니까 내가 그랬잖수. 노무계 사람들을 단단히 혼내주면 된다고요. 당신답지 않아요."

오카자키는 어두운 갱내를 걸으면서 문득 밤대거리의 심야작업에 남아서 잔업하고 있는 듯한 착각을 일으켰다. 이 시각이면 노무계의 가지 등은 마누라와 뒤엉켜 있거나 끌어안고 자고 있을 것이다. 더구나 오카자키는 예정 출광량을 어떻게든 맞춰놓아야 한다. 전쟁이라는 것이 인간을 너무 불공평하게 혹사시키고 있다. 수완 좋고 능력 있는 자에게는 있는 대로 무거운 짐을 지게 하고, 어정쩡하게 대충대충 일하는 놈은 어정쩡한 수준에서 놔둬버린다. 그러니 전쟁이 생각대로 되지 않는 것이다.

진주만을 습격했을 때는 당장이라도 미국 본토로 진격할 것 같은 기세였다. 그 무렵, 조수들을 모아놓고 일장 연설을 했다. 옛날, 몽고가 북쪽에서 쳐들어왔을 때는 호조 도키무네北条時宗(1251~84, 무장-옮긴이)가 쳐부쉈다. 이번에 미국이 동쪽에서 쳐들어오면 도조 히데키東条英機(1884~1948, 육군 대장-옮긴이)가 쳐부술 것이다, 라고. 우레와 같은 박수갈채를 받았다. 그것이 조금 지체되었다고 이 꼴이다. 모두들 정신상태가 썩어빠졌어!

오카자키가 가는 방향에서 붉은 패를 목에 건 특수 광부들이 광석을 가득 실은 광차를 줄줄이 밀고 왔다. 어둠 속에 가득한 바퀴 소리가 느긋하게 들리는 것은 자칫하면 광차의 무게에 짓눌려버릴지도 모르는 저질 체력 때문이었지만 초조해하고 있는 오카자키에게는 그렇게 들리지 않았다.

그는 멈춰 서서 가죽 정강이 싸개를 채찍으로 때리면서 소리를 질러 댔다. 특수 광부들은 귀신같은 오카자키 앞을 지나갈 때는 사력을 다

해 광차를 밀었다. 오카자키는 잠시 그곳에서 독려한 뒤 안으로 들어가려다가 깨달았다. 광차의 움직임이 갑자기 둔해진 것이었다. 뒤로 돌아서서 앞쪽을 살피고 있는 동안 광차의 행렬이 중간에서 완전히 멈춰버렸다.

오카자키가 줄이 멈춘 곳으로 황급히 뛰어가서 보니 특수 광부 한 명이 광차에 걸쳐서 숨을 헐떡이고 있었다. 뼈만 앙상하게 남아서 흙투성이가 된 광부의 반라의 몸은 칸델라르의 뿌연 불빛 아래에서는 광석과 거의 구별이 되지 않았다. 사람의 몸이라기보다 차라리 흙투성이 해골에 가까웠다. 힘겹게 소리를 내고 있는 목구멍소리만이 그 해골이 아직 살아 있다는 증거였다.

그것이 오카자키의 신경을 자극했다. 그는 이 광부만을 따로 혹사시킨 기억이 없다. 다른 놈들은 다 이겨내고 있는데, 이놈만이 목구멍을 그렁그렁 울리며 항의하고 있다. 이 밥버러지 같은 놈! 네놈 때문에 늦어진 시간만큼은 무슨 일이 있어도 벌충하게 해주마!

오카자키는 느닷없이 그의 등에 채찍을 날렸다. 광부는 비명을 지르면서 새우처럼 몸을 말더니 광차에서 떨어졌다. 오카자키는 다시 한번 채찍을 휘둘렀다. 그는 그 광부가 일어나서 광차를 밀지 않으면 죽어버릴 때까지 채찍을 휘두를 기세였다. 그때 지켜보고 있던 광부들 중에서 한 사람이 비틀거리며 나와 오카자키의 손을 막았다. 역시 앙상하게 마른 그 사내는 늑골이 튀어나온 가슴을 풀무처럼 헐떡이며 말했다.

"나리! 이 사람 병 있어. 죽으면 어떡해!"

오카자키는 삼백안을 부릅뜨고 뒤돌아보았다. 오랫동안 현장에서 생활해오며 그가 보아온 것은 광부들의 인종忍從과 애원뿐이었다. 광부 따위에게 힐문조의 제지를 당한 적은 없다. 한나절 내내 짜증이 나서 폭발시킬 곳을 찾고 있던 참이다.

"뭐라고?"

순간 무시무시한 분노가 온몸을 휩쓸었다.

"병이라고? 병에 걸려서 고충이 있다면 가지한테 말해라! 죽으면 어떡하냐고? 이렇게 된다!"

오카자키는 광차에서 광석덩어리를 집어 있는 힘껏 그 광부의 얼굴에 던졌다. 피해자는 소리도 없이 푹 고꾸라졌다. 쓰러진 몸에 오카자키는 두 번째 광석덩어리를 던지고 걷어찼다. 광부의 몸은 한 번 꿈틀하더니 그 뒤로는 전혀 움직이지 않았다. 조수들이 네댓 명 달려왔다. 오카자키는 광부들을 노려보며 소리쳤다.

"잘 봐라! 나 오카자키는 노무계 놈들과는 태생이 다르다. 네깟 놈들의 목숨은 50이든 100이든 나한텐 아무 문제도 안 돼! 이 정도 일로 기진맥진했다간 가차 없이 채찍을 날릴 테니 그런 줄 알아!"

목소리의 반향이 동굴로 빨려 들어가자 쥐죽은 듯 조용해진 어둠 속에서 물방울 떨어지는 소리만이 들렸다.

34

마을을 에워싸고 흐르는 도랑을 건너면 광부 위안소가 있다.

그 허술한 다리의 삼나무 난간에 세 창녀가 저마다 둥글고 큼직한 엉덩이를 올려놓고 있었다. 그중 한 명이 가지를 보자 새된 소리를 질렀다.

"이봐요! 가지 장꿰이!"

여자들이 똑같이 몸을 비트는 바람에 얇은 치파오(중국의 전통 의상-옮긴이)의 옆트임 부분이 크게 벌어져서 바나나 알맹이처럼 하얀 허벅지가 드러났다. 가지는 길에서 다리에 발을 올리고 잠시 망설였다. 여자들의 거칠고 도발적인 시선이 젊은 사내의 몸에 감겼다.

그는 소장의 말을 듣고 난 후 지난 십여 일 동안 소장이 시킨 일이 하기 싫어서 질질 끌고 있었다. 오늘은 소장이 직접 전화를 해서 어서 실행하라고 사무적으로 명령했다. 이렇게 되고 보니 특수 광부를 위안하는 것보다도 자신의 부하 하나를 명령에 따르게 하는 것이 더 중요한 듯싶었다.

가지는 눈을 자극하는 여자들의 허벅지를 애써 외면하며 다리를 건넜다. 그것이 재미있다는 듯 여자 하나가 일부러 허벅지 위까지 치마를 말아 올리며 웃었다.

"이거, 보고 싶지, 않아?"

가지는 호통을 치고 싶은 마음 한편으로 묘하게 낯간지러운 것을 느끼면서 입구에 늘어뜨린 휘장을 들어올렸다. 내부는 침대차처럼 기다랗게 양쪽으로 나뉘어 있다. 휘장이 문을 대신하고 있고, 그 휘장이 올라가 있는 것은 빈방이고 내려가 있는 것은 사용 중이다. 안쪽에서 창녀들의 책임자인 진동푸가 나와 가지 앞에 섰다. 지나치게 진한 화장이 되레 미모를 깎아먹고 있지만 얼굴은 아름답다. 젖가슴은 묵직하고, 엉덩이 살집도 두툼하다. 중량감이 느껴지는 육감적인 몸매는 위안소 책임자로서의 관록을 느끼게 한다.

굵고 부드러워 보이는 팔로 젖가슴을 안아 올리듯 팔짱을 끼고 진동푸가 웃었다.

"가지 씨, 나랑, 잘까? 돈 필요 없어. 가지 씨, 배급, 많이 주니까."

삼나무 난간에 엉덩이를 얹고 있는 여자들이 깔깔거리며 웃었다. 가지는 진동푸의 굵은 팔에 난 자주색 부스럼을 보고 시선을 돌렸다. 그것을 본 진동푸는 일부러 팔을 밀어올리고 사내처럼 웃었다.

"더러워? 이거, 매독, 아니야. 약, 있으면, 금방 나아."

가지는 잔뜩 주눅이 들어 있었다. 잘못을 저지른 사람처럼 안절부절못하면서 말했다.

"다음에 올 때 약 가지고 올게. ……미안하지만 특수 광부들의 숙소로 마흔 명 정도 보내줄 수 없을까? 돈은 노무계에서 지불할 거야."

진동푸는 기름을 바른 것처럼 반짝반짝 빛나는 큰 눈으로 가지를 보았다.

"철조망, 있는 곳?"

가지는 고개를 끄덕였다. 진동푸는 이번엔 쉰 소리로 짧게 웃었다.

"개, 똑같네. 사람 보는 곳, 저기서도, 여기서도, 죽 늘어서서, 남자, 여자, 하는가?"

가지는 얼굴을 찡그렸다.

"……싫으면 싫다고 말해줘. 싫어?"

"어쩔 수 없어. 여긴, 장사. 가지 씨, 돈 준다, 거짓말 아니니까, 마흔 명, 가요. 오늘, 갈까?"

가지는 고개를 끄덕였다.

실내 통로로 각 방에서 여자들이 얼굴을 내밀고 어슬렁어슬렁 나오기 시작했다. 가지가 몇 십 개인지 모를 여자들의 시선에 쫓기듯 다리로 돌아오자 삼나무 난간에 걸터앉아 있던 여자 한 명이 가지 앞에 냉큼 내려섰다. 얼굴이 갸름하고, 미인은 아니지만 하얀 피부에 수심 비슷한 그늘이 있다.

"당신, 바보다!"

양춘란이라는 그 여자가 불쑥 말했다.

"일본의 몸 파는 여자, 누구나 보는 곳, 옷, 벗고서, 장사 안 할걸? 그 철조망 안, 여자 혼자, 남자, 몇 명 있어? 가지 씨, 와서, 보는 게 좋아!"

가지는 양춘란의 얼굴을 다시 보았다. 기분 탓인지 어딘지 모르게 미치코를 닮았다. 아까 왔을 때는 알아채지 못했다. 가지는 달래듯이 말했다.

"가고 싶지 않으면 가지 않아도 돼."

"나 가지 않아, 일본의 높은 사람, 화낸다. 화내지 않아도, 나 가지 않아, 뭐 먹을 거 있는가? 모두, 간다, 장사한다. 나, 가지 않아, 모두, 화났다!"

가지는 구조선을 찾듯이 진동푸 쪽을 돌아보았다. 입구 쪽 휘장이 늘어져 있는 곳에 여자의 얼굴이 몇 개 겹쳐서 나와 있었다. 그중 한 명이 양춘란을 향해 말려 올라간 빨간 입술에서 나오는 노란 목소리로 소리쳤다.

"자기 혼자만 편하려고 저러지, 그렇겐 안 돼!"

"누가 나 혼자 편하려고 그랬다는 거야?"

양춘란이 맞서 소리쳤다.

"모두가 싫어할 것 같아서 이 일본인한테 말한 거잖아!"

"네가 미인계로 그 일본인 나리를 꼬셔보지그래?"

다른 계집이 표독스럽게 웃었다.

"그렇게 가고 싶으면 너 혼자서 가!"

양춘란은 가지의 뒤에서 어떻게든 앞으로 나오려고 안달하면서 소리쳤다.

"허리를 다쳐서 기어오지나 말라고!"

"이 건방진 년이!"

휘장 사이에서 여자가 한 명 뛰어나왔다. 가지는 어쩔 수 없이 양팔을 좌우로 벌려 싸움을 막았다. 진동푸가 입구에 있던 두세 명의 여자를 안으로 밀어 넣고 소리쳤다.

"갈지 안 갈지 결정하는 것은 너희들이 아니야. 나라고! 노무 나리의 말을 듣지 않으면 손해를 보는 것은 너희들이야."

진동푸의 말은 권력자의 한마디다. 여자들은 조용해졌다. 동푸가 가지에게 간살부리듯 웃으면서 말했다.

"밤, 밥 다 먹었을 때 마흔 명, 간다. 됐지?"

이제 오지 않아도 돼. 목구멍까지 나온 말을 삼켰다.

"응, 그렇게 해줘."

가지는 도망쳤다. 양춘란 옆을 지나 다리에서 길로 내려섰을 때 쓰고 시큼한 기분이 큰 덩어리가 되어 가슴을 막았다.

마침내 의식적으로 매음굴의 포주 노릇을 하는 지경까지 타락하고 말았다. 600명의 사내에게 40명의 여자를 보내 칸막이가 없는 광부 변소에서 배변을 볼 때처럼 몸을 섞게 하고, 그것이 인간을 인간으로서 취급하는 길이라고 말한다. 불결했다. 용서할 수 없는 타락으로 보였다. 피하면 피할 수 있었다. 아무리 소장의 명령이라고 해도 불결한 것은 불결한 것이다. 그것을 알겠다고 대답하고 맡았으니…….

가지의 발이 위안소에서 아직 50보도 채 가지 않았을 때였다. 앞쪽에서 일본인 노무계원이 한 명을 데리고 들것을 운반하고 있었다.

"어떻게 된 일이야?"

"현장에서 오카자키 씨에게 당한 것 같습니다."

피해자의 얼굴은 피투성이가 되어 눈과 코도 알아볼 수 없는 상태였다.

"어서 진료소로 데리고 가!"

가지는 그렇게 말했지만 무심코 피해자의 이마 언저리를 보고 가슴이 얼어붙었다. 때가 덕지덕지 엉겨 붙어서 종려나무 털처럼 된 머리카락에서 이마에 걸쳐 작고 거무스레한 벌레가 무수히 기어 다니고 있었다. 이다. 필시 부상자는 이미 거의 죽음에 이르렀으리라. 체온이 내려가서 이가 이동하기 시작한 것이 틀림없다.

"서둘러!"

들것은 매우 빠른 걸음으로 갔다. 가지는 뒤에서 소리쳤다.

"오카자키란 말이지?"

그날 밤 오카자키의 협박하는 듯한 태도를 떠올렸다. 이번에야말로 용서할 수 없다!

뚜쟁이만도 못한 지저분한 일로 풀이 죽을 대로 죽어 있던 기분이 갑자기 끓어올라 땅을 밟는 발의 감각도 느끼지 못할 정도로 가지는 달렸다.

35

"이런 일이 묵인된다면 광부들은 관리할 수 없습니다."

가지는 소장의 책상을 두 손으로 짚고 말했다. 만약 이 문제를 올바르게 처리하지 못한다면 광부들은 뭐라고 할까? 한 입으로 두 말 하는 거짓말쟁이! 그렇게 말할 것이 틀림없다. 미치코는 어떻게 생각할까? 존경할 수 없어, 그런 사람은!

오키시마가 말없이 팔짱을 끼고 나무처럼 옆에 서 있었다.

"광부의 생명 또한 소모품이 아닙니다. 저는 오카자키를 상해치사로 고발하겠습니다."

"이보게 좀 진정하게."

소장은 흥분해 있는 가지에게서 되도록 거리를 두려고 의자 등받이에 깊숙이 기댔다.

"자네의 말이 정론일진 모르지만, 좀 더 입체적으로 생각해야 해. 오카자키가 폭력을 과하게 휘두른 것은 분명히 잘못한 거네. 잘못했지만, 이는 철광 증산이라는 나의 엄중한 명령에 충실한 나머지 일어난 사골세. 말하자면 애국심이 너무 지나쳐서 생긴 일이지. 알겠나? 오카자키는 다소 난폭한 구석도 있지만 그자가 있기 때문에 저 넓은 광구가 유지되고 있는 거네. 마치 자네나 오키시마 군이 있기 때문에 1만 명의 광부가 어떻게든 취로하고 있는 것처럼 말일세. 알겠는가, 내 말 뜻을?"

"모르겠습니다. 이런 극악무도한 처사가 용납되다니 우리가 도대체 뭘 하고 있는 겁니까?"

"전쟁이야."

소장은 기다렸다는 듯이 대답했다. 미소조차 머금고 있었다.

"모든 것이 그 속에 용해되는 걸세. 큰 목적을 달성하기 위해서는 작은 과실쯤은……"

"과실입니까, 이게?"

가지는 격앙하여 소장의 책상을 손바닥으로 내려쳤다.

"가지 군, 다시 한 번 말하지만 진정하게. 평소의 냉정한 자네답지가 않아."

소장은 가지가 격앙하면 격앙할수록 우월한 위치를 확보했다.

"자네도 생각해보면 알 걸세. 밤낮을 가리지 않고 증산에 전념하고 있는 우수한 한 명의 일본인을 내가 포로 한 명의, 그것도 게으르고 반항적인 놈의 목숨과 맞바꿔서 사회로부터 매장시킬 수 있을 것이라고 생각하나?"

더 이상 말할 필요가 없다고 생각했다.

"물론 하실 수 없겠죠."

가지는 책상에서 뒤로 물러나 그대로 나가려고 했다.

"잠깐만, 자네는 그럼 양해했다는 건가?"

가지는 뒤로 돌아섰다.

"할 수 있을 거라고 생각하십니까?"

"그렇다면 내 말하지."

소장은 갑자기 표정을 경직시켰다.

"난 자네의 의지를 속박하진 않네만, 자네가 소장인 내 고충을 무시하고 오카자키를 꼭 고발해야겠다면 날 공범으로 고발하게. 오카자키뿐만 아니라 내 부하의 직무상의 일은 공과 죄 모두 나와 관련이 있네. 자네라는 우수한 부하를 앞에 두고 이렇게 말하는 것이 본의는 아니네만, 난 증산이 시급한 이 시기에 오카자키 같은 유능한 현장감독을 잃는 것은 증산에 있어서 큰 손실이라고 생각하기 때문에 재판이 벌어지면 반드시 자네에게 불리하도록 만들 거네. 그만한 능력은 나에게도 있어."

가지는 순간 믿을 수 없다는 표정을 지었다. 그 얼굴이 납처럼 창백해진 것도 순간이었다.

"사실까지도 왜곡하겠다는 말입니까?"

가지가 눈을 똑바로 뜨고 덤벼드는 것보다 빨리 오키시마가 움직였다. 그는 가지의 어깻죽지를 가볍게 잡고 그대로 입구 쪽으로 밀며 소장에게 말했다.

"같은 일이 두 번 다시 일어나지 않도록 소장님께서 주의를 주시겠습니까?"

소장은 불그스름한 얼굴이 파래져서 고개를 끄덕였다.

"보고는 어떻게 할까요?"

공포와 분노와 안도를 연달아서 맛본 소장은 콧등에 솟은 진땀을 닦으면서 대답했다.

"……글쎄, 작업 중 사고로 처리할까? 가령 충전 수갱에서 추락했다고 말이네. 종종 있는 일이니까……."

오키시마는 가지를 데리고 나갔다.

36

해 질 무렵, 왕시양리는 가지가 침울한 모습으로 오고 있는 것을 보고 철조망 곁에 서서 기다렸다. 가지는 철조망을 따라 난 길을 석양을 등지고 자신의 긴 그림자를 밟으며 걸어오다가 멈춰 서서 왕의 눈을 마주 쳐다보았다.

"우리 동료 하나가 폭행을 당했다는데 어떻게 됐나?"

왕이 조용히 물었다.

"죽었어."

가지가 힘없이 대답했다.

"그걸 말하러 온 것이라면 이 철조망 안으로 들어와서 모두를 모아놓고 설명해줘야 되지 않을까?"

맞는 말이다. 그렇게 해야 한다. 하지만 하필이면 왜 내가 뒤처리를 해야 한단 말인가. 가지의 눈동자가 반짝 빛났다.

"그걸 말하려고 온 게 아니야. 난 여기에서 여자를 기다리려고 왔어. 너희들을 위한 여잘 말이야."

짧은 침묵이 찾아왔다. 왕시양리는 이 신경질적인 일본인의 혼을 단칼에 꿰뚫어버릴 통렬한 말을 찾았다. 그러다가 생각이 바뀌었다. 여자가 온다. 그 의미가 무엇이든 3,300볼트의 전류가 흐르는 철조망 안에 그들을 가둬놓고 일체의 자유를 빼앗아간 일본인이 변덕을 일으켜서 그들이 상상도 못했던 외계와의 접촉 기회를 준다는 것이다. 왕은 보일 듯 말 듯 미소를 지었다. 그것을 보고 가지가 말했다.

"좋은가?"

"......아주 좋다."

그 대답에 가지는 왕시양리를 경멸했다. 왕도 소장의 인간관 이상의 인간은 못 된다. 흡수와 배설을 추구하는 비근한 욕망덩어리에 지나지 않는 것이다.

4호 숙소의 대표인 까오가 두 사람을 보고 다가왔다. 왕이 가지는 전혀 알아듣지 못할 정도로 빠른 중국어로 까오에게 말했다. 그러자 까오는 갑자기 흥분해서 바깥쪽에 있는 가지에게 덤벼들려다가 철조망에 가로막혀 있는 것이 더욱 분한 듯 난폭하게 말했다.

"네가, 말한 것, 전부, 거짓말 아닌가! 일본인, 여기서도, 중국 사람, 죽인다. 너, 말하지 않았나, 중국 사람, 죽이지 않는다. 그래, 뭐, 할 말 있나?"

가지는 난처했다. 그리고 그것이 화를 돋웠다.

"내가 죽였다고 말하고 싶은 거야?"

"이놈은 일본인이다!"

까오는 자국어로 왕에게 씩씩거렸다.

"이놈이 죽이지 않았다고 해도 범인과 이놈은 죄가 같아!"

이 말은 설령 가지가 중국어를 한 마디도 알아듣지 못한다고 해도 느껴지는 의미만으로도 충분히 이해할 수 있었다. 가지는 항변해보려고 했지만, 안달하면 안달할수록 혀가 마비되었다. 왕이 물었다.

"범인은 물론 체포되었겠지?"

"……이 산에 있다."

"재판은 없나?"

"……없을 거야."

가지는 자신의 마음이 냉랭해지는 것을 의식했다.

소장에게 달려들려다가 오키시마에게 끌려나왔을 때 그는 오키시마의 손을 뿌리치고 말했다.

"당신은 특수 광부 한 명이 충전 수갱에서 추락해 죽었다고 나한테 보고서를 쓰게 할 작정이지?"

"그렇게라도 쓰지 않으면 도리가 없지 않은가?"

"난 안 써!"

"아니, 자네는 쓸 거야."

"난 안 쓴다고."

"그럼, 어쩔 생각이야?"

"오카자키를 매장시켜버리겠어."

"멍청하긴!"

오키시마는 가지의 몸을 거칠게 흔들었다.

"내가 애원이라도 하길 바라는 거야? 흥분하지 말고 똥인지 된장인지 구별 좀 하라고. 광부 한 놈 때문에 고집을 부려서 자네가 해임을 당하거나 전근이라도 간다면 나머지 오백 몇 십 명은 누가 돌봐주지? 법이 자기편이라고 생각하는 것은 코흘리개 어린아이나 하는 생각이야. 자네는 자네 수중에 있는 수백 명이 어떻게 되든 자신의 같잖은 양심을, 지금 이 자리에서 지키기만 하면 된다는 건가?"

가지는 오키시마를 뿌리치고 걷다가 언덕길 중간에 서서 오키시마를 기다렸다.

"학생 때 나 같은 타입의 어정쩡한 놈들이 많았어."

가지가 말했다.

"계몽활동이니 반전운동이니 하다가 붙잡혀서 고문을 당하고, 고문은 꽤 잘 견디지만 결국은 전향하고 마는 놈들이지. 고문이 무서워서가 아니야. 기약도 없이 갇혀서 청춘을 허송하는 게 무서웠던 거야. 그런 놈의, 그런 상황에서의 자기변호는 늘 이래. 무의미하게 철창 속에서 시간을 보내느니 전향을 위장하여 세상으로 나와 다시 활동을 시작하는 게 더 의의가 있다. 그런데 결과는 어떨까? 1보 전진, 2보 후퇴면 그래도 괜찮아. 1보 후퇴, 2보 후퇴란 말이야. 그러고는 끝없는 후퇴가 계속되지. 나를 봐, 날! 끊임없는 자기변호와 끊임없는 자존심의 자위행위라구. 당신은 내게 또 그걸 시키려는 거야?"

"자네가 그런 말로 나를 탓한다면 자네는 친구를 잘못 골랐네."

오키시마는 부리부리한 눈으로 가지를 보았다.

"난 자네의 내부에 있는 위대한 혁명가를 기대하는 것이 아니야. 전쟁이라는 바보 같은 기계가 회전하는 것을 나라는 벼룩 똥같이 작은 톱니바퀴 하나가 역전시킨다는 얼토당토않은 생각도 하지 않아. 자네도 하나의 작은 톱니바퀴에 불과해. 너무 힘을 주고 버티다간 금방 뒤틀려서 부러져버릴 거야. 아니, 뒤틀려서 부러져버려도 상관없다고 자네는 말하겠지만, 어차피 부러질 거라면 경우를 가려가면서 부러지는 게 어떻겠나? 오카자키 같은 놈과 같이 죽겠다는 것은 바보 천치나 하는 짓이야."

가지는 잠자코 있었다. 오키시마의 말을 시인해서가 아니었다. 오키시마의 말에서는 다분히 끝이 없는 퇴로를 여는 듯한 위험이 느껴졌다. 그래도 그 반대 의견은 마음에 들었다. 그 말 속에 내포되어 있는 약간의 이유에 자신의 존재를 온전히 맡겨버리고 비호받는 것이다. 실제로는 아무 위안도 되지 않는다고 의식하면서도.

이름도 모르는 한 광부의 죽음 때문에 자신의 다채로운 앞날을 위험에 빠트리기보다는 '경우를 가려서' 오백 몇 십 명의 비참한 사내들, 아니, 1만여 명의 불행한 사내들을 위해 최선을 다하는 편이 '좀 더 의의가 있지' 않을까?

이렇게 해서 한 광부의 죽음은 충전 수갱의 굴속에 영원히 묻히게 되었다. 가해자는 오카자키다. 그는 피해자의 육체를 죽인 것에 지나지 않는다. 그 죽음의 의미를 손상시키고, 더럽히고, 말살하고, 악의 구제를 꾀한 것은 자신일지도 모른다.

가지는 자신의 냉랭해진 마음을 끄집어내서 철조망 너머에 있는 왕과 까오의 발밑에 던지고 "그게 나야!"라고 말하고 싶었다. "그게 일본인의 중국인에 대한 마음의 견본이야!"

그는 이렇게 말했다.

"너희들은 내가 뭐라고 설명하든 날 살인범과 한패로 볼 것이다. 그건 상관없어. 하지만 너희들이 침략당한 민족이고, 내가 일본인이기 때문이라는 이유만으로 날 침략자 취급한다면 너희들은 이 산에서 유일한 아군을 잃게 되는 거야."

"아군이라고?"

까오가 증오로 가득 차서 땅을 힘껏 굴렀다.

"뭘 해줬지?"

가지는 할 말이 없었다. 그러면서도 까닭 없이 화가 치밀었다. 네놈 따위가 내 마음을 알기나 해?

"아군이라고 생각하기 싫으면 그렇게 해!"

그 말에 대해 까오가 또 뭐라고 대꾸하려는 것을 왕시양리가 제지하고 말했다.

"한 사람이 살해되었다는 것은 앞으로도 같은 위험이 있다는 건가? 그러니까 당신의 손으로는 막을 수 없다는……"

"그렇게 되도록 놔두지 않아."

가지는 자기 목소리의 어두운 울림을 떨쳐버리듯이 덧붙여 말했다.

"너희들이 어떻게 생각하든 난 해야 할 일은 반드시 할 작정이야."

왕시양리는 길게 찢어진 눈으로 가지의 시선을 빨아들이듯이 보고 있었다.

그때 갑자기 뒤에서 떠들썩한 여자들의 교성이 들려왔다. 땅거미가 깔리기 시작한 길에 진동푸를 선두로 해서 한 무리의 매춘부들이 나타났다. 여자들은 화려한 색깔의 종잇장처럼 얇은 치파오를 입고 과감하게 몸매를 드러내고 있었다. 철조망 안쪽에 모여드는 사내들에게 손을 흔들고, 손가락질을 하고, 허리를 비비 꼬고, 웃고 떠들면서 다가오는 여자들은 흡사 나들이옷을 입고 잔치 구경을 가는 사람들 같았다.

가지는 철조망 정문에서 집총하고 서 있는 경비에게 말했다.

"열어주시오. 여자들을 들여보내겠소이다."

경비가 가시철사 문을 열었다.

"숙소 한 동에 열 명씩. 시간은 밤 10시까지."

진동푸는 기름을 바른 것처럼 반짝반짝 빛나는 큰 눈으로 가지를 보고 고개를 끄덕였다. 여자들은 와글와글 교성을 내면서 치맛자락의 옆트임으로 풍만한 허벅지를 드러내고 탱탱한 엉덩이를 보란 듯이 흔들어대며 들어갔다. 양춘란만은 원망스러운 눈초리로 가지를 보며 지나갔다.

가시철사 문이 닫혔다.

밤 10시. 밤하늘에 별은 없었다. 덧없는 번개가 가끔 번쩍였다.

가지는 철조망의 정문 앞에 섰다. 경비가 전등을 세 번 깜박여 신호를 보냈다. 넉 동의 숙소에서 여자들이 그림자처럼 나와 문 안쪽에 모였다. 아무 소리도 나지 않았다. 얇은 치파오에 싸인 육체의 곡선이 축 늘어진 것처럼 보였다. 엉덩이를 흔들어대며 걷는 여자는 한 명도 없었다. 경비가 가시철사 문을 열고 여자들의 몸을 더듬듯이 지켜보는 가운데 여자들이 한 명씩 조용히 나왔다.

진동푸가 가지 앞에 서서 메마른 목소리로 말했다.

"가지 씨, 담배, 없어?"

가지는 담뱃갑을 꺼냈다. 동푸가 부들부들 떨리는 손으로 한 대 뽑았다. 가지는 성냥으로 불을 붙여서 내밀었다. 여자가 불을 붙이고 그 불빛 고리 안에서 검은 그늘이 진 큰 눈으로 가지를 힐끗 보았다. 여자들은 녹초가 되어 있었다. 무릎을 덜덜 떠는 것 같았다.

가지는 낮에 약속한 고약을 꺼내 진동푸의 손에 쥐어주었다.

"수고들 했어. 젠빙을 보내놓았으니까 다 같이 먹고 쉬어."

진동푸는 다시 한 번 가지를 힐끗 보고 걷기 시작했다. 여자들은 사슬에 묶인 듯 다리를 질질 끌면서 걸었다. 양춘란만이 철조망 쪽을 몇 번이나 돌아보고 갔다.

37

"오늘 처음 알을 낳았어요."

미치코가 밝은 불빛 아래에서 눈을 반짝이며 말했다.

"너무 큰 소리로 울어서 개 같은 게 온 줄 알고 뛰어 나갔더니……"

이것 좀 봐요! 라며 달걀을 보여주었지만 가지는 응, 하고 대답할 뿐이었다. 말없이 먹고, 말없이 누웠다. 낯빛이 창백하고 흐렸다.

미치코가 걱정되어 물었다.

"무슨 일 있어요?"

가지는 오카자키가 저지른 살인사건에 대해 말하려고 했지만 아무래도 마음이 무거웠다. 오카자키를 나쁜 놈이라고 욕하는 것은 쉽다. 그 나쁜 놈은 내일도 갱내에서 활개를 치고 다닐 것이다. 그렇게 만든 것은 가지다. 그걸 미치코에게 말하는 것은 쉽지 않았다. 말하면 틀림없이 이리저리 돌려대는 변명이 될 것 같다. 아내에게까지 자기변호를 하고 싶지는 않았다. 자기변호만 했다, 오늘 하루는. 자기비판까지 자기변호로 바뀌어 있었다. '경우를 가려서' '좀 더 의의가 있게'……. 까오의 악담도 당연하다. 왕의 냉정하고 날카로운 눈빛이 얼마나 아팠던가.

"왜 그렇게 기분이 안 좋아요?"

"묻지 말아줘."

무언가 말하고 싶은 듯 미치코는 다리를 모아 옆으로 하고 앉았다. 스커트 아래로 드러난 미치코의 통통하고 하얀 무릎이 가지의 눈에 비쳤다.

"마치 집에 들어오는 게 싫은 것 같은 얼굴로……."

그런 얼굴을 보면 참을 수 없으리라. 모든 노력과 모든 감정을 한 사내와의 생활에 쏟아 부으려는 여자로서는. 더구나 오늘은 암탉이 처음 알을 낳았고, 그 작은 행복이 무슨 축복이나 되는 듯 들떠 있었다.

"왜 아무 말도 안 하세요?"

"……매음굴 포주를 남편으로 두고 싶지는 않겠지?"

가지는 누워서 얼굴만 돌리고 말했다.

"그런데 그렇게 되고 말았어."

미치코의 무릎을 보면서 가지는 다른 모든 것을 잊기 위해 그녀의 몸 전부를 머릿속에 그려보려고 했다. 그는 미치코의 몸을 자신의 그것보다도 잘 알고 있다고 생각했다. 그런데 상상 속에 그려지는 것은 미치코의 싱싱하고 하얀 육체가 아니라 얇고 화려한, 구겨진 치파오를 입고 다리를 질질 끌며 걸어가는 여자들 40명의 다양한 모습이었다.

미치코가 말했다.

"그래도 그것이 일의 전부는 아니잖아요. 극히 일부분이잖아요."

"당신이 들으면 구역질이 날 거야. 당신은 모를 거야. 모르는 게 나아. 여자 40명과 남자 600명이 어떤 것인지."

가지가 말하고 싶은 것은 꼭 여자들 이야기만은 아니었다. 그 거무칙칙해진 이마 위를 이가 꿈실꿈실 기어가고 있던 피해자에 관한 이야기다. 그것을 피해 그가 여자들에게 시킨 참혹한 육욕의 지옥화로 그 얼굴을 덮어버리려고 할 뿐이다. 그 사내 때문에 화내고, 떠들고, 괴로워하고, 그리고 결국은 타협해버린 한 일본인이 아무리 그럴싸한 이유를 갖다 붙인다 해도 집에 돌아오면 푸른 다다미 위에 누워 스커트 아래로 드러난 마누라의 무릎을 힐끔거리는 사내에 지나지 않는다는 것을 그 사내나 그 사내의 동료들은 분명히 알고 있을 것이다.

"당신이 들으면 놀라겠지?"

미치코는 작게 흔들리고 있는 가지의 눈동자를 가만히 바라보았다.

"난 오늘부터 살인범의 동료가 되고 말았어. 민족적으로도, 직업적으로도."

게다가 영혼까지도!

"설마……?"

미치코는 놀란 듯 목소리를 낮춰 물었다.

"누구죠?"

"……공범의 이름은 말하지 않을래."

가지는 부자연스럽게 웃었다.

"이것도 일의 극히 일부분일까? 이제 내가 하는 말을 광부들은 아무도 신뢰하지 않을 거야."

"……지나친 생각이에요."

미치코는 가지를 위로하기에 적당한 말이 떠오르지 않아서 애처로운 듯 미간을 찌푸렸다.

"시간이 흐르면 반드시 당신을 신뢰하게 될 거예요."

"그렇게 생각하고 싶어. 하지만 위로는 하지 않는 게 낫겠어, 오늘 밤은. 오래도 아니야. 잠시 동안만 잠자코 있어줘."

가지는 돌처럼 싸늘해졌다. 이제 아무 말도 하고 싶지 않았다. 하지 않겠다고 생각했다. 하고 싶은 것이 있다면, 이가 기어 다니던 죽은 이의 얼굴을 한 번 더 똑똑히 보고 그 이를 오카자키의 얼굴 위에 기어 다니게 하는 것인지도 모르겠다.

집 안은 전등불만이 희붐히 빛나고 있을 뿐이었다. 멀리서 개 짖는 소리가 들렸다.

"……속상해."

미치코가 불쑥 중얼거렸다. 고요한 밤공기 속으로 빨려 들어가는 것 같다. 말하고 나서 처량한 눈으로 가지를 쳐다보았다. 이런 것은 미치코의 결혼 설계에는 없었다.

"뭐가?"

아무 감정도 없는 목소리로 가지가 물었다.

"특수 광부들이 오고 나서 당신은 어디론가 가 버린 것 같아요."

그런가? 가지는 침울하게 웃었다. 오히려, 진짜 어디론가 가 버리지 않았기 때문에 이렇게 어정쩡한 것은 아닐까? 살인에 대해 자기변호를 하고, 아내의 무릎을 아름답다고 생각하기도 하고.

"……저 혼자서 씨름을 하고 있다고는 생각하고 싶지 않아요."

미치코가 가슴속에서 단어를 주워 모으는 듯한 어투로 말했다.

"당신은 아침 일찍 나가서 밤늦게야 돌아와요. 그동안 당신은 일을 하죠. 그동안 전 청소도 하고, 부엌일도 하고, 닭 모이도 줘요. 아무것도 하지 않는 것 같아요. 하지만 그것이 모두 기분상으로는 당신과 연결되어 있어요. 그런 하찮고 사소한 것 하나하나가 모두 당신을 지탱해주고 있다고 믿고 싶은 거죠. 이런 일은 가정주부라면 누구나 하는 것이겠죠? 하지만 저는 거기에 뭔가 다른 것이 있다고 생각하고 싶어요……."

그것이 행복으로 가는 길이라고 믿은 것이다. 사실이야 어떻든 간에.

두 사람은 각자 다른 한 점을 의미도 없이 바라보고 있었다. 그러면서 두 사람 이외의 어떤 곳에서든 구원의 손길이 뻗어오기를 기다리고 있는 듯했다.

"미안해."

잠시 후에 가지가 힘없는 목소리로 말했다.

"앞으로 조심할게."

이런 따분한 생각을 하기 때문에 양치기 개나 살인자의 동료가 된 것은 아니었을 것이다.

"난 일에 지친 것 같아. 앞으로 조심할게."

가지는 일어나 앉아서 미치코를 끌어당겼다. 미치코는 처음엔 어색한 무언가를 느꼈지만, 그래도 가지의 다부진 가슴에 기대 그의 품에 얼굴을 묻었다. 그러면서 모래먼지가 불어대던 날 트럭 위에서 스스로에게 행복의 출발을 축복한 것을 떠올렸다. 가지는 미치코의 머리카락을 어루만지면서 벽걸이 접시의 떨어질 줄 모르는 포옹을 보고 있었다. 황홀하고 지극한 행복의 경지에 있는 남녀가 자신과는 아무 인연이 없는 것으로 보였다. 남자와 여자는 결코 이들처럼 끌어안을 수 없을 것이라는 생각조차 들었다.

미치코가 속삭였다.

"생각은 이제 그만해요. 지금 이 순간만이라도."

그래. 지금은 아무 생각도 말자. 가지는 또다시 벽걸이 접시 쪽으로 시선을 돌렸다.

38

며칠 후 아침, 가지는 출근하자마자 특수 광부에 관한 두 건의 기안 문서에 기안자 날인을 해서 쇼하이를 시켜 본관으로 보냈다. 전날 밤에 집에서 써둔 것이다. 가지에 비하면 글씨를 훨씬 잘 쓰는 미치코가 빨간 줄이 그어진 양면괘지에 정서하면서 "이것이 결재되면 당신 걱정도 반은 줄겠어요."라며 기대에 찬 표정을 보였다.

하나는 특수 광부에게도 갱 밖 인부에 준하는 공임을 지급하고, 그들이 철조망에서 나오는 날까지 노무계에서 그것을 보관한다는 안이다. 다른 하나는 특수 광부 취급에 관한 복무규정을 새로 제정하여 특수 광부의 안전을 보장하자는 안이다.

쇼하이가 문서를 가지고 가자 가지는 소장이 전화를 걸어올 것이라고 예상하고 기다렸다. "자네는 2할 증산의 돌격 월간이 한창일 때 이런 게 꼭 필요하다고 생각하나?"라든가, "포로들에게 쓸데없는 신경을 쓸 틈이 있다면 1만 명에 달하는 일반 광부들의 실적을 좀 더 높일 궁리부터 해!"라고, 어쨌든 질타를 해댈 것은 뻔했다. 그리고 결국 안건은 둘 다 부결될 것이다. 그래도 상관없다. 그것으로 싸울 수만 있다면. 가지는 광부의 상해치사 건으로 소장에게 비굴하게 굴복했지만, 다른 각도에서 소장을 물고 늘어지며 그 불법적인 권력에 도전하지 않고는 마음이 진정되지 않았던 것이다.

전화가 오기를 기다렸다. 오늘은 흥분하지 않고 차근차근 따져가며 소장을 막다른 골목에 몰아넣으리라.

잠시 후에 책상 위의 전화가 울었다. 가지는 그 전화기를 소장으로 간주하고 신중하게 수화기를 들었다. 수화기 너머의 목소리는 그러나, 지금의 그에게는 전혀 뜻밖의, 게다가 최악의 전화였다. 특수 광부 숙소의 경비 초소에서 온 전화로 특수 광부 네 명이 탈출했다는 것이었다. 언제? 어디에서? 다급하게 추궁하는 가지에게 들린 답은 요령부득이었다.

오늘 아침 낮대거리인 220명은 오키시마가 책임지고 일터로 보냈을 것이다. 어제 밤대거리인 235명은 오늘 아침의 낮대거리가 입갱한 후 노무계원이 인솔하여 데리고 내려왔다. 인원수 파악도 정확하다. 병이나 부상, 태만에 의한 숙소 잔류는 136명이고 사망자 1명이니까 총원 592명이면 정확히 들어맞는 계산이라고 관계자들은 생각하고 있었다. 그런데 가끔 하는 일이지만 작업 단위별로 실제로 가동되는 광부 수를 조사하기 위해 1, 2번 채광구의 현장 배치를 점검해보니 현장에 투입되었을 220명에서 네 명이 부족했던 것이다.

통동 갱구까지 오키시마가 인솔해가는 데 실수가 있었다고는 생각할 수 없었다. 갱내로 들어간 뒤 그 짧은 시간에 탈출을 계획해서 성공한다고도 생각할 수 없다. 숙소에서 탈출하지도 않았다. 그렇다면 현장에서 탈출했다는 말인데, 어젯밤 밤대거리 235명 중 네 명이 야음을 틈타 현장을 둘러싸고 있는 높은 철망 울타리를 타고 넘어가든지 해서 탈출했고, 오늘 아침 교대할 때 낮대거리에서 네 명이 하산하는 밤대거리에 섞여서 인원수를 맞춘 것으로밖에 생각할 수 없다. 필시 현장 배치 후에 인원수 점검이 있으리라고는 생각하지 못하고 몰래 바꿔치기한 것이 틀림없다.

현장에서는 노무계의 추궁에 응하지 않았다. 현장 경비도 조수도 어젯밤에는 탈출한 흔적이 없다고 하고, 현장을 둘러싸고 있는 철망에도 타고 넘어간 것으로 보이는 흔적은 없다고 단언했다. 아무도 헌병대에게 책임 추궁을 당하고 싶지 않은 것이다.

주야조晝夜組 교대에 대해 모든 책임을 지고 있는 오키시마는 하루를 통째로 날려도 몰래 바꿔치기한 네 명을 찾아내서 자백을 받겠다고 으르렁댔지만 가지가 말렸다. 다른 때와는 입장이 바뀌었다. 늘 직진하는 가지에게 브레이크를 거는 오키시마가 이번에는 기를 쓰고 직진하려고 했다. 자신의 책임하에 있는 일로 우롱당했다는 느낌이 강한 모양이다.

하지만 가지의 말은 광부의 얼굴과 지문과 붉은 패와 명부를 대조해 보아도 탈출한 네 명의 정체는 알 수 없다는 것이다. 인명人名 같은 것은 그들이 하려고만 들면 588명이 5,880명도 될 것이다. 필요한 것은 몇 번의 누구라는 이름의 사내가 탈출했느냐가 아니라 어떻게 탈출했느냐다.

소장에게 보고하자 소장은 처음엔 가볍게 웃기까지 했다.

"여기저기서 잘도 도망들 가는군."

말하면서 가지와 오키시마를 번갈아 보았다. 지난번 광부들이 빼돌려진 일을 또 비꼬고 있는 것이다.

"전문가인 자네들이 모든 조치를 다 취하고 있을 테니 문외한인 내가 질책 같은 건 하지 않겠네. 하지만 헌병대가 트집을 잡으면 어쩔 생각인가?"

"어쨌든 저희가 1년 내내 불침번을 설 수는 없지 않습니까? 현장 근무자들에게 좀 더 주의하라고 할 수밖에요."

오키시마가 그렇게 대답하자 소장은 갑자기 언성을 높였다.

"책임전가를 할 생각인가, 오키시마 군? 이번 탈출의 책임은 가지 군인가, 자네인가?"

오키시마가 큼직한 눈알을 굴렸다.

"책임은 누구에게도 없습니다. 굳이 말하자면 전쟁에 있겠죠. 하지만 저에게 있다고 해둡시다. 책임을 지라면 언제든 지겠습니다."

"좋아. 그러나 자네에게 말해두지만 헌병대에 대해 최종 책임을 지고 있는 것은 자네가 아니라 나란 말일세. 자네의 문책성 사직 정도로는 이번 문제가 정리될 것 같지 않단 말이야."

노무계의 간부 둘이 어쩌다 이렇게 다 반항적이 된 것일까? 라는 눈빛으로 소장은 또다시 둘을 번갈아 보았다. 군이 아무리 횡포하다고 해도 포로 네 명이 탈출한 것쯤으로 설마 중요 광산의 소장이나 간부 직원을 어떻게 하지는 않을 것이다. 요는 부하면 부하답게 행동하면 된다. 그런데 그러기는커녕 오히려 뻗대고 있지 않은가!

결국 그 자리는 가지가 소장에게 사과하는 것으로 수습되었다.

그 후 가지와 오키시마는 철조망 안으로 들어가 왕시양리 이하 다섯 명의 대표를 불렀다. 오키시마가 마음 단단히 먹고 다그치는 힐문에 대표들은 하나같이 "몰라." "모른다."라고 부정할 뿐이었다. 예상한 일이었고, 당연한 것이기도 했지만 다섯 사내의 시치미를 떼는 얼굴은 오키시마의 분노에 기름을 부었다. 그는 옆에 가지가 있었기 때문에 광부들을 때리는 것만은 삼가야 했다. 그 때문에 분노가 갈 곳을 잃고 그의 마음을 잠식했다.

"너희들이 만약 군의 관리하에서 이렇게 입을 다물고 있었다면 너희들 중 네 명이 도망자들을 대신해 총살당했을 것이다."

오키시마는 당장이라도 폭발할 것 같은 목소리로 말했다.

"여기선 어떤 짓을 해도 총살까지는 당하지 않을 것이라고 너희들은 우습게보고 있을 것이다. 너희들이 폭력을 두려워하고 온정을 멸시하는 비열한 놈들이라는 것을 알았으니 앞으로 나는 가차 없이 폭력을 휘두를지도 모르겠다. 너희들은 나름 머리를 써서 이번 사태를 잘 수습하겠다고 생각하고 있는 모양인데, 너희들 다섯 명의 생각에는 한 가지 맹점이 있다. 가지나 내가 마음만 먹으면 내일이라도 당장 너희들을 그 밀폐된 화물차에 처넣고 군의 관리를 받게 할 수 있다는 것이다. 그리고 그 결심은 지금이라도 할 수 있다."

다섯 명의 사내들은 얼굴을 마주 보았다. 그 사이를 어떤 우울한 그늘이 지나간 듯했으나 아무도 말이 없었다.

"잘 생각해봐. 난 너희들 중 네 놈이 어떻게 탈출했는지에 대해선 묻지 않겠다……."

가지가 느린 말투로 유창한 오키시마를 대신했다.

"물어보지 않아도 언젠가는 알 수 있는 일이니까 누가 주모자이고 어떤 계획하에 어떤 경로로 탈출했는지 일체 묻지 않을 것이다. 탈출하고 싶으면 탈출해라. 네 명, 다섯 명이 아니라 열 명이고 스무 명이고 탈출하란 말이야. 필요하면 탈출하는 방법까지 가르쳐줄까?"

다섯 사내의 안색이 미묘하게 흔들렸다. 무슨 소릴 하나 하고 의심하고 경계하는 모습이었다.

"이 산에는 현장과 노무계를 합해 소총이 스무 정밖에 없다. 그것도 구닥다리 38식 보병총이야. 사격의 명수도 없다. 쏴도 맞을 걱정은 별로 없어. 현장에 투입될 때 너희들은 매일 이 철조망으로 나간다. 그때는 대개 경비가 두 명에 노무계원이 두 명이다. 한꺼번에 덤벼들면 30초면 제압할 수 있어. 그러고 나서 철망 울타리를 부수고 가고 싶은 방향으로 흩어지면 돼. 주재소 순사는 네 명밖에 없다. 문제가 되지 않겠지? 헌병대나 군대에 연락해도 올 때까지는 몇 시간이나 걸린다. 너희들은 가고 싶은 곳으로 도망갈 수 있다. 어떤가?"

다섯 사내는 말 속에 숨겨진 함정을 찾아내려고 가지에게서 눈을 떼지 않았다. 의표를 찔린 것은 오히려 오키시마다. 그의 부리부리한 눈동자는 가지의 말이 끊길 때마다 당장이라도 튀어나올 것 같았다. 이놈이 도대체 무슨 말을 하려는 거야? 가지는 그러나 개의치 않고 계속했다.

"난 너희들이 몇 명 탈출해도 헌병대에는 보고하지 않을 것이다. 너희들을 포로라고는 생각하지 않기 때문이다. 솔직히 말해서 너희들이 이 산에 온 것은 내게 성가신 일이다. 그래서 이번 기회에 한마디 해둔다. 너희들의 이익을 지켜주고 있는 나를 너희들이 신뢰하지 않고 탈출한다면 나도 너희들을 일체 신뢰하지 않을 것이다. 남은 사람들이 현장에서 어떤 취급을 당하든, 어떤 어려운 작업을 하게 되든 난 너희들을 감싸주지 않을 것이야. 건장한 자가 도망쳐서 작업능률이 떨어지면 이곳의 규칙에 따라 그만큼 너희들의 식량 할당도 줄이겠다. 포로는 최저생활을 보장받고 있지만, 일하지 않는 광부는 보장받지 못해. 난 너희들을 포로라고는 생각하지 않는다. 따라서 자발적으로 능력을 떨어뜨리는 너희들의 생활을 보장하는 의무를 난 인정하지 않겠단 말이다. 알겠나?"

짧은 침묵이 흘렀다. 왕이 조용히 말하기 시작했다.

"네 명의 도망자는 독자적인 행동이었다. 설령 우리와 상의를 했다고 해도 우린 막을 수가 없어. 우리 다섯은 일본인 관리자와의 연락책에 지나지 않으니까 개인적인 행동에 제한을 줄 수는 없단 말이야."

뭐라고? 라고 말하듯 오키시마가 몸을 움직였다. 가지가 냉정하게 말했다.

"아예 거리낌 없이 왕시양리의 지도 아래 조직적으로 탈출을 계획한 거군. 뻔히 들여다보이는 말은 하지 않는 게 나아. 현명한 왕시양리가 그런 유치한 거짓말밖에 할 줄 모르나? 그리고 그걸 진실로 받아들일 정도로 우리가 바보라고 생각하나?"

"거짓말 아니다, 나, 몰라."

3호 숙소의 황이 말했다.

"넌 모를 테지."

오키시마가 씹어 먹을 듯한 기세로 눈을 부릅떴다.

"누구와 누가 어떻게 도망쳤는지, 그것밖엔 모를 테지. 네 명은 탈출에 성공했다. 그렇다면 나도 탈출할 걸 그랬다. 지금 네 머릿속에선 그 생각뿐일 거다, 이 빌어먹을 놈아!"

"나, 탈출 안 한다. 갈 곳 없으니까."

황은 장사치처럼 간살스러운 웃음을 지으며 대답했다.

"넌?"

가지가 까오에게 물었다. 첫 희생자가 나온 날에 덤벼들었던 사내다. 뭐라고 대답할까?

"탈출 안 해!"

까오는 무뚝뚝하게 대답했다. 그리고 자국어로 강하게 단언했다.

"난 여기서 당당하게 나갈 거야!"

왕이 가만히 웃었다. 까오가 가지와 오키시마를 무시하듯 대답한 것이 마음에 든 모양이다.

"좋아. 그럼 탈출하는 길을 가르쳐줄 테니까 잘 들어라."

가지는 까오의 얼굴로 날아가는 오키시마의 손을 제지하고 까오를 노려보았다.

"실수로라도 현도縣道로는 나가지 마라. 오늘 이후 그 길로 탈출하는 자는 모두 잡힌다. 철도 연변 길도 안 된다. 산을 넘어 서쪽으로 가라. 120리(약 200리)쯤 가면 탄광이 있다. 그곳에 가서 숨어라. 그러나 오래 머물러서는 안 된다. 일주일 이내에 너희들의 지문이 전부 보내지니까 지문을 대조하면 2주일 이내에 너희들은 체포될 것이다. 따라서 탈출하려면 2주 이내다. 알겠나?"

가지는 왕시양리를 제외한 다른 사내들의 얼굴에 어렴풋이나마 두려움이 스치는 것을 보았다.

"탈출해서 어디로 갈까?"

가지는 말을 이었다.

"도중에 체포되어도 난 너희들의 신병을 인수하지 않을 것이다. 너희들은 체포되면 처형당한다. 죽고 싶은 놈은 탈출해. 일본군이 그물을 치고 있는 대륙을 횡단해서 수천 리나 떨어져 있는 너희들의 고향으로 도망가거라. 고생이 막심하겠지. 그리고 또다시 일본군의 포로가 되어 이번에야말로 죽을 때까지 고통을 받게 될 거야. 나처럼 만만한 사람이 어디에나 있을 것이라고는 생각하지 마라. 죽고 싶은 놈이나 여기에 있을 때보다 더 고생하고 싶은 놈은 탈출해. 망설일 필요 없다."

가지는 왕시양리의 창백하고 침착한 얼굴을 보았다. 이 사내에게는 감정의 동요라는 것이 전혀 없단 말인가. 아니면 늘 완벽하게 의지의 통제하에 있단 말인가. 그의 얼굴 표정은 희로애락의 그 어느 것에도 속해 있지 않았다.

가지는 그들이 화물열차로 실려온 날을 떠올리며 화가 치밀었다. 그때 아귀 떼처럼 젠빙을 실은 짐마차로 덤벼든 그들은 분명히 상대가 누구든 따뜻한 비호의 손길을 구해야만 하는 가련한 사내들이었다. 지금 그들은 무차별적으로 일본인을 증오하고, 그 증오의 힘과 지혜로 탈출을 계획하고 실행했으며 앞으로도 실행할지 모른다.

"왕, 너는 일본인들도 개인마다 큰 차이가 있다는 걸 인정해야 해."

가지가 말했다.

"여기를 너희들의 가장 안전한 장소로 만드느냐 그렇지 못하느냐는 너희들에게 달렸다. 그럼 난, 내가 할 말은 다했다. 이제부터는 너희들이 잘 생각해볼 차례다. ……오키시마 씨 갑시다."

가지는 걸어가기 시작했다. 오키시마는 아직 할 말이 남았는지 다섯 사내를 한 번 더 둘러보고 가지의 뒤를 따랐다.

왕이 불러 세웠다.

"종이와 연필 좀 빌려줄 수 없을까?"

"뭣에 쓰게?"

오키시마가 물었다.

"이곳 정보를 적어서 탈주자들을 통해 팔로군에 갖다 주려고?"

왕과 가지가 동시에 미소를 지었다.

"그렇지 않아."

왕이 딱 잘라 대답했다.

"적어놓고 싶은 게 있어. 종이는 반드시 돌려주겠다."

"알았다. 나중에 가지고 오지."

가지가 대답했다.

철조망 밖으로 나왔을 때 오키시마가 숙소 벽에 기대 느긋하게 이를 잡고 있는 특수 광부들을 보고 가지에게 말했다.

"저놈들이 또 탈출할까?"

"……탈출하겠지."

가지는 냉정하게 말했다. 이제 탈출하려고는 하지 않을 것이다. 그들이 바보가 아닌 이상 자신의 관리하에 있는 것이 가장 안전하다고 판단할 것이다. 전쟁이 영원히 지속되는 것은 아니다. 그들도 마침내 해방될 것이다. 그것도 필시 승자로서.

가지는 덧붙여서 말했다.

"여기에 있을 필요가 없겠지. 저들은 자기 고향에서 살고 있었는데."

첸의 귀가 간질간질하겠구나, 하고 속으로 쓴웃음을 지었다. 그러나 그들이 꼭 자기 고향에서 자신의 의지대로 살았던 것만은 아니다. 1937년부터 일본인과 중국인은 정반대의 입장에 서서 서로 자신의 의지대로 사는 자유를 잃었다. 그러므로 판단할 것이다. 신변의 안전을 도모할 수 있는 곳이 어디인지.

"정말로 헌병대에 탈출 보고를 하지 않을 생각인가?"

오키시마가 물었다.

"섣불리 처리했다간 큰일날걸세."

"아니, 물론 해야지. 난 그 정도로 호걸은 아니야, 유감스럽게도."

가지는 와타라이 중사의 오만한 얼굴과 강철 같은 체구를 떠올렸다. 그것은 그날 이후 하루도 가지의 의식에서 떨쳐버릴 수 없게 된 존재였다.

39

첸의 어머니는 3주 동안만 행복을 맛보았다. 긴 인생을 살면서 아침저녁으로 밀가루를 먹은 것은 이번이 처음이었다. 첸은 이렇게 할 수 있는 것도 한 달이면 끝난다고 미리 말해놓았지만, 어머니는 이웃 아낙네들에게 아들이 한 일을 자랑스럽게 말하고 다녔다. 자네들 바깥양반들은 못하는 걸 우리 애는 나이가 어린데도 해내지 뭔가. 그게 다 어렸을 때 잘 가르쳤기 때문이네, 라고.

그녀는 전족을 해서 작은 발로 아장아장 산둥에서 건너와 원하는 사내를 물어물어 찾아냈을 때보다도 밀가루 만두를 안고 돌아오는 아들을 지저분한 이불 안에서 바라보는 것이 더 좋았다. 젊은 날의 열정적인 추억은 '참혹하고 고통스러운 움막' 생활로 이미 닳아 없어졌다. 하얗고 통통한 만두는 맛도 좋을 뿐만 아니라 아들의 출세를 암시하는 듯했다. 언젠가 그녀는 산둥으로 돌아가서 만주에서의 성공과 행복을 자랑할 수 있으리라.

하지만 이 행복은 3주 만에 끝을 고했다. 22일째 첸이 풀이 죽어서 빈손으로 돌아왔을 때 어머니는 물었다.

"잊은 게냐?"

"아니요, 이제 끝났어요."

"그런 바보 같은 소리는 하지 마라. 창고에 밀가루가 산처럼 쌓여 있다고 하지 않았니?"

"처음부터 말씀드렸잖아요."

첸은 짜증을 내며 말했다.

"한 달밖에 못 가져온다고."

"아직 한 달이 안 됐잖니. 22일째야."

첸은 말없이 나갔다. 마을 만두집 주인에게 부탁해서 만두를 두 개 사가지고 돌아왔다. 암시장 가격으로 한 개에 25센이니까, 1엔 50센의 일급은 이것으로 3분의 1이 사라지는 셈이다. 첸은 아궁이에 불을 지피면서 생각했다. 어머니는 어차피 얼마 못 사신다. 앞으로 일주일만 매일 만두를 사오자. 첸은 그것을 실행했다.

기한이 다 되자 돈도 떨어졌다. 첸은 어머니에게 선언했다.

"이제 내일부터는 없어요!"

어머니는 잠자코 있었다. 검푸른 이마에 굵은 지렁이 같은 혈관이 튀어나와 꿈틀꿈틀 움직이고 있었다.

다음 날부터 수수와 콩깻묵 죽으로 밥상을 차려드렸지만 어머니는 먹지 않았다. 환자의 허약해진 위와 고집이 미식美食에 길들여져서 말 사료를 받아들이지 못하는 것 같았다. 이틀 동안이나 어머니가 아무것도 먹지 않았지만 첸은 그냥 내버려두었다. 어머니는 울면서 쉰 목소리로 악을 썼다.

"넌 내가 일찍 죽었으면 좋겠니?"

첸은 그 말을 듣는 순간에는 정말로 일찍 돌아가시는 게 낫겠다고 생각했다. 뭣 때문에 사는 거예요? 산둥으로 돌아가서 쓸데없는 자랑이나 하고 싶어서 살고 있는 거잖아요.

어머니는 악을 써봤지만 첸이 잠자코 있자 겁이 났다. 그래서 이번에는 애원해보았다. 하루에 한 번이면 된다. 아니 이틀에 한 번, 사흘에 한 번이라도 좋으니까 기분 좋게 목구멍을 넘어가는 음식을 먹여줄 수는 없겠니? 제발 부탁이다! 잔소리를 해서 내가 미안하구나. 난 이제 살날도 얼마 남지 않았잖니.

첸은 어머니의 베갯맡에 있는 양철통을 보았다. 폐품으로 만든 저금통이다. 어머니는 그 통에 자린고비처럼 악착같이 첸의 잔업수당을 모아두었다.

"거기 모아둔 돈으로 밀가루를 사죠."

첸이 그렇게 말하기 전에 그의 눈이 저금통에 가 있는 것을 알고 어머니는 양철통을 끌어안았다.

"안 된다! 이것만은 안 돼! 무슨 말을 하는 거니? 난 이걸로 산둥으로 돌아갈 게다. 난 이제 얼마 살지도 못한다. 관 준비도 해야 하잖니. 이제 됐다. 더 이상 만두 타령은 하지 않으마. 이것만은 손대지 마라."

실제로 어머니는 그때 이후 밀가루 이야기는 일체 꺼내지 않았다. 눈물을 흘리면서 수수와 콩깻묵 죽을 먹었다. 첸은 매일같이 돌아오는 식사 때가 우울했다. 어머니가 쉰 목소리로 악을 쓸 때가 차라리 나았다. 그러다가 어머니는 먹은 것을 토하기 시작했다. 먹고 나서 두 시간 이상 지났는데도 수수 알갱이와 콩깻묵 조각은 그대로였다. 그래도 어머니는 말 사료를 말없이 먹었다.

진료소 의사가 처방해주는 약은 아무 도움이 되지 못했다. 첸은 다시 한 번 가지에게 부탁해보려고 생각했다. 답은 정해져 있는 것이나 다름없다. 너한테만 창고에서 내어줄 수는 없어. 그 대신 가지는 주머니에서 돈을 꺼내 줄 것이다. 이걸로 어머님께 사다 드리게, 라고 말하면서.

그 호의를 한 번 받으면 두 번 받고 싶어질 것이다. 가지는 두 번이든 세 번이든 돈을 줄지도 모른다. 하지만 그때마다 첸의 인간으로서의 가치는 떨어지는 것이나 다름없다. 그리고 어느 날 가지가 말할 것이다. 난 돈은 빌려주지 않겠네. 첸이라는 청년을 거지로 생각하고 싶지 않을 뿐이야.

첸은 문득 진지한 가지의 얼굴과 미치코의 상냥한 얼굴을 나란히 떠올려보았다. 미치코는 악의도 핑계도 없는, 늘 미소를 준비하고 있는 얼굴이었다. 가지의 심부름 때문에 가끔 가서 본 얼굴은 늘 그랬다. 부끄럽지만 아주머니께 부탁해볼까? 약간의 밀가루 정도는 꿔줄지도 몰라.

저녁때, 가지가 돌아갈 기색이 없는 것을 보고 첸은 물었다.

"늦으십니까? 본관에 회람을 돌려주러 가는 길에 댁에 가서 사모님께 말씀드릴까요?"

"……그래, 부탁 좀 할게."

가지는 미치코의 쓸쓸해하던 얼굴을 떠올렸다. 속상해, 라고 불쑥 중얼거리던 얼굴을.

첸은 가지의 집에 가서 문을 두드렸다. 안에서 밝은 목소리가 들렸다. 문이 열리자 하얀 얼굴이 달콤한 향기를 풍기는 듯했다.

"가지 씨가 또 늦을 것 같습니다. 무척 바쁘시거든요."

미치코의 표정은 조금도 어두워지지 않았다.

"일부러 알려주러 온 거예요? 정말로 고마워요."

웃고 있었다. 첸은 망설였다. 도저히 말을 꺼낼 수가 없을 것 같았다. 염치없이 구걸하러 온 것을 호의로 받아들이니…….

"저기……."

우물거리면서 말을 못하자 미치코의 가는 눈썹이 조금 움직였다. 입술은 아직 웃고 있었다.

"말해요. 어려워하지 말고."

첸은 얼굴이 벌겋게 달아올라 말하기 시작했고, 말이 끝났을 때는 그 낯빛이 구겨진 종잇장처럼 변해 있었다. 이렇게 친절한 사람에게 이런 구차한 부탁을 하러 오다니!

"어렵게 왔을 텐데……."

미치코는 반짝반짝 빛나는 눈동자를 바쁘게 움직였다.

"이걸 어쩐다……. 잠깐만요."

몸을 휙 돌려 안으로 뛰어 들어간 미치코의 하얀 허벅지가 첸의 눈에 새겨졌다.

잠시 후 종이에 싼 것을 들고 나온 미치코는 주뼛주뼛했다.

"첸 씨, 기분 나쁘게 생각하지 말아요."

미치코는 종이 꾸러미를 첸에게 내밀며 말했다.

"과자예요. 한 개밖에 없지만 어머님께 갖다 드리세요. 밀가루를 어떻게든 주고 싶지만 공교롭게도 똑 떨어졌네요. ……그이를 나쁘게 생각하지는 말아요. 그이도 당신한테 주지 못한 것을 틀림없이 애석해할 테니까요."

규칙도 때를 좀 가려가면서 적용해야지, 라고 미치코는 가지의 완고함을 생각했다.

"……알고 있습니다."

첸은 고개를 숙였다. 미치코는 손을 뻗어 첸의 손에 5엔 지폐를 슬며시 쥐여주었다.

"기분 나쁘게 생각하지 말아요."

미치코의 목소리가 새 목욕물처럼 첸의 몸에 스며들었다.

"그이가 해주고 싶어도 해주지 못한 것을 내가 한 것뿐이니까요. 그러니까 그이한테도 그렇고 다른 사람한테도 말하지 말아요. 실은 내가 사서 어머님께 가져다 드리는 게 좋지만……."

가지의 집을 나왔을 때 첸은 기쁨과 부끄러움으로 숨이 막힐 뿐이었다. 땀이 밴 손으로 쥐고 있던 지폐를 더 힘껏 쥐었다. 오길 잘한 것 같다. 친절한 사람이 바로 여기에 있었다. 그 대신 두 번 다시 올 수 없게 되었다.

40

미치코에게 받은 5엔 지폐는 행운의 여신처럼 느껴졌다. 하지만 이 행운의 여신은 걸음이 빨랐다. 전부터 병든 노모가 고통을 호소하며 안마 치료를 받게 해달라고 보채기에 5엔이 있으니까 그 정도쯤이야, 라고 속셈을 하고 안마사를 불러주었다.

그런데 이번엔 어머니가 이 집은 가난과 재난, 병의 액운이 끼어 있는 것 같으니까 무당을 불러와 굿을 해야 한다고 고집을 부렸다. 남은 돈을 생각하니 그것도 못할 것은 아니었다. 박수무당이 와서 괴이한 주문과 행동을 되풀이하더니 거금 2엔 50센을 챙겨서 돌아갔다. 어머니는 편안해졌다고 말하면서 이불 안에서 신음했다.

첸은 박수무당이 한 말 중에 이상하게 신경에 거슬리는 말이 한 가지 있었다. 동쪽에 자기를 도와주는 인간이 있다는 것이다. 동쪽이고 가까운 곳이면 만두집이다. 믿는 것은 아니다. 어쩌면 밀가루를 나누어줄지도 모를 일이다.

첸은 낮 휴식시간에 마을의 만두집 할아범에게 갔다. 늘 번들번들하게 면도를 한 할아범의 대머리가 창문 너머로 보였을 때 첸은 준비해 온 말을 다시 한 번 순서대로 되풀이해보았다.

뒷문에서 좁은 작업장 쪽을 들여다보니 할아범은 밀가루를 반죽하면서 한 여자와 이야기를 나누고 있었다. 여자는 분홍색의 얇은 치파오가 찰싹 붙어 있는 큰 엉덩이를 첸 쪽으로 내밀고 작은 소리로 재잘

거리고 있었다.

할아범이 말하는 소리가 들렸다.

"……평범한 사람은 힘들겠군. 전파상에 누가 있으면…… 그렇지, 변전소에 아는 사람이 있으면 제일 좋겠군그래."

첸은 말을 걸었다.

"안녕하세요, 영감님?"

"아아, 어서 오게."

대머리가 말하면서 움직였다.

"어머님은 어떠신가?"

여자의 큰 엉덩이도 방향을 바꿨다. 진동푸가 웃는 얼굴로 말했다.

"안녕하세요, 첸 씨? 여기 영감님이 당신 칭찬을 많이 하더군요. 첸 씨는 요즘 보기 드문 효자라고."

왠지 형식적인 인사로 들렸지만 첸은 여자의 풍만한 젖가슴과 큼직한 엉덩이의 곡선에 기가 죽어서 무의미하게 웃었다.

"만두 줄까?"

영감이 말하고 나서 만두를 얹어놓은 선반 쪽으로 손을 뻗었다.

"오늘은 영감님한테 부탁이 있어서요."

영감은 내린 손을 반죽하던 밀가루로 다시 가져와서 부지런히 반죽하기 시작했다.

"제발 밀가루 좀 나눠주실 수 없을까요?"

"얼마나?"

"한 포대든 반 포대든……."

영감은 갑자기 밀가루 범벅이 된 손으로 자기의 대머리에 붙은 큰 똥파리를 멋지게 때려잡았다.

"한 포대라고?"

"값은 곱절을 받아도 돼요. 월급과 보너스로 나눠서 드려도 된다면요. 일부는 지금 드리고요."

말하고 나서 미치코에게서 받은 돈 중 얼마 안 되는 나머지를 바지 주머니 속에서 쥐었지만 영감의 얼굴에 나타난 거절의 뜻을 알아채고 황급히 덧붙였다.

"뭣하면 당장 다 드릴 수도 있어요. 반장님한테 빌릴 수 있으니까요. 어머니는 한 포대를 다 드시지도 못하고 돌아가실 것 같지만, 돌아가실 때까지만이라도 기쁘게 해드리고 싶어요."

"자네 마음은 알지만."

영감은 밀가루를 반죽하면서 말했다.

"나도 장사에 쓸 재료조차 구하기가 쉽지 않으니 원."

"반장이면 가지 말인가요?"

진동푸가 옆에서 물었다.

"네. 그 사람은 날 신뢰하고 있어요."

"당신은 성실하니까 누구에게나 신뢰를 받겠죠?"

"영감님, 좀 부탁드리겠습니다."

첸은 최선을 다해 간살을 부리며 웃었다.

"신뢰는 하지만 밀가루는 내줄 수 없다는 거군."

영감이 비꼬면서 웃었다. 영감은 밀가루에서 손을 떼고 첸의 단정한 용모를 말끄러미 쳐다보았다.

"자네가 성실한 젊은이라는 건 익히 알고 있네만, 일본인의 비위를 맞춰주기 위해 자유롭지 못한 것을 참고 있는 건가? 어머님이 드시고 싶은 것도 드시지 못하는데……."

첸은 영감의 강한 눈빛에 압도되어 진동푸 쪽으로 시선을 돌렸다. 진동푸는 교태를 부리며 웃었다.

"자네가 가져갈지 말지 고민하고 있는 동안 일본인들은 식량창고에서 실컷 가지고 나가서 배부르게 먹고 있을 거네. 모르지는 않겠지?"

영감이 말을 이었다.

"식량창고에 있는 것들은 모두 자네들이 몇 근씩 배급받을 권리가 있는 것들이네. 그렇지?"

"그야 그렇지만……."

첸은 우물거렸다.

"그야 그렇지만 일본인의 비위를 상하게 해서 좋을 건 없다? 잘 생각해보게, 젊은 양반. 중국인에게 배급해줄 식량을 일본인이 마음대로 가져가는 것은 도둑질이 아니고, 중국인이 자기들 몫을 가지고 가는 것은 도둑질인가?"

영감은 젊은이에게 기묘한 설교를 하는 것이 몹시 재미있는 듯 싱글벙글 웃었다.

"하긴 말없이 가지고 나오는 것은 좋지 않지. 그야말로 도둑질이니까. 하지만 말없이 가지고 나오는 방법밖에 없을 때는 어떻게 하겠나? 이 마을 내 음식점들이 밀가루를 어디에서 가지고 올 거라고 생각해? 다 거기에서 나오는 거야. 노무계의 창고 말이네. 우리도 대부분 거기에서 빼돌리지. 창고지기 곰보가 가지고 와. 놀랐지? 곰보뿐만이 아니야. 일본인이 음식점에 가지고 와서 파는 경우도 종종 있어. 자, 이런 상황인데 자네가 슬쩍하는 게 싫다고 어디에서 산다고 해서 그게 훔쳐낸 물건이 아닐까? 바보 같은 얘기지. 이런 바보 같은 얘기도 없을 거야."

 첸은 눈 둘 곳이 없어서 고개를 숙였다. 전혀 모르는 바도 아니었지만 이렇게까지 노골적으로 듣고 나니 기분이 묘해진다. 게다가 진동푸가 영감의 작업대 아래에서 치파오의 옆트임 사이로 하얀 허벅지를 어쩌다 한 번씩 드러내는 것이 괜히 신경에 거슬렸다.

"첸 씨 다른 얘기이긴 하지만……"

 진동푸가 풍만한 젖가슴을 묵직하게 한 번 흔들고 첸 쪽으로 돌아섰다.

"당신 혹시 전파상 하는 사람 중에 아는 사람 없어요?"

 첸은 들어올 때 변전소 이야기를 하고 있던 것을 떠올렸다. 변전소에는 공학당公學堂 동기인 첸의 친구가 한 명 있다. 먼 마을에서 출퇴근하는 청년인데 진실하고 여자는 물론 술도 모르는 사내라 첸의 어머니는 그 청년을 '호인'이라고 부른다.

다만 이 '호인'은 첸처럼 일본인을 좋아하지 않는지 부지런히 일본인에게 충성을 다하고 있는 첸을 경멸하는 듯한 모습을 보이곤 한다. 하지만 이 만두집 영감과 이 요염한 여자가 변전소 사내와 줄을 대고 싶어 하는 것 같으니 그 말을 해주면 밀가루에 대해 편의를 봐줄지도 모른다.

"한 명 있긴 있어요, 변전소에. 왜 그러죠?"

변전소라는 말을 듣고 여자의 눈에 불이 번쩍이는 것 같았다. 대머리 영감이 말했다.

"변전소에? 그거 잘됐군. 착실한 사람인가?"

"착실하죠. 왜요?"

"이유는 나중에 말할게요."

진동푸가 아양을 떨며 말했다.

"저기, 첸 씨, 중요한 얘기예요, 아주요! 바쁘겠지만 제가 있는 곳으로 잠깐 갈 수 있을까요?"

첸은 눈앞에 우뚝 솟아 있는 육감적인 젖가슴에 기가 질려서 메마른 목소리로 말했다.

"……지금은 안 돼요."

"그럼, 저녁때는? 당신한테도 손해날 이야기는 아니에요."

영감이 웃으면서 밀가루 범벅인 손으로 대머리를 쓰다듬었다.

"가 보게. 진 언니가 첸 선생의 남자다움에 반한 것 같으니."

"젊은일 놀리면 못써요!"

진동푸는 일부러 눈을 흘겼다.

"그보다 영감님, 이 사람한테 반 포대라도 나눠줘요."

"그것하고 이건 별개의 이야기야."

말하고 나서 영감은 첸에게 만두를 두 개 집어 주었다.

"알겠나, 젊은이? 창고 곰보한테 이 늙은이가 말했다고 하면 얼마든지 내줄 걸세. 머리는 그렇게 필요할 때 쓰라고 있는 게야. 잊지 말게나. 자네는 중국인 사내의 씨로 중국인 여자의 배에서 태어난 중국인이라는 것을."

첸은 아주 애매한 기분으로 영감의 손에서 만두를 받아 들었다. 노무계의 식량창고는 이 만두집에서 동쪽에 있다. 창고지기 곰보. 박수무당이 말한 도움을 줄 사람. 아니면 이 자극적인 몸매의 여자가? 이것이 박수무당에게 내준 2엔 50센의 보상이란 말인가? 그런 바보 같은……!

"올 거죠?"

진동푸가 입을 귀에 대고 속삭였다. 첸은 벌겋게 달아올랐다. 귀가 불에 덴 듯 화끈거렸다. 그리고 그 낯간지러운 희열의 비밀이 넌지시 느껴졌다.

"정말로 중요한 이야기예요. 당신처럼 성실한 사람의 힘은 무슨 수를 써서라도 꼭 빌리고 싶어요. 꼭 와야 돼요?"

첸은 생침을 삼키고 고개를 끄덕였다.

41

그것이 끝났을 때 첸은 먼 곳에서 돌아온 듯한 기분이 들었다. 온몸이 기분 좋게 피곤했고, 모든 것으로부터 해방된 느낌이었다. 여자는 맨팔을 베고 누워서 기름을 바른 것처럼 반짝이는 눈으로 웃고 있었다. 시커먼 여자의 겨드랑이 털도 더 이상 첸을 당황하게 하지는 않았다.

"당신 멋졌어요."

진동푸는 흡족한 표정으로 첸을 보았다.

"처음치고는 잘했어요."

첸은 기쁨으로 들뜨는 감정을 억누를 수 없었다. 여자의 달콤한 속삭임 같은 건 들어본 적이 없다. 산전수전 다 겪고 그것이 자신을 홀리기 위한 말이라는 걸 아는 사내도 여자의 육체에서 나오는 정말 같은 거짓말은 사내를 득의양양하게 만들어놓고 만다.

첸은 그러나 여자가 굵고 부드러운 팔을 뻗어 그의 목에 감고 목소리를 죽여 가며 이렇게 속삭였을 때 두려움에 떨었다.

"맡아줄 거죠? 보수는 당신과 똑같이 나눌 거예요. 그러면 밀가루 같은 건 얼마든지 살 수 있잖아요."

첸은 요 몇 분간, 아니 몇 십 분간 지상의 천국에서 정신을 잃고 있는 동안 모든 것을 빼앗겨버린 듯한 기분이 들었다.

"결심이 서지 않나요?"

여자의 목소리는 깊고 강렬했다. 그 눈빛도 강렬하고 깊어졌다.

"기다려줄 수 없을까?"

첸은 불쌍한 목소리로 말했다.

"결심이 서지 않아도 당신들을 배신하지는 않을 테니까."

"그거야 믿지요. 그러니까 이런 짓도 했잖아요."

여자는 첸을 끌어당겨서 자신의 몸 위로 넘어뜨렸다.

"어때요? 이래도 아직 결심을 하지 못하겠어요?"

여자는 첸의 몸을 넓적다리로 휘감고 힘을 주며 웃었다. 첸은 여자가 교성을 지르며 음탕하게 몸을 비틀던 방금 전의 감촉에 다시 젖어 들기 시작했다.

여자는 그렇지 않았다. 그녀는 청년의 아름다운 육체를 농락하면서 다른 사내의 지칠 줄 모르는 육체와 날카로운 속삭임을 떠올리고 있었다.

뺨에 칼에 벤 깊은 흉터가 있는 그 사내는 여자의 육체를 연장 다루듯 한 뒤 이렇게 말했다.

"돈벌이가 있는데 같이 해볼래?"

"우리 애들을 어딘가로 데려다가 팔려고? 그런 감언에는 안 넘어가요."

"여자가 아니라 남자야."

사내는 진동푸의 얼굴에 바짝 대고 나지막하게 속삭였다.

"광부 말이에요?"

"그것도 있고. 하지만 광부들은 노무계의 일본인과 손을 잡고 있으니까 네 손은 빌리지 않아. 내가 말하는 것은 다른 거야."

진동푸는 사내의 거무칙칙한 흉터를 큰 눈으로 가만히 보았다.

"……철조망 쪽?"

사내가 고개를 끄덕였다. 진동푸는 마음이 쿵쾅거렸다.

처음 철조망 안으로 들어간 날 밤 우두머리로 보이는 키가 크고 얼굴이 창백한 사내가 진동푸를 초저녁 어스름이 깔린 문밖으로 데리고 나와서는 잡담을 하는 사이사이에 라오후링 일대의 마을 모양이 어떤지, 어느 길이 어디로 통하는지 따위를 아무렇지 않은 척하며 물었다. 이야기가 끝나자 그 사내는 이렇게 말했다.

"고맙소. 당신과 이야기를 나눌 수 있어서 재미있었소. 이런 곳에 갇혀 있다 보니 세상일을 통 알 수가 없어서. 정말 고맙소."

사내는 일어서서 가려고 했다. 진동푸는 화가 났다. 그녀는 돈을 벌러 온 것이지 잡담이나 하려고 온 것이 아니다.

"안 할 거예요? 난 몸 파는 계집이에요."

사내는 노무계에서 받은 전표를 진동푸에게 주며 말했다.

"시간을 빼앗아서 미안했소. 난 이야기를 듣고 싶었을 뿐이오."

정말 이상한 놈이네, 라고 진동푸는 생각했다. 어둠 속에서 사내의 눈이 별처럼 맑게 빛나고 있었다. 그녀는 정욕으로 불타오르는 사내의 눈은 수도 없이 보아왔지만 이런 눈은 거의 보지 못했다. 이 사내는 뭔가 다른 생각이 있는 것이 틀림없다.

"당신, 도망치고 싶은 거죠?"

진동푸는 저도 모르게 목소리를 낮추고 말했다.

"그렇지 않을 거라고 생각하시오?"

사내가 조용히 웃고 다시 혼잣말하듯 덧붙였다.

"못할 것도 아닌 것 같은데……"

"누군가에게 도움을 받고 싶나요?"

"도움을 받을 수가 없소. 보수를 주지 못하니까."

"그렇죠. 위험한 일을 공짜로 해줄 사람은 아무도 없겠죠."

동푸는 일부러 못되게 말했다.

"그렇소. 당신 말대로요. 이 근처에 사는 중국인은 일본인의 잔반으로 살아가는 셈이니까. 어쨌든 고맙소."

"잘난 척은……"

진동푸가 비웃었다.

"자기도 일본인이 던져주는 먹이를 기다리고 있는 주제에 뭐가 어째?"

"지금은 말이오. 지금은 당신 말이 맞소. 하지만 언제까지나 그렇진 않을 거요."

사내는 아무 말 없이 잠시 진동푸 앞에 서 있었다.

"이렇게 철조망에 둘러싸여 있으니 손발이 다 묶인 거나 다름없겠죠."

진동푸가 태도를 바꿔 말하자 사내는 살짝 웃었다.

"철조망엔 전류가 흐르고 있을 뿐이오. 전류는 사람이 흘리는 것이니 사람의 손으로 어떻게 할 수 없는 것도 아니오."

"안 돼요, 그런 소릴 해봤자."

동푸는 자포자기한 사람처럼 말했다.

"인간은 행복해질지 비참해질지 처음부터 그 운명이 정해져 있어요. 그렇지 않다면 당신들처럼 철조망 안에 갇히거나, 나처럼 몸을 팔아가며 사는 인생을 누가 선택하겠어요? 인간이란 약한 존재예요. 그렇죠? 저리 가, 네. 이리 와, 네. 그렇게 살아가는 거라구요."

"그렇진 않소."

남자의 목소리도 조용했다.

"인간은 얼마든지 강해질 수 있소. 자신이 처한 불행의 원인을 규명하고, 그것을 어떻게 하면 되는지를 생각하면……."

진동푸가 코웃음을 쳤다.

"당신은 학교 선생님이 딱 어울리는 사람이네요. 난 간단해요. 이렇게 생각하죠. 우리들의 불행은 말이죠, 지금은 배가 불러도 한나절만 지나면 배가 고파지고 그때 먹을 것이 없으면 참 괴롭다는 거예요."

이번엔 사내가 짧게 웃었다. 그 웃음은 밝고 악의가 전혀 없었다.

"처음으로 의견이 일치하는군. 완전 동감이오. 그렇다면 당신도 이해해줄 수 있을 것이오. 철조망은 어떻게 하면 되는지. 저리로 가, 네. 이리 와, 네는 어떻게 하면 되는지."

동푸는 아무 말이 없었다. 그녀는 다른 사내와는 이런 이야기를 나눈 적이 없었다. 그는 자신의 생각과는 완전히 다른 종류의 상대였지만, 자기를 고깃덩어리로 취급하지 않는 것만은 사실이다. 기분이 이상했다. 말없이 어둠 속에서 상대를 바라보고 있었다.

"또 봅시다."

사내는 진동푸의 손을 가볍게 잡고 어둠 속으로 사라졌다.

진동푸는 다음 사내에게 안겼을 때 아까 그 남자의 이름이 왕시양리라는 것을 들었다. 두 번째 사내는 진동푸의 풍만한 젖가슴을 빨며 멀리 떨어져 있는 고향으로 돌아가는 상상을 하고 눈물을 흘리면서 쇠약한 몸을 자신에게 그저 문질러대기만 했다.

동푸는 다섯 사내를 안으면서 다섯 사내의 가쁜 숨소리와 흐느낌에 가까운 탄성이 결코 육욕의 희열을 노래하고 있는 것만은 아니라는 것을 느꼈다.

마감시간인 10시가 되어 전등불이 세 번 점멸하고 여자들이 숙소에서 나왔을 때 진동푸 앞에 왕시양리가 그림자처럼 나타났다.

"생각해보시겠소?"

"맡지는 않겠어요. 하지만 생각은 해보죠."

동푸는 대답하고 나서 짓궂게 눈을 번뜩였다.

"내가 고자질하면 어떡할 거예요? 고자질하면 뭐 하나라도 떨어지는 게 있을 텐데요. 걱정되죠?"

"……좋을 대로 하시오."

왕은 조용히 말했다.

"넘어진 놈 위에 모래를 끼얹든지, 600명의 사내를 죽게 내버려두든지."

진동푸는 그때 어두운 불빛을 받으면서 조용히 미소 짓고 있던 왕시양리의 얼굴을 떠올렸다.

뺨에 깊은 흉터가 있는 사내는 여자의 넓적다리를 쓰다듬으면서 답을 기다리고 있었다.

"위험해요, 그런 일은. 실패하면 바로 이거예요!"

진동푸는 손으로 목을 그었다.

"알아."

사내는 여자의 젖가슴을 가볍게 주물렀다.

"잠자코 들어봐. 기분이 나쁘진 않을 거야."

사실이다. 여자는 웃음을 머금고 가만히 있었다.

"특수 광부라는 놈들을 데리고 나와서 탄광이든 어디든 넘기면 큰 횡재를 해. 산하이관에서 데리고 왔다고 하고, 모집비와 운임을 청구하면 25엔이나 못해도 20엔은 받아. 선금으로 10엔을 줬다고 하면 35엔이나 30엔이라고. 100명을 데리고 가면 3,500엔이나 3,000엔이 되는 거야. 굉장하지? 어때? 네가 준비만 잘해주면 절반을 줄게."

1,500엔은 거금이다. 진동푸는 눈을 감았다. 1,500명의 사내가 줄지어 자신의 몸에 올라탄다. 그 전체 무게에 버금가는 금액이었다.

"어떻게 준비하면 되죠?"

사내는 빙그레 웃었다. 여자의 젖꼭지를 손가락 끝으로 잡고 "가장 좋은 방법은 이렇게 하는 거야."라며 젖꼭지를 비틀었다.

"전기의 전원을 이렇게 팍……."

여자는 음탕하게 웃었다. 사내의 손이 가슴에서 배 쪽으로 미끄러져 내려갔다.

"그자들을 팔아먹다니 불쌍해라."

동푸는 사내에게 몸을 맡긴 채 왕시양리의 슬픈 눈동자를 떠올렸다.

"다들 뼈쩍 마른 사람들뿐이라."

"내게 동정을 바라는 건가? 어이가 없군."

사내가 독살스럽게 말했다.

"난 너희들을 동정할 아무 이유가 없는 조선인이야."

동푸는 놀라서 상반신을 일으켰다. 너무나 유창한 중국어로 말해서 전혀 눈치채지 못했다. 사내는 여자의 몸을 간단히 눌렀다.

"그래, 난 일본인한테도, 너희들 중국인한테도 인간 취급을 받지 못하는 조선인 부랑자야. 장명찬이 이름이지. 기억해둬. 내가 조선인이라서 이런 그럴싸한 제안도 듣지 않겠다는 거야?"

"그럴 리가 없죠. 당신은 내 손님인데."

사내는 메마른 소리로 크게 웃었다. 그러고 나서 갑자기 목소리를 낮췄다.

"그자들은 어차피 죽게 되어 있어. 내가 알아. 일본 놈들이 살려둘 것 같아? 그자들을 데리고 나와서 일반 광부로 만들어주는 게 뭐가 나빠? 게다가 불로소득이 생길 판인데 그 정도 위험쯤은 각오해야지. 난 일본인의 하청을 받아 이곳 광부들을 빼돌리는 장사를 하고 있지만, 이번 건만은 너와 둘이서만 나눠먹을 생각이야."

동푸는 사내의 겁을 모르는 낯짝을 잠시 보고 있었다.

"그 흉터는 어쩌다 생긴 거죠?"

사내는 여자의 몸을 만지작거리던 손가락으로 흉터를 쓰다듬었다.

"정상적인 일로는 밥벌이를 할 수 없다는 표식이지. 어때, 해보겠어?"

진동푸는 대답하지 않았다. 장명찬은 험악한 웃음을 흘리면서 다시 여자의 젖꼭지를 가볍게 비틀었다.

"넌 할 거야. 영리한 계집이니까."

영리한 여자는 아닐지 모르나 뻔뻔하게 살아가는 신경만은 갖고 있다. 장명찬과는 정반대로 생겨먹은 것 같은 첸의 육체를 넓적다리 사이에 끼고 말했다.

"아직 결심이 서지 않았어요?"

첸은 육욕의 진흙구덩이를 헤매며 중얼거렸다.

"조금만 기다려줘. 생각해볼 테니까."

무슨 까닭인지, 이때 미치코의 얼굴과 모습이 아름다운 빛처럼 첸의 의식 속에 떠올랐다. 안 돼요, 첸 씨! 유혹에 지면! 그렇게 말하는 듯했다. 첸은 동푸의 큰 젖가슴에 얼굴을 묻고 생각했다. 그 여자도 뭐, 가지와 이런 짓을 할 텐데!

42

다음 날 첸은 사무소에서 일본인들이 이야기하고 있는 것을 들었다. 이탈리아가 무조건 항복했다고 한다.

"독일이 그렇게 힘을 써주었는데도…… 칠칠치 못한 것들."

한 사람이 말했다.

"아니, 거추장스러운 것이 떨어져 나가서 독일은 오히려 편안해졌을 거야."

다른 사무원이 말했다.

"이탈리아가 연합군의 근거지가 되면 독일이 위험하지 않을까?"

한 사람이 고개를 갸웃거렸다.

"그럴 일은 없어."

상대가 자신 있게 부인했다.

"독일은 반드시 영국 본토 상륙을 결행해서 정복할 거야. 그렇게 되고 나면 이탈리아 같은 건 어떻게 되든 상관없다고."

"그럴까?"

비관파가 말했다.

"본토 상륙이 가능할 정도였다면 벌써 했겠지."

"그렇게 해선 안 돼."

낙관파가 대답했다.

"뒤에 소련이란 놈이 있거든. 이놈을 먼저 처리해야 한다고."

"그 소련이 곰같이 버티고 있지 않은가……."

첸은 이탈리아나 영국, 소련은 아무래도 상관없었다. 중국과 일본의 문제도 어떻게 되든 상관없었다. 눈 속 가득히 풍만한 진동푸의 육체가 누워 있었다. 귓속에선 그녀의 요염한 속삭임이 떠나질 않았다. 보수는 당신과 똑같이 나눌 거예요. 그러면 밀가루 같은 건 얼마든지 살

수 있잖아요. 미치코가 웃는 얼굴로 이렇게 묻는 것이 들리는 것 같았다. 첸 씨, 그게 도움이 되었나요? 그래요, 다행이네요. ……아아, 이제는 길에서 마주치는 것조차 피해야 되겠구나.

첸은 가지의 책상 쪽을 보았다. 오키시마가 의자를 끌어당기고 이야기를 하고 있었다. 가지는 평소와 다름없는 얼굴이었다. 첸은 마음속으로 거듭 확인했다. 난 아직 나쁜 짓을 한 게 아니야. 첸은 고개를 들고 가지를 보았다. 가지 씨, 특수 광부들의 탈출이 이렇게 계획되고 있습니다. 그렇게 밀고할까? 첸은 고개를 숙였다. 결심이 서지 않아도 당신들을 배신하는 일은 없을 테니까. 그는 자신에게 그렇게 말했다. 첸은 또다시 고개를 들어 가지를 보았다. 가지는 신문을 펴놓은 채 오키시마에게 이야기하고 있었다. 첸과는 다른 세상을 살고 있는 사람처럼 보였다.

신문 1면의 헤드라인은 이랬다.

'이탈리아 무조건 항복. 이伊, 맹약의 배신에도 제국 필승의 신념 부동. 1억 일심단결 요망'이라고.

"필승의 신념이라는 놈을 손에 쥐고 한 번 보고 싶군."

오키시마가 말했다. 가지는 입술을 일그러뜨리며 웃었다. 대본영은 전쟁을 과학적으로 수행하고 있는 것이 아니라 언어의 마술로 국민을 기만하는 데 더 열심인 것 같았다.

"난 이상한 기분이 들어."

가지는 나지막한 목소리로 말했다.

"일개 샐러리맨에 지나지 않는 나조차 돌아가는 형편을 알겠는데, 재벌이나 군 간부가 모를 리가 없지. 만약 알고 있다면 미쓰비시, 미쓰이, 스미토모, 야스다 같은 재벌이 지금까지 전쟁으로 벌어들인 어마어마한 돈을 어떻게 할까? 결과야 어떻게 되든 그것만은 놓치지 않겠다는 묵계가 적과 아군 사이에 맺어져 있을 텐데, 어떤 형태일까?"

"난 나대로 이상한 기분이 드는군."

오키시마가 싱글거리면서 말했다.

"돌아가는 형편이 어떻다는 걸 잘 알고 있는 자네가 어떻게 그렇게 매일 밤낮으로 열심히 일할 수 있는 거지?"

가지는 후루야 쪽을 보았다. 후루야는 여전히 졸린 얼굴로 이따금 가지 쪽을 힐끔거리며 모르는 척하고 있었다. 후루야는 본사 조사부의 오니시 준직원이 아니다. 의자를 박차고 일어서는 짓 따위는 하지 않을 것이다.

"이탈리아에도 나 같은 놈이 있었다고 하자고."

가지가 생뚱맞은 소리를 했다.

"그 녀석한테 물어봐줘."

"물어봤어."

오키시마가 유쾌하다는 듯 받았다.

"그랬더니 지는 전쟁이니까 그랬다고 하더군. 내 생각은 옳았지만 국가가 틀렸다고, 그렇게 몸으로 실증하고 싶었다고 말이야. 이기는 전쟁이라면 그렇게는 말하지 않았을 거라고 했어."

가지는 눈을 내리깔았다. 이탈리아는 이미 항복했다. 이탈리아의 나 같은 놈은 어떻게 했을까? 조국 항복 만세를 외쳤을까? 일본도 언제일 진 모르지만 결국엔 항복할 것이다. 그때 나도 조국 항복 만세라고 외칠까?

"만약 이기는 전쟁이었다면 어떻게 행동했다고 하던가? 이탈리아의 그 녀석은."

가지는 오키시마의 얼굴을 보지 않고 물었다. 오키시마의 큼직한 눈이 웃었다.

"물어보았더니 자네한테 물어봐달라는군. 적어도 싱가포르를 공략할 때까지는 어땠는지 말이야."

싱가포르를 공략하던 날 본사에서는 제등행사를 열었고 가지는 제등행렬에 끼어 시가지를 돌아다녔다. 비록 등불은 들지 않았지만 행사에 기꺼이 참석했다. 그때는 제등행렬의 의미와 그 바보 같은 짓도 크게 신경 쓰지 않았다. 같은 대열에 있는 미치코를 만날 기회만 생각하고 있었던 까닭이다. 여하튼 제등행렬에 참가한 것은 틀림없다.

"이탈리아의 그 녀석에게 말해줘."

가지는 책상에서 일어서며 말했다.

"독일 주둔군에게 저항할 기회가 있으니까 넌 뒤늦게나마 안티 파시즘의 영웅이 될 수 있을 거라고."

"일본의 그 녀석은 어떤데?"라며 오키시마는 큰 소리로 웃었다.

"……글쎄, 어떨까?"

무책임한 놈이지, 난. 가지는 문 쪽으로 가면서 생각했다. 카키색 제복을 입고 있는 놈들이 두려워서 하고 싶은 말을 못하고 있는 것만은 아닌 것 같다. 지는 전쟁이라고 예상하고 있기 때문에 전쟁에 대해 부정적인 태도를 취하고 있을 뿐, 진주만 공습이 있고 난 후 오늘에 이르기까지 만약 정말로 이기는 전쟁이라고 믿기에 충분한 근거가 있었다면 대체 어떤 태도를 취하고 있을까?

가지는 나갔다. 첸이 바로 뒤쫓아 왔다. 첸의 목소리에 뒤를 돌아본 가지의 얼굴은 첸과는 전혀 다른 이유로 어두웠다. 첸은 불러놓고 주저했다. 마음이 결정되지 않았다. 또다시 가지에게 밀가루를 부탁할 것인지, 진동푸의 이야기를 할 것인지.

가지가 먼저 말했다.

"밀가루?"

첸은 고개를 숙였다. 그 말을 듣고 나니 진동푸 이야기를 꺼내고 싶었다.

"어머님이 아직도 편찮으신가?"

첸은 고개를 끄덕였다.

"조금만 기다려봐. 새로 들어올 예정이 잡히면 전부 내주라고 할 테니까. 우리 집사람한테 물어보고 있으면 가지고 오라고 할게. 알았어?"

첸은 막막한 기분으로 고개를 끄덕였다. 댁에 밀가루는 없습니다. 사모님은 친절하게 대해주셨어요. 단지 그것으론 어머니를 도와드릴 수가 없을 뿐입니다. 어머니는 또다시 말없이 콩깻묵 죽을 먹고 웩웩 토할 것이다. 만두집 대머리는 말했다. 잘 생각해보게, 젊은 양반. 중국인에게 배급해줄 식량을 일본인이 마음대로 가져가는 것은 도둑질이 아니고, 중국인이 자기들 몫을 가지고 가는 것은 도둑질인가?

가지는 첸이 고개를 들기를 기다렸다가 "이걸로 좀 도움이 되겠나?"라며 바지 주머니에서 돈을 꺼냈다.

첸은 당황해서 고개를 저었다.

"그건 안 됩니다, 가지 씨!"

43

증산 돌격 월간의 강행으로 현장 노동자들이 몹시 지쳐 있는 것 같아서 소장은 잠시 휴식을 줄 생각이었다. 그런데 그때 이탈리아가 무조건 항복을 선언했다. '제국 필승의 신념 부동. 1억 일심단결 요망'이다. 이것으로 소장의 마음은 돌변했다.

2할 증산에 거의 근접한 것은 오카자키가 담당하고 있는 구역밖에 없다. 이 자식들이 도대체 뭘 향해 돌격하고 있는 거야? 생명이 없는 돌도 해치우지 못하면서 살아 있는 적을 어떻게 해치운단 말인가! 좋다! 처음 약속대로 돌격 월간을 2개월이든 3개월이든 무기한 연장한다. 본사 부장들이 영빈관 양식을 먹으면서, 아무래도 라오후링의 구로키는 무능한 것 같아, 직위를 바꿔보면 어떨까? 따위로 말하고 있을 것이 틀림없다고 생각하니 소장은 까닭 없이 화가 치밀어 올라서 부하

간부들에게 철저한 돌격 속행을 명령했다.

돌격 월간의 첫 한 달 동안 그런대로 체면을 유지한 오카자키는 2개월째부터는 목표를 초과로 달성하려고 단단히 벼르고 있었다. 그날 아침 집을 나올 때 아내에게 말했다.

"여보, 노무계의 마쓰다 씨한테 가서 설탕 좀 받아와. 젊은 놈들을 데려다 단팥죽이라도 실컷 먹여놔야 정신을 좀 차리지."

"당신은 단팥죽이 설탕만 갖고 만들 수 있는 건 줄 아슈? 팥이 어디 있다고 그래요?"

여자는 마치 식량 부족이 오카자키의 탓인 양 말했다.

"그럼 밀가루로 뭐라도 만들어줘. 밀가루는 있지?"

"그게 아직도 남아 있겠수? 애들이 다 먹어치웠다고요."

"없으면 가져와!"

오카자키는 조급하게 소리를 질렀다.

"밀가루 서른 근 정도로 광석을 캐낼 수 있으면 싸게 먹히는 거라고 말해!"

"가져오리다. 마쓰다 씨는 그런 말을 안 해도 얘기가 잘 통해요. 하지만 가지가 성가시게 굴지 않겠수?"

가지라는 말에 오카자키는 잠시 생각했다. 그놈이라면 훼방을 놓을지도 모른다. 충분히 그럴 수 있다. 오카자키의 삼백안이 순식간에 사납게 번뜩이기 시작했다.

"아예 대놓고 여봐란 듯이 가지고 와. 알겠어? 뭐라고 하면 소장의 허가를 받았다고 해."

오카자키의 아내는 남편의 말을 충실하게 따랐다. 마쓰다를 설득해서 밀가루를 큰 배낭에 가득 담고, 설탕을 보자기에 쌌다. 아직도 아이를 몇은 더 낳을 수 있을 것 같은 굵은 허리로 그 무거운 짐을 지고 여자가 말했다.

"고마워요, 마쓰다 씨. 덕분에 이걸로 우리 집 양반의 정력이 부쩍 좋아지겠구려……"

그러고는 깔깔깔 웃는다.

"정력이 너무 좋아지면 아주머니가 힘들지 않겠어요?"

마쓰다가 책상 위에 무좀 걸린 발을 올려놓고 말했다.

"이 양반이 뭘 모르는군. 여자는 그 편이 훨씬 좋다오."

여자가 다시 깔깔깔 웃고 문을 열려고 했을 때 마쓰다가 덧붙였다.

"아주머니가 어련히 알아서 하시겠지만, 가지 부인에게도 조금 나눠 주세요."

오카자키의 아내는 그런 것쯤은 다 알고 있다는 듯 대답했다.

"옳지. 그거 좋은 생각이구려. 그게 좋겠어요."

젊은 미치코와 정면으로 맞서는 것은 나잇값을 못하는 행동이라고 이 여자는 생각했다. 구워삶는 것은 간단하다. 그리고 두 번 다시 잘난 척하지 못하게 해주는 것이다.

보란 듯이 배낭을 지고 배급계 사무소에서 나오는 여자를 가지는 광부 숙소에서 돌아오는 길에 보았다. 여자는 보지 못한 모양이다. 집오리 같은 모습으로 언덕길 쪽으로 사라졌다.

가지가 배급계 사무소 쪽으로 시선을 옮기자 창고지기인 곰보가 창고 문에 기대 실실거리고 있었다. 저 여자 봤나? 어때, 뒤뚱뒤뚱 무거워하면서도 우쭐거리며 가고 있지? 틀림없이 그렇게 비웃고 있을 것이다. 가지는 그러나 그대로 노무계 사무소로 들어가려다가 걸음을 멈췄다. 입구에서 첸이 보고 있었던 것이다. 첸은 가지와 눈이 마주치자 바로 안으로 들어갔다.

가지는 못마땅한 표정으로 배급계 사무소 쪽으로 방향을 틀었다. 마쓰다는 여전히 무좀 걸린 발을 책상 위에 올려놓고 있었다.

"너무 공공연하게 빼돌리면 곤란해요, 마쓰다 씨."

이건 좀 졸렬한 말투야. 그렇게 생각하는 와중에 다음 말이 튀어나왔다.

"당신 권한에 간섭하고 싶지는 않지만, 잘못되었어요, 당신 방법은."

"아, 잘못된 것투성이지, 내 방법이야."

마쓰다는 책상 위에 올린 발에 무좀약을 바르면서 그것이 스며들어서 아팠는지 얼굴을 찡그리며 말했다.

"하지만 말이야, 가지 씨. 잘못된 방법이 환영받을 때도 있는 거요. 오래된 관습이기도 하고."

이 새끼가! 양쪽이 동시에 그렇게 생각했다.

신출내기 주제에 어디서 반장 행세를 하려고 들어! 책상 위로 쭉 뻗은 마쓰다의 발이 그렇게 말하고 있었다.

내가 만약 주임이고 이놈의 승급을 사정하는 위치에 있었다면 이놈도 이런 태도로는 나오지 않았을 것이다! 가지의 꽉 다문 입이 그렇게 분해했다.

"그 관습이란 놈을 깨부술 필요가 있겠군. 당신이 아무리 기분 나쁘게 생각해도 그게 내 일이니까."

"업무를 감사하라는 특명이라도 받은 거요?"

마쓰다가 비웃었다.

"그런데 뜻밖에도 잘못투성이인 내 방법으로 증산이 장려될지도 모르고, 노무계를 위하는 일이 될지도 모른단 말이야."

"훌륭한 마음가짐이군."

가지도 비웃음으로 대꾸했다.

"도둑질이 옳은지 옳지 않은지 따위로 당신과 토론하고 있을 여유는 없으니까 분명히 말해두죠, 마쓰다 씨. 앞으로 또다시 이런 짓을 한다면 당신이 고의로 날 모욕한 것으로 해석하겠소."

"알겠습니다요, 반장님."

마쓰다는 책상 위에 올린 다리를 긁으면서 말했다.

"노파심에 주의를 좀 드리자면, 현장 사람들은 당신이 일본인의 친구인지 중국인의 앞잡이인지 모르겠다고들 합디다."

가지의 눈썹이 추켜올라갔다.

"그래서?"

"그뿐입니다요. 당신이 그렇게까지 해서 정의의 사도인 양 행동할 수밖에 없는 것은 입장상, 스스로 아내에게 밀가루나 설탕을 가지고 갈 수 없어서가 아니겠나, 불쌍하다고 생각하고 있습죠. 인간이라면 누구나 같다. 11킬로그램의 쌀 배급으로는 충분하지 않으니까."

가지는 마쓰다의 얼굴로 주먹이 날아갈 뻔한 것을 간신히 참았다. 분노로 주먹이 부르르 떨었다.

"다음부터 나와 얘기할 때는 그 썩은 다리를 책상에서 내려놓으시오."

발끈한 마쓰다의 얼굴이 퍼렇게 부풀어 오른 것처럼 보였다.

"내려놓는 걸 도와줘야 되나?"

가지의 험악한 시선 아래에서 마쓰다의 다리가 슬금슬금 책상에서 내려갔다.

44

첸은 그날 밤 결심했다. 가지는 누가 뭐래도 일본인이다. 일본인의 편을 들 수밖에 없는 사람이다. 만두집 대머리는 진실을 말했다. 일본인의 비위를 맞춰주어서 무슨 이득을 보겠는가. 일본인이 호의를 베푸는 것은 일시적인 기분에 지나지 않는다. 그 호의를 기다리는 동안 불쌍한 노모는 죽고 말 것이다.

밤이 깊어지고 먼지가 많은 바람이 불었다. 소리를 죽이기에는 안성맞춤이다. 첸은 창고로 몰래 다가가 배급계 사무소 뒤쪽에 있는 창문을 두드렸다. 오늘 밤 숙직으로 그 창문 아래에서 긴 나무 의자를 일렬로 놓고 자고 있는 곰보가 바로 첸을 안으로 들여보내주기로 계획되어 있었다.

그런데 계획이 조금 틀어졌다. 곰보가 창고에서 소주를 꺼내 마시고 취해서 잠이 들어버린 것이다. 첸은 주변의 어둠을 경계하면서 초조한 마음으로 창문을 계속해서 두드렸다. 겨우 곰보가 일어나서 창문으로 첸을 들여보내주었다. 실내는 캄캄했다.

"오늘 밤은 조금만 해."

곰보가 조심스럽게 말했다.

"마쓰다가 가지와 싸워서 기분이 안 좋으니까 줄어든 걸 알면 귀찮아져."

"당신은 만두집으로 안 가져가요?"

"남 걱정은 하지 마!"

평소에는 바보처럼 웃던 곰보의 목소리가 어둠 속에서 갑자기 무서워졌다. 첸은 불안에 떨며 말했다.

"난 당신이 가지고 가는 것을 아주 조금만 나눠서 가지고 갈 생각이었죠. 나 혼자서는 어떻게 해야 하는지도 몰라요."

곰보가 공기가 새는 듯한 소리를 내며 웃었다.

"계집의 옷자락은 걷어 올려도 포대 속은 보지 못한다는 거냐? 꾸물대지 말고 어서 가지고 가. 그쪽 벽에 칸델라르가 있으니까 불부터 켜. 불빛이 밖으로 새어나가게는 하지 말고."

첸은 손으로 더듬어서 칸델라르를 찾았다. 어색한 발놀림이 의자를 쓰러뜨려서 엄청나게 큰 소리가 났다.
"이 멍청아!"
곰보가 나지막하게 소리쳤다. 그뿐, 어둠에 침묵이 얼어붙었다. 첸의 가슴은 요란하게 종을 치기 시작했다. 박동 소리가 사무소 밖까지 들리는 것 같았다. 오는 게 아니었어! 오는 게 아니었어! 곰보가 투덜거리면서 칸델라르에 불을 붙이고 큰 손으로 가렸다. 손가락 사이로 새어 나오는 불빛이 천장과 벽의 도깨비 같은 그림자를 흔들었다.
"창고 입구는 거기야. 서둘러. 너 같은 놈은 두 번 다시 이런 짓은 하지 마."
첸은 윗도리로 칸델라르를 가리고 창고로 들어갔다. 그곳은 더 어두웠다. 눅눅한 곡물 냄새가 무겁게 가라앉아 있었다. 첸은 불안한 걸음으로 간신히 밀가루 포대가 쌓여 있는 곳에 도착했다. 그곳까지 오니 갑자기 서글퍼졌다. 어머니 때문에 이런 짓까지 하고 있다. 어머니 같은 사람은 빨리 죽는 게 낫다. 첸은 조심조심 포대를 더듬었다. 가득 들어차 있는 감촉이 느껴졌다. 그 감촉에서 문득 진동푸를 떠올렸다. 만약 진동푸 같은 여자가 배를 곯고 기다리고 있다면 이렇게 겁이 나진 않았을 텐데, 라고 생각했다. 당신 멋졌어요. 처음치고는 잘했어요. 첸은 빨리 일을 끝내고 진동푸에게로 가고 싶었다.
포대의 주둥이는 삼실로 꽁꽁 묶여 있었다. 실을 끊고, 다시 묶는 것은 도저히 불가능할 것 같았다. 첸은 맨 위에 있는 포대 하나를 옆으로 빼놓고 두 번째 포대의 배를 칼로 찔렀다. 그것만으로도 이미 온몸의 힘이 빠져나간 것 같았다. 포대 너머에서 갑자기 가지의 얼굴이 나타날 것만 같았다. 첸, 넌 도둑놈보다 못한 놈이야. 인간쓰레기야. 정말 벌레 같은 놈이다! 그리고 나서 미치코의 하얀 얼굴이 처음으로 험악한 표정을 지으면서 첸 씨! 지금 뭐 하는 거에요? 제가 잘못 봤군요, 당신을!

갑자기 발밑에서 목소리가 들렸다.

"뭘 그렇게 꾸물거리고 있는 거야?"

첸은 포대에 매달렸다. 다리가 부들부들 떨렸다.

"얼른 원하는 만큼 가져가. 곧 야간 순찰자가 올 거야."

첸은 정신없이 밀가루를 손으로 퍼서 가지고 온 포대에 옮겨 담기 시작했다.

곰보가 첸의 다리를 손으로 툭 쳤다.

"어떤가, 첸. 진동푸는 괜찮던가?"

첸은 손을 멈췄다. 대답이 나오지 않았다.

"참 괜찮은 계집이야."

곰보가 씨익 웃는 모습이 보이는 것 같았다.

"몸매가 죽여. 음, 사내를 뼛속까지 노골노골하게 녹여버린단 말이야."

첸은 순간 진동푸가 바나나 알맹이처럼 하얀 허벅지를 크게 벌리고 빙그레 웃고 있는 장면을 상상했다. 현기증이 날 것 같았다. 이 곰보도 진동푸의 그런 모습을 상상하고 있는 게 분명하다. 첸은 가슴이 답답해서 견딜 수가 없었다.

갑자기 천장에서 나무를 때린 것 같은 큰 소리가 났다. 진동푸의 하얀 환영은 순식간에 사라졌다. 그리고 동굴과 같은 암흑과 심장이 터질 듯한 박동만이 남았다.

"쥐야."

곰보가 중얼거렸다. 첸은 다시 정신을 가다듬고 몇 줌 더 밀가루를 옮겼다.

어디선가 나직이 무언가를 원망하는 신음 소리 같은 이상한 소리가 땅을 타고 들려왔다. 첸은 덜덜 떨기 시작했다. 더 이상 참을 수 없었다. 이상한 소리가 들렸다가 안 들렸다가 한다. 첸은 옆으로 빼놓은 포대를 서둘러 원래 자리에 돌려놓으려고 했지만, 힘이 빠져서 들 수가 없었다.

"바람이야. 통풍구에 뭔가 막혀 있어서 그래."

그 소리를 들으니 포대를 들 수 있었다.

첸은 진땀을 잔뜩 흘리고 나서야 겨우 목적을 달성했다. 5킬로그램쯤 되는 밀가루.

들어왔던 창문으로 나갈 때 곰보가 말했다.

"이젠 오지 마. 너 같은 놈이 꼭 실패하니까."

첸은 호흡을 가다듬었다. 안도감이 생겼다. 지금부터라면 좀 더 침착하게 많이 가지고 올 수 있을 것 같았다.

"이 정도는 내가 훔쳐가나 안 훔쳐가나 어차피 일본인이 가지고 갈 거잖아요."

"허 참, 됐다 싶으니까 갑자기 간이 커진 모양이지?"

곰보는 말하고 나서 갈퀴 같은 손으로 첸을 창문 밖으로 밀어냈다.

45

다음 날 아침 마쓰다는 곰보의 탁한 눈빛을 보고 그가 소주를 마신 것을 알았다.

"마셔도 되지만 남이 알아챌 정도로는 마시지 마."

마쓰다는 관대하게 말했다.

"얼마나 마신 건가?"

"조금……."

곰보는 일부러 기어들어 가는 목소리로 대답했다. 마쓰다는 절대로 벌을 주지 않는다는 걸 알고 있는 만큼 공손하게 대할 필요가 있다. 왜냐하면 그가 나쁜 짓으로 돈을 벌 때마다 항상 마쓰다에게 뇌물을 주곤 했는데 너무 고자세로 나가다간 그 효능이 없어질지도 모르기 때문이다.

"네가 말하는 조금은 석유통으로 한 통쯤이겠지?"

마쓰다는 웃으면서 말하고 혹시 몰라 창고의 소주병을 보러 갔다. 창고로 간 마쓰다는 이 방면에서 잔뼈가 굵은 사람의 감으로 밀가루 포대에 이상이 있다는 것을 알아챘다. 곰보가 늘 하던 방식과는 전혀 다른 서툰 솜씨다. 마쓰다는 곰보에게 캐물었다. 곰보는 웃음만으로는 넘어갈 수 없다는 것을 알고 사실대로 실토했다. 첸의 효심에 끌려서 눈감아주었다고…….

마쓰다의 푸르스름한 얼굴에 기괴한 웃음이 번졌다.

"확실히 네가 취해서 자고 있는 동안 들어왔던 거지?"

"그렇습니다. 알아채고 잡으러 갔더니 울면서 부탁하는 바람에……."

"어디로 들어왔어?"

"이 창문입니다."

곰보는 자신이 열어준 창문을 가리켰다.

"열려 있었습니다."

의심스럽게 곰보를 보고 있는 동안 마쓰다는 마음을 정했다.

"좋아. 누가 묻거든 그렇게 대답해."

거짓말인 줄은 알고 있었다. 한통속이 분명하다. 그것은 아무래도 상관없었다. 문제는 가지의 부하인 첸이 훔쳐갔다는 것이다.

마쓰다는 때를 놓치지 않고 노무계 사무소로 들어갔다. 광부들을 인솔하러 간 오키시마 외에는 모두 책상에 앉아 있었다. 마쓰다는 시치미를 떼며 첸의 책상으로 다가가서 첸의 이마를 느닷없이 손가락으로 쿡 찔렀다.

"어때, 첸, 요즘 경기가 좋지? 응?"

첸은 이미 안색을 잃고 있었다.

"얼마에 팔았어? 응? 아니면 벌써 다 먹어치웠나? 맛있더냐?"

마쓰다는 가지 쪽으로 번들번들한 시선을 던지면서 첸의 이마를 계속 찔렀다. 가지는 고개를 들었다.

"기왕 할 거면 더 크게 하지그랬어? 응? 고작 5킬로그램으로 뭘 하겠다는 거야?"

사무소 안의 시선은 전부 첸에게 집중되어 있었다. 첸이 고개를 숙이려고 할 때마다 마쓰다의 손가락이 이마를 찔렀다. 가지가 일어나서 왔다. 첸은 두들겨 맞은 강아지가 주인을 보듯 가지를 올려다보았다.

"무슨 일입니까? 마쓰다 씨."

"무슨 일이냐고?"

마쓰다의 푸르스름한 얼굴에 의기양양한 웃음이 번졌다.

"성인군자의 수하 중에도 도둑놈이 있을 줄은 몰랐소이다. 밀가루 도둑이 말이야. 나야 눈 한 번 질끈 감고 넘어가 줄 수도 있소. 당신이 깨부수려고 하는 이 산에서는 종종 있는 일이니까. 단 후학後學을 위해 가지 씨가 어떤 식으로 처리하는지는 꼭 보고 싶을 뿐이오."

첸은 머리를 감싸고 책상에 엎드려 있었다. 가지가 말했다.

"첸, 일어나!"

첸은 일어났다.

"내 얼굴을 똑바로 봐."

첸은 고개를 들고 정면을 보았다.

"네가 한 짓이 정말 맞아?"

첸이 대답했다.

"······맞습니다."

마쓰다가 유쾌한 듯 웃었다. 가지는 여러 사람의 호기심 어린 시선이 자신에게 집중되어 있는 것을 참을 수가 없었다. 이 바보 같은 놈아, 설령 거짓으로라도 부인했다면 도와줄 수 있을 거 아냐!

"너 혼자서 한 짓이야?"

"······네."

체념한 듯한 첸의 얼굴에 가지의 주먹이 큰 궤적을 그리며 날아갔다. 첸의 몸은 쇼하이의 자리까지 튕겨져 날아가서 쓰러졌다.

가지는 마쓰다 쪽으로 돌아섰다.

"마쓰다, 내게 폭력을 쓰게 했으니 이제 만족하겠지? 아니면 창고의 부정을 전부 까발려볼까?"

마쓰다는 가지의 이상한 숨소리와 핏기를 잃은 안색에 겁을 먹었다.

"돌아가!"

가지가 소리쳤다.

"이 앞잡이 졸개 같은 놈아!"

46

여기서 잘못했다간 나도 맞겠다. 후루야는 그렇게 생각했다. 장명찬과의 관계라도 알게 되면 어떤 일이 벌어질지 모른다. 가지는 생각 외로 거친 사내다.

후루야는 실내의 험악한 분위기가 진정되고 나서 첸을 불러 가지에게만 들릴 정도로 나지막하게 말했다.

"가지 씨 밑에 있는 자가 가지 씨의 입장을 곤란하게 하는 짓을 해서 되겠나. 가지 씨의 입장이 어떤지 잘 알고 있잖아?"

첸은 부어오른 얼굴을 가리고 고개를 끄덕였다.

"내가 같이 사과해줄 테니까 너도 사과드려!"

후루야가 첸을 데리고 가지 옆에 섰다.

"한때의 잘못된 생각이었으니 용서해주십시오."

가지는 냉정함을 잃고 있었다. 뿐만 아니라 가슴속에선 분노와 가책이 들끓고 있었다. 다른 사람도 아니고 첸이 가지의 입장을 엉망으로 만들어놓은 것이다. 그렇게 생각하는 한편으로 자책감이 마음을 물어뜯고 있었다. 자신의 입장을 지키고 싶은 마음에 규칙을 방패로 휘둘렀고, 그 결말이 악행과 폭력이었다. 그런데 그 규칙이라는 것이 중국인의 권리 위에 일본인이 멋대로 만들어놓은 엉터리 규칙이다.

가지는 후루야를 힐끗 보았다. 도저히 첸의 얼굴을 똑바로 볼 수 없었다. 후루야의 조치가 어느 정도는 연기라는 것을 알고 있었지만, 그래도 도움이 되었다.

"날 너무 곤란하게 하지 마라."

때려서 미안했어. 용서해줘. 좀 더 너의 입장에 서서 생각했어야 했어. 해줄 수 있는 게 얼마든지 있었는데……. 그렇게 말하는 대신 가지는 쓸데없이 서류를 집어 들고 눈을 내리깔았다.

후루야는 자리로 돌아와서 문득 생각난 듯 말했다.

"오늘은 여자들을 넣어주는 날이죠? 첸을 보내 전달하라고 할까요?"

마침가락이었다. 사무소 안에 있을 수 없는 기분은 첸이나 가지나 큰 차이가 없었다. 가지는 고개를 끄덕였다.

밖으로 나온 첸의 마음은 혼란스러웠다. 난 도둑놈이야. 맞아도 싸. 난 해고당할 거야. 돌아가서 가지에게 부탁하자. 해고만은 피하게 해달라고. 아니 고작 밀가루 5킬로그램 갖고 무슨 소리야? 오카자키의 마누라가 그렇게 훔쳐가도 가지가 한마디도 하지 않은 것은 어떻게 된 거지? 변명해봐! 못할걸? 내가 중국인이니까 무시한 거야. 일본인이라면 무슨 짓을 해도 된다고 생각하는 거야. 하물며 가지조차! 젠장, 어떻게 하는지 두고 봐!

어떻게 할까? 아직 결정하지 못했다.

마을 푸줏간에서 돼지고기를 산 미치코는 노무계 사무소로 가서 가지와 오키시마를 보고 갈지 말아야 할지 고민했다. 왜냐하면 장을 보러 가자고 오키시마의 아내에게 말하자 그녀가 평소와는 달리 달가워하지 않았던 것이다. 달가워하지 않았다기보다는 별로 좋은 표정이 아니었다. 마음에 걸려서 넌지시 말을 걸었다가 듣게 된 이야기는 이렇다.

4, 5일 전의 일인 듯하다. 일반 광부를 모집하기 위해 오키시마가 가

까운 현으로 출장 보낸 부하직원이 모집비를 사사로이 써버렸다. 종종 있는 일이었다. 소정의 선금에서 떼어 착복한다. 그것도 쥐꼬리만 한 월급을 받는 입장에선 꽤 큰돈이지만 서류만 갖춰서 돌아오면 대개는 모르고 넘어간다.

이때도 그 사내는 모집 광부의 선금 수령증표를 첨부해서 금전출납명세서를 오키시마에게 제출했다. 숙박비라든가 교통비, 접대비, 홍보비, 식사비, 차茶 값에 이르기까지 아주 꼼꼼하게 쓰여 있었다. 그런데 너무 꼼꼼하게 쓰여 있는 것이 숫자 검사에는 아주 서툰 오키시마에게 오히려 의심을 샀다. 숫자가 정연한 데 비해 광부의 모집 실적이 형편없었다. 감으로 판단한 것이지만, 일이 엉터리로 되고 있었다. 오키시마는 구린 낌새를 채고 그 부하를 추궁해보았다. 그는 오키시마의 부리부리한 눈을 끝까지 속일 수는 없었다. 현성縣城에서 산 일본 계집과 놀아나느라 일은 데리고 간 조장에게 거의 맡겨버렸다고 한다. 오키시마는 쓴웃음을 지었다. 광산에 사는 사내의 울적한 정욕의 죄라고 할 수도 있을 것이다. 바보 같은 놈, 현성 계집의 가랑이가 옆으로 찢어져 있는 것도 아닌데 뭐가 그리도 신기해서, 이 바보 멍청아!

오키시마는 그러나 더 이상 말하지 않았다. 자신의 부하를 다치게 하고 싶지 않았다. 그런데 출장보고서와 계산서는 가지의 책상을 거쳐야 한다. 오키시마는 서류로는 제대로 되어 있었기 때문에 가지가 자신의 마음을 헤아려서 통과시켜줄 것이라고 생각했다.

"가지 씨가 그걸 친구 체면을 봐서 통과시켜줬으면 아무 일이 없었겠죠."

 오키시마의 아내가 큼직한 얼굴을 납득하지 못하겠다는 듯 더욱 부풀리며 말했다. 미치코는 가슴속을 훑고 지나가는 찬바람을 느끼며 듣고 있었다.

 가지는 오키시마의 책상으로 와서 말했다.

 "이게 좀 이상한데?"

 그리고 서류를 하나 던졌다.

 "은행에서는 고과표가 너무 잘돼 있어도 돈을 빌려주지 않는다고 하는데, 이게 꼭 그 꼴이야."

 오키시마는 어쩔 수 없이 씨익 웃었다.

 "자네도 바보는 아닌 것 같군."

 "당신 부하는 날 바보로 생각하고 있고."

 "어떻게 하면 통과시켜주겠나?"

 오키시마는 웃음을 거두지 않은 채 말했다.

 "같은 거짓말이라면 선금을 건넨 광부 몇 명이 도망갔다는 소박한 거짓말 쪽이 귀엽긴 하지."

 "그럼 그렇게 해주겠나?"

 "싫어."

 목소리는 낮았지만 싸늘했다.

 "본사의 경리는 현장을 모르니까 통과되겠지만 난 싫어."

 "그럼, 어쩔 생각인가?"

"당신 부하야. 당신이 결정하면 돼. 내 의견을 말한다면 월급에서 변상시키는 것도 한 가지 방법이야."

"몇 달로 해주겠나?"

"오래는 안 돼. 곧 기말결산이 있으니까."

"그럼, 그놈은 뭘 먹고 살고?"

"나야 모르지."

오키시마의 부리부리한 눈은 더 이상 웃지 않았다. 가지는 그 눈을 똑바로 보았다.

"결산할 때 성가시게 될까 봐 하는 말이 아니야. 이런 걸 통과시켜주면 노무계는 언제까지나 헛된 노력만 하게 될 거야. 한쪽에서 쌓아올리면 한쪽에선 무너뜨리고……. 난 싫어."

"그럼, 이렇게 하지. 내가 월급을 나눠서 그놈을 도와주면 되겠지만 그렇게 하면 내 마누라가 불쌍하니까 이 서류는 내가 자네 대신 도장을 찍겠네. 그것만은 허락해주게."

"당신은 날 센티멘털 휴머니스트라고 했는데, 도대체 당신은 뭐지? 내 대신 도장을 찍는 것은 상관없지만, 앞으로 난 당신의 책상에서 넘어오는 서류는 전부 확대경을 끼고 살펴볼 수밖에 없을 거야."

"돋보기를 가져다 줄게. 나한테 이렇게 큰 놈이 있으니까."

웃지도 않고 말하면서 오키시마는 양손으로 원을 만들어 보였다.

오키시마는 가지가 날인하는 칸에 자기 도장을 찍고 '代' 자를 써서 본관으로 보냈다. 소장이 그 '代' 자를 보고 오키시마를 불러서 따져 묻는 바람에 오키시마는 그 일을 적당히 얼버무리느라 진땀을 뺐다는 것이다.

"대책 없는 놈이야, 정말. 아무나 박박 긁어대니 원."

오키시마가 아내에게 그렇게 투덜거린 것을 아내는 미치코에게 이렇게 푸념했다.

"가지 씨가 너무 빡빡하게 구니까 그이가 일하는 데 어려운 점이 많다네요."

가지가 하는 일이 옳다. 그때 미치코는 그렇게 믿었다. 그렇다 치더라도 가지가 사람들에게 너무 미움을 받게 하지 않으려면 어떻게 해야 될까? 미치코는 걱정이 돼서 안절부절못했다.

노무계로 찾아가서 어찌고 있는지 볼까? 가지와 오키시마의 표정을 비교해보면 대강의 분위기는 알 수 있을 것이다.

미치코는 노무계 사무소로 가는 길을 걷고 있었다. 그때 위안소로 연락하러 가는 첸이 맞은편에서 오고 있었다. 첸이 알아보고 피하려고 했을 때 미치코는 이미 평소와 달라진 첸의 얼굴을 보고 눈살을 찌푸렸다.

"첸 씨, 어떻게 된 거죠?"

첸은 일단 고개를 숙였다가 휙 들었다.

"제가 도둑질을 했습니다. 그래서 가지 씨에게 맞았습니다. 저는 도둑놈입니다."

미치코는 말이 안 나왔다. 첸의 눈에서 흘러나온 눈물이 분한 듯

반짝반짝 빛났다. 설명해달라고 했지만 첸은 자세히 말하려고 하지 않았다.

"아무것도 아니에요. 가지 씨는 일본인입니다. 저는 중국인입니다. 이건 그런 것이에요."

첸이 인사를 하고 다시 걸음을 옮기자 미치코는 종종걸음으로 두세 걸음 따라 걸으며 말했다.

"참으세요. 그이가 분명히 뭔가……."

"괜찮습니다. 분명히 제가 잘못한 거니까요. 사모님께도 사과드려야 합니다."

첸은 다시 한 번 인사를 하고 가 버렸다.

미치코는 너무나 답답했다. 자연스럽게 떠오른 가지의 얼굴이 왠지 지독히도 냉혹하게 느껴졌다. 미치코는 그것을 떨쳐버리려고 했다. 하지만 미치코 앞에 서서 한일자로 입을 굳게 다물고 똑바로 쳐다보고 있는 가지의 얼굴은 차갑고 매정하게 보였다.

첸은 가지의 폭력을 용서하려고 해보았다. 하지만 가지의 비정함이 분노를 돋우어 그의 민족을 증오하며 울었다.

위안소 다리를 건너기 전까지 첸은 끊임없이 동요했다. 맞아서 부어오른 뺨이 아픈 것도 잊고 있었다.

입구의 휘장이 늘어져 있는 곳에서 천박해 보이는 계집 몇 명이 첸을 에워싸고 희롱했다.

"진 언니는 지금 한창 하는 중인데."

"어젯밤부터 계속이야!"

"나랑 개시하는 건 어때?"

여자들은 큰 소리로 웃으면서 첸의 소매를 잡아당기고 손을 잡기도 했다. 첸은 자신이 너무 우스꽝스럽게, 너무 비참하게 보였다. 오늘 밤 용건만 누군가에게 전하고 얼른 가고 싶었다. 정처 없이 헤매며 헝클어진 기분이 자연스럽게 하나로 진정되기를 기다릴 수밖에 없을 것 같다.

그때 한 여자가 이렇게 말했다.

"진 언니의 상대가 조선인 같던데."

첸은 자기가 잘못 들은 줄 알았다.

"조선인?"

"응. 만만치 않은 자야. 무시무시한 흉터도 있고."

다른 여자가 말했다.

"난 싫어! 진 언니도 참 괴짜야."

첸은 일전에 중국 음식점에서 후루야와 함께 나온 사내를 떠올렸다. 그때도 그 이야기를 가지에게 했다가 의외로 호되게 꾸지람을 들었다. 가지는 잘못 생각하고 있다. 하나부터 열까지 다 잘못 생각하고 있어!

첸은 그때의 사내와 진동푸가 지금 함께 누워 있는 장면을 상상하니 당장이라도 뛰어 들어가서 방문을 걷어차고 두 사람에게 실컷 욕을 퍼붓던가, 그렇지 않으면 이대로 어디론가 도망쳐버리고 싶었다.

그때 진동푸가 요염한 모습으로 나타났다.

"귀여운 도련님, 싸움이라도 하셨나요?"

그러면서 부드러운 손으로 얼굴을 감싸자 첸은 방금 전까지 머릿속을 어지럽히던 거무칙칙한 질투를 잊고 가지에게 얻어맞은 뺨의 욱신거리는 아픔을 떠올렸다. 화끈거리는 그곳을 여자의 풍만한 젖가슴에 비벼대기만 해도 아픔을 잊을 수 있을 것만 같았다.

진동푸는 첸의 손을 끌고 자기 방 앞을 지나갔다. 지나는 길에 다른 방을 들여다보니 젊은 여자가 다리를 모아 옆으로 하고 멍하니 침대 위에 앉아 있었다.

"왜 그러고 있니?"

동푸가 입구에서 말을 걸었다.

"별일 없으면 잠깐 이 방 좀 쓸게."

양춘란은 초점을 잃은 눈으로 벽을 보며 대답하지 않았다.

"왜 그러고 있어?"

"……정말, 나는 왜 이럴까?"

춘란은 느릿느릿 침대에서 내려와 나갔다가 바로 휘장 사이로 고개를 들이밀고 가냘프고 달콤한 목소리로 말했다.

"다음에 그 사람을 만나면 어떻게 말할까 생각하고 있었어요. 모르겠더라고요. 어떻게 말하면 되죠? 손님을 받고 있었다고는 말할 수 없는데……."

"이 바보야!"

진동푸가 싸늘하게 내뱉었다.

"그를 만날 수 있는 기회는 한 달에 한 번 정도야. 그동안 넌 손님을

100명은 받을 수 있어. 풋내기 처녀의 사랑 놀음도 아니고."
 양춘란은 또다시 초점을 잃은 눈동자로 돌아가 목을 움츠렸다.
 "저 아이가 첫눈에 반해서 저래요. 철조망 안의 사내에게."
 말하면서 동푸가 첸에게 앉으라고 권한다.
 "마치 내가 당신한테 첫눈에 반한 것처럼 말이야."
 첸은 침대 옆에 서서 물었다.
 "당신 방은?"
 "지저분해서. 왜요?"
 "지난번하고 방이 달라서."
 "난 다르지 않잖아."
 첸은 뚱하게 서 있었다. 다르지 않다고? 그렇게 냉정하게 반문할 만한 생각도 이 여자 앞에서는 생기지 않는다. 지금까지 이 여자와 뺨에 흉터가 있는 사내가 빠져 있었을 추태에 온몸이 질투로 소용돌이치고 있었다.

 장명찬은 진동푸의 침대에서 일어나 싱글벙글하며 바지를 입었다. 진동푸가 아무래도 저 젊은 놈을 손에 넣은 모양이다. 특수 광부를 100명 정도 그곳에서 데리고 나와 다른 광산에 팔아넘기면 모집비를 받을 뿐만 아니라 자신이 그 조의 조장이 될 수도 있다. 그렇게만 되면 무타나 고바야시의 푼돈에 이용당하지 않아도 된다. 또 그 후의 수입은 자신의 수완에 달려 있다.

장은 일어나서 진동푸와 첸의 옆방을 살펴보러 갔다. 비어 있었다. 살그머니 들어가서 귀를 기울였다.

"일본인은 다 똑같아. 처음부터 몰랐어요?"

진동푸가 말하고 있었다.

"당신이 얌전하게 그들에게 도움이 되는 동안에는 잘해주겠지만, 당신이 원하는 건 아무것도 해주지 않아요. 무엇보다도 우릴 인간으로 생각하지 않으니까……."

사내의 목소리는 들리지 않았다.

"변전소 친구한테 가서 입을 맞추고 와요. 다른 준비는 다 돼 있으니까."

여자의 목소리가 속삭임으로 바뀌었다.

"난 조선인이 아니야."

청년이 자랑스럽게 말했다.

"돈 때문에 배신할 수는 없어."

이 새끼가 무슨 소릴 하는 거야? 옆방의 조선인은 분노의 쓴웃음을 흘렸다. 어쨌든 난 조선인이다. 일본인에게 개처럼 취급당하고 있는 조선인이다. 너희 중국 놈들한테는 신의를 저버리는 인면수심人面獸心으로 여겨지고 있는 조선인 떠돌이다. 좋다! 네놈들이 생각하는 대로 똑같이 해주마.

장명찬은 이때 자신을 떠돌이로 만들어버린 비정한 운명을 증오심 속에서 되새겼다.

수많은 조선인이 그 운명을 짊어져야 했다. 그것은 일본이 조선을 통치하기 시작한 먼 옛날부터 업병業病의 독소처럼 몸속에 스며들어 있었다. 어떻게 해볼 방도도 없이 밀어닥치는 운명의 마수에서 도망치는 것은 거의 불가능에 가까웠다. 살기 위해서는 무슨 일이든 해야 한다. 집도 없고, 먹을 것과 입을 것도 없는 인간에게는 예절 같은 건 확실히 쓸모없는 물건이다. 똑같이 억압받는 민족이지만 토착 만주인들은 그것을 경멸한다.

이 새끼, 멋대로 생각해라! 머지않아 네놈들은 이 장명찬의 말대로 될 것이다. 장은 뺨의 흉터를 만지면서 얇은 칸막이벽을 노려보았다.

"알아."

진동푸가 말했다.

"당신이 돈에 넘어갈 사람이 아니라는 것쯤은 알아요. 하지만 그 불쌍한 사람들을 구해주는 것도 나쁜 일은 아니잖아요?"

"……정말로 구해주는 것이 될까?"

첸의 목소리가 아주 약하게 들렸다.

"물론이고말고요! 구해달라고 나한테 부탁했는걸요? 그걸 할 수 있는 사람은 당신뿐이에요."

말소리가 끊겼다. 침대가 삐걱거리는 소리가 났다. 장은 빙그레 웃었다.

"……나중에……."

계집의 목소리가 들리고 일어나는 기척이 났다.

"응? 어서 다녀와요. 기다리고 있을 테니까."

장명찬은 방에서 몰래 나와 먼저 있던 방으로 돌아갔다. 방문 앞을 발소리가 지나갔다. 잠시 후에 진동푸가 돌아왔다.

"잘될 것 같아?"

장이 살집이 있는 여자의 엉덩이를 잡고 끌어당겼다. 여자가 사내의 손을 때려서 뿌리쳤다.

"당신이 있으면 곤란하단 말이에요. 돌아가요."

"나한테 쌀쌀맞게 굴었다간 재미없을 줄 알아."

장은 여자의 몸에 다시 손을 뻗었다. 동푸는 입구의 휘장을 걷어 올렸다.

"당신이 만약 우릴 속이기라도 한다면……"

동푸가 풍만한 가슴 위로 팔짱을 끼며 말했다.

"미리 말해두지만, 당신 목은 사흘 안에 몸통에서 떨어져나갈 줄 알아요!"

"누가 그런 소릴 해? 만두집 대머리가 그래?"

장의 얼굴에는 순간 음산한 기운이 스쳤다. 다 말아먹을 사기꾼 영감탱이!

장명찬은 일어나서 웃는 얼굴을 지었다.

"우린 모두 공존공영이야. 일본 놈이 한 말이긴 해도……"

장이 나가자 진동푸는 속으로 중얼거렸다. 이 일이 발각되기라도 하면 일본 헌병의 군도는 사흘은커녕 하루도 기다려주지 않을 거야!

47

첸은 한 시간쯤 지나서 위안소로 돌아왔다.

"모레, 변전소의 추이가 야근이야."

진동푸의 침대에 쓰러지듯 누우며 말했다.

"새벽 1시에 현장의 공기공장工機工場에서 교대 사이렌이 울릴 때 스위치를 끌 거야."

"변전소에서 야근하는 일본인은?"

"밤엔 늘 잔대."

"스위치를 끄는 시간은?"

"2분간. 사이렌이 우는 동안이야. 그 이상은 안 된대."

"그래? 그 추이라는 사람 믿을 수 있어요?"

"……난 목숨을 걸고 하는 짓이야. 뭣 때문인지는 모르지만……"

첸은 창백한 얼굴로 중얼거렸다. 눈동자만이 절박하게 타오르며 진동푸의 풍만한 젖가슴 언저리에 눌어붙어 있었다.

"스위치를 내리면 경비실 전등도 꺼지겠죠?"

"철조망의 고압전류만 따로 되어 있어서……"

첸은 마지못해서 한다는 듯 무의미하게 고개를 가로저었다. 진동푸는 왜 그런지 자기도 모르게 찰나적인 애정에 사로잡혀서 풍만한 젖가슴을 청년의 얼굴에 밀어붙이고 온몸으로 타고 눌렀다.

그날 밤, 가지는 또 마흔 명의 여자를 특수 광부의 숙소로 들여보냈다. 여자들은 먼젓번에도 경험해놓고 들어가면서 어김없이 또 엉덩이를 흔들어댔다. 가시철사 문이 열리자 양춘란이 뛰다시피 가지 앞을 지나 들어갔다. 여자들이 시끄럽게 놀려댔다. 아무도 네 사내는 안 건드려. 철조망 안으로 이사 가지그러니? 내가 가지 씨한테 부탁해줄까? 따위로 말하는 것 같았다. 가지는 어떻게 된 거야? 라는 표정으로 진동푸를 보았다. 동푸의 기름을 바른 듯한 눈이 웃었다.

"애인 있어요. 몸 팔지 않아. 나도 난처해."

가지는 미소를 지었다. 처음 봤을 때 "당신, 바보야!"라고 가지에게 덤벼들던 여자가 양춘란이었다. "일본의 몸 파는 여자, 누구나 보는 곳, 옷, 벗고서, 장사 안 할걸?" 하고 화낸 여자에게 바로 그 행위가 애인을 만들어줬다고? 가지는 미소 띤 얼굴로 여자들을 바라보았다.

오후 10시 정각이 되기 조금 전에 가지는 철조망 주변을 걷고 있었다. 인상을 잔뜩 찌푸리고 있었다. 이렇게 될 리가 없었다.

여자들을 들여보내고 나서 그는 식사를 하러 집에 갔다. 양춘란의 일로 가슴속이 훈훈해져 있었다. 반대로 미치코는 오키시마의 아내 이야기와 첸의 일 등이 마음에 걸렸지만 가지가 기분 좋게 자신이 손수 만든 음식을 정신없이 먹고 있는 모습을 보고 있자니 조금씩 마음에 걸렸던 게 사라지는 것 같았다. 가지는 미치코의 안색에는 거의 관심이 없었다. 인간이 개가 교미할 때와 똑같은 조건에 놓여도 아직 사랑할 수 있다는 것을, 아주 귀중한 발견이라도 한 듯 말하고 있다.

"틀림없이 그만큼 더 절실했겠죠."

미치코가 말했다. 절실한 것은 오히려 미치코의 기분이었다. 미치코는 양춘란과는 비교가 되지 않을 정도로 모든 것을 갖추고 있다. 그러면서도 양춘란보다 더 굶주리고 있는지도 모른다. 미치코는 사랑하는 남자와 밤마다 사랑을 나눌 수 있다. 사랑한다든가 멋있다든가 따위의 밀어도 마음만 먹으면 밤마다 속삭일 수 있다. 하지만 그 남자는 미치코에게 육체만 기대고 있을 뿐 영혼은 어딘가를 떠돌고 있는 경우가 많다. 자신이 안고 있는 남자가 뭔가 다른 생각을 하고 있다면 그것이 설령 일과 관련된 것이라도 다른 여자를 생각하고 있는 것과 뭐가 다르단 말인가. 철조망 안으로 허둥지둥 뛰어 들어가는 절실함은 과연 어디에 있단 말인가.

"어떻게 될까요? 그 두 사람."

가지가 확신이 없다는 듯 웃었다.

"어떻게도 안 될 거야. 전쟁이 끝나지 않는 한. 그저 오늘 사랑을 할 뿐이지."

"결혼시켜줄 순 없나요?"

"내가?"

미치코는 고개를 끄덕였다. 가지는 하마터면 튀어나올 뻔한 말을 목구멍에서 삼켰다. 회사가 가지라는 양치기 개를 이용해서 광부라는 양떼를 몰기 위해 소집면제라는 먹이를 주고 미치코라는 암캐와 결혼

시킨 것처럼 이번엔 가지가 양춘란의 상대 남자를 이용해 특수 광부를 위무하기 위해서 철조망 밖에서 살게 해주겠다는 먹이를 주고 양춘란과 결혼시키라는 말인가?

가지가 대답했다.

"그렇게 해주고 싶군."

"만약 성사된다면 정말 근사할 거예요."

미치코가 눈동자를 별처럼 반짝이며 그렇게 말했다.

그래, 근사한 일이지. 가지는 밥상에서 물러나 누웠다. 연애는 성취될 때까지는 근사하다. 결코 희망대로는 성취되지 않기 때문에 근사한 것이다. 그러나 그는 그 말을 입 밖에 내지 않았다.

미치코가 쟁반에 홍차와 도넛을 가지고 왔다.

"당신이라면 어떻게든 해주고 싶을 거예요."

미치코가 다가앉으며 말했다.

"그렇게만 된다면 전란의 와중에 아름다운 기적이 일어나게 되는 거죠."

"……기적이라."

가지는 누운 채 중얼거렸다.

"드세요."

미치코가 말했다. 가지는 상반신을 일으켰다.

"기적을 만들어볼까?"

그러면서 테이블 위로 뻗던 손을 멈췄다.

"이건 뭐야?"

미치코는 도넛 접시를 가지 쪽으로 밀어주며 행복에 겨운 미소를 지었다.

"귀한 거예요. 밀가루와 설탕을 좀 얻었어요."

"누구한테?"

"누구일 것 같아요? 오카자키 씨 댁 아주머니가 어제 저녁때 가지고 왔어요. 일전엔 남편이 큰 실례를 했다면서요. 무척 거친 것 같아도 보기보다 나쁜 사람은 아니더라고요……."

미치코는 말하다 말고 눈살을 찌푸렸다.

"……왜 그래요?"

가지가 도넛 접시를 미치코 쪽으로 매정하게 밀었던 것이다.

"돌려줘, 전부."

"네?"

미치코는 미소를 지으려고 했으나 표정이 딱딱하게 굳었다.

"왜 갑자기 기분이 상해서…… 그렇게는 못해요."

"기분은 이미 상했어!"

미치코가 한 번도 들은 적이 없는 사나운 목소리였다.

"어제 가지고 왔다면서 왜 이제야 말하는 거야?"

"어젯밤엔 당신이 부루퉁해 있었잖아요. 제 말도 다 귀찮다는 표정으로."

"어쨌든 돌려보내. 나한테 야단맞았다고 하고 돌려주고 와."

"왜요?"

"왜냐고?"

가지는 격분해서 눈빛이 흉포해졌다.

"왜 그렇게 무서운 얼굴로 그래요? 말로 해도 다 알아듣는다고요. 그쪽에선 지난번에 잘못했다고 생각해서 늦게나마 사과하러 왔을 뿐이에요."

"살인범이 도둑질한 물건 갖고?"

가지는 증오에 찬 눈으로 미치코를 노려보았다.

"어수룩하게 굴지 좀 마! 당신이 내 입장을 알기나 해? 아내의 입장은 다르다는 말인가? 내가 여기서 뭘 하려고 하는지 모르겠어?"

"몰라요."

미치코는 창백한 얼굴로 오기가 나서 말했다.

"아무 말도 안 해주는데 어떻게 알겠어요? 물론 밀가루나 설탕이 어디에서 나온 것인지 정도는 저도 짐작이 가지 않는 건 아니에요. 하지만 딱딱하게 굴 수만은 없는 경우가 여자에겐 있다고요."

오카자키의 아내는 가지 씨에겐 비밀로 하고 사모님만 알고 계세요, 남자는 남자들대로 사정이 있겠지만 굳이 여자들끼리 불편하게 지내고 싶진 않네요, 라고 말했다. 그때 가지에게 혼이 난다고 돌려주었다면 어떻게 됐을까? 그야말로 이쪽에서 싸움을 거는 것밖에는 되지 않았을 것이다.

"제가 갖고 싶어서 부탁했던 게 아니에요."

"나를 위해서라는 거야? 그런 동정은 필요 없어."

"상대가 오카자키 씨이기 때문이죠? 만약 오키시마 씨 댁 아주머니가 가지고 온 것이라면 어떻게 할 거죠?"

가지는 대답할 말이 궁했고, 그래서 더 미치코가 미웠다. 만약 상대가 오키시마의 아내였다면 확실히 이렇게까지 격분하지는 않았을 것이다. 아마도 받았을 것이고, 약간의 꺼림칙함은 도넛의 달콤함과 함께 삼켜버렸을 것이다.

"역시 돌려주라고 했을 거야, 난."

"그렇겠죠. 당신은 그런 사람이니까요."

미치코가 처음으로 원망스러운 눈빛을 보이며 말했다.

"당신이 첸 씨를 때렸죠? 전 지금 이 순간까지도 왜 그랬을까 하고 생각했어요."

아픈 데를 건드린 듯 가지의 표정이 일그러졌다.

"당신은 때리고 싶지는 않았을 거예요. 하지만 때렸어요. 왜 그랬죠? 그 사람이 잘못해서? 그게 아니에요. 그 정도쯤은 당신도 눈감아주려고 했을 거예요. 당신은 남들 앞에서 당신을 창피하게 만들어서 그렇게 심하게 때린 거예요."

그렇다. 가지는 쓴 약을 단숨에 삼키는 괴로움을 맛보았다. 다르게 처리하는 방법이 전혀 없었다고는 할 수 없다. 또 설사 저지른 짓은 사라지지 않는다고 해도 그 후에 그는 어떤 일을 했던가. 첸이 저지른 짓을 일종의 항의라 보고, 1만여 명의 또 다른 첸을 위해 무엇을 하려고 했던가.

산더미처럼 쌓여 있는 밀가루 포대는 내일도 창고에서 잠을 잘 것이고, 모레도 그 본래의 주인을 위해서는 주둥이를 열지 않을 것이다. 일을 잘하는 자에게만 주는 포상으로서, 결국엔 일본인이 중국인에게 던져주는 당근으로 보존되고 있는 것이니까 모든 광부들에게 공평하게 나눠주는 것은 가지 혼자만의 결심으로도 불가능한 일은 아니다.

하지만 그렇게 하면 1만 명을 부리는 가지의 수중에서 당근의 한 종류가 없어지는 셈이다. 당근의 종류는 그렇게 많지 않다. 가지는 그래서 첸을 때리고도 그 후에 아무것도 하지 않았다. 규칙을 방패로 삼아서, 규칙에 얽매여서, 자신의 입장과 체면에 구애되어서.

그런데 지금 미치코가 재판하는 입장에 서서 가지를 심판하자 피고는 저지른 죄의 무게보다도 애정에 배신당한 아픔이 더 컸다. 그것은 차차 분노로 바뀌었다. 핏속으로 서서히 번지는 독소처럼.

미치코는 미치코대로 상처 입은 사랑을 지키기에 급급한 나머지 그것과는 정반대되는 감정에 조급해져서 계속 말했다.

"큰일을 하는 사람에게는 어울리지 않는 소심한 사람! 작은 일을 지나치게 책망하다가 큰일을 그르칠지도 모르는데……."

"무슨 소리야?"

가지는 숨을 죽이고 기다렸다. 이쯤 되고 보니 사랑하는 사이고 뭐고 없다. 애정은 순식간에 얼어붙었다.

"오카자키 씨 댁 아주머니가 말했어요. 가지 씨는 일은 잘하지만 너무 지나치다는 소문이라고요. 오키시마 씨 댁 아주머니도 말했어요.

당신이 너무 빡빡하게 굴어서 오키시마 씨가 너무 힘들고 난처하다고. 당신에게 그런 마음은 없겠지만, 모든 공을 당신 혼자서 독차지하고 싶어 한다고들 생각하고 있어요."

오키시마가 설마 그렇게 생각했을까……. 자기도 모르게 꽉 움켜쥔 주먹을 가지는 가만히 쳐다보았다. 이건 필시 오카자키가 이간질시키려고 짜낸 잔꾀가 분명하다. 그것을 미치코가, 어수룩한 미치코가 사실로 받아들인 것이다.

가지는 사정을 자세히 설명해서 미치코에게 이해시킬 필요를 느꼈다. 그러나 이런 상황에서 그런 마음을 갖기가 쉽지는 않았다. 그때 미치코가 이렇게 말했다.

"전 믿지 않았어요. 모두 당신을 질투해서 생긴 일이라고 생각했어요. 하지만 지금은 그럴지도 모른다고 생각해요."

"그렇게 믿는군."

가지는 말하고 나서 갑자기 일어섰다. 벽걸이 접시가 눈에 띄었다. 가지는 그것을 미치코의 눈앞에서 산산조각 내고 싶었다. 전라의 남녀가 황홀하게 포옹하고 있는 것은 다른 세상의 모습이었다. 그것을 샀을 때의 추억이 가슴을 후벼 파서 명치 일대가 쓰리고 아팠다.

"어디 가시게요?"

미치코가 일어서며 말했다.

"마흔 명의 여자가 기다리고 있어서. 당신은 아니야."

가지는 나왔다. 인상을 잔뜩 찌푸리고 있었다. 철조망 주변을 걸을수록 씁쓸함은 더해갔다.

내가 너무 지나쳤나? 내가 공을 혼자 독차지하고 싶어 했을까? 내가 작은 일을 너무 책망하다가 큰일을 그르치고 있었나? 미치코는 심통이 나서 누워 있을까? 미치코는 이미 날 소심하고 하잘것없고 변변찮은 사내라고 생각하게 되었을까? 될 대로 되라지! 어차피 나는 잘못된 길을 올바르게 걸으려고 하는 바보 천치니까!

그때 가지의 주의를 끄는 무언가가 있었다. 숙소 벽 한쪽 귀퉁이에서 기척을 느낀 것이다. 창문에서 새어나오는 어슴푸레한 불빛으로는 분간할 수 없었다. 가지는 철조망 바로 앞까지 걸어가서 회중전등으로 비춰보았다. 희미한 빛의 고리가 벽을 기어가다 그림자를 잡았다. 한 쌍의 남녀가 땅바닥에 앉아서 꼭 끌어안고 있었다. 여자는 남자의 얼굴과 가슴에 얼굴을 비벼대며 소리 죽여 울고 있는 듯했다. 남자는 여자의 몸을 어루만지면서 위로하고 있는 듯했다. 두 사람 모두 애무에 열중하느라 희미한 빛의 고리 안에 있다는 것을 깨닫지 못했다. 가지는 남자가 4호 숙소의 대표 까오라는 것을 알았다. 여자는 얼굴이 보이지 않았다. 남자에게 푹 빠져서 불꽃을 태우느라 정신이 없는 듯했다.

가지는 불을 껐다. 어둠 속에서 여자들이 머무는 시간을 한 시간 연장해줄까 하고 생각했다. 한 시간 연장해도 이 두 사람에겐 부족할 것이다. 그래도 숙소 안의 흐린 불빛 아래에서는 땀과 땟국물 냄새가 진동할 정도로 성교가 이루어지고 있을 것이 틀림없다. 가지는 한 시간 연장해주는 것을 단념했다.

전등이 세 번 점멸했다. 여자들이 넉 동의 숙소에서 찌부러진 그림자처럼 쏟아져 나왔다. 경비가 가시철사 문을 열었다. 여자들은 아무 말 없이 다리를 끌면서 나왔다.

가지 앞에 진동푸가 섰다. 가지는 담배에 불을 붙여서 진동푸에게 주었다.

"수고했어."

진동푸는 지난번과 마찬가지로 큰 눈으로 가지를 똑바로 보지 않았다. 뒤에 있는 여자의 손을 끌어당겨 가지 앞에 세우고 자신은 그 여자의 뒤에서 쉰 목소리로 말했다.

"이 애가 결혼하고 싶다고 하는데, 안 될까요?"

가지는 여자의 턱을 잡고 회중전등을 비췄다. 창백한 불빛 속에 창백한 양춘란의 얼굴이 떠올랐다.

"4호 숙소의 까오와?"

여자는 어린애처럼 고개를 끄덕였다. 가지는 불을 껐다.

진동푸가 말했다.

"배고픈 개랑 같아. 결혼 못하면 무슨 짓을 저지를지 몰라요."

양춘란은 발작적으로 가지의 소맷자락을 강하게 움켜쥐고 무언가 호소하려다가 손을 놓았다.

가지가 우울한 목소리로 말했다.

"좀 기다려봐. 조금만……. 나도 생각해보게."

여자들은 무거운 짐을 끌듯이 어둠 속으로 사라져갔다.

가지는 달콤한 비애에 젖었다. 3,300볼트의 경계선을 넘어 피어난 사랑은 아름다워 보였다. 하지만 그것은 무엇을 믿고, 어떤 꿈 위에 피어난 것일까?

가지가 집으로 돌아왔을 때 미치코는 심통이 나서 누워 있지는 않았다. 가지의 의자에 앉아 벽걸이 접시를 상대로 혼잣말을 하고 있었던 듯싶다. 창백한 얼굴에 운 흔적이 있었다. 그 얼굴을 들고 가지의 표정에 나타나는 화해의 표시를 놓치지 않으려는 듯 바라보고 있었다.

가지는 눈길을 주지 않고 나지막한 소리로 중얼거렸다.

"난 한 번 더 도를 넘은 일을 하게 될지도 몰라."

미치코가 울먹이며 말했다.

"심술쟁이!"

"아니, 죄수와 창녀의 사랑을 위해서야."

미치코는 이슬에 젖은 눈으로 가만히 웃었다.

젊은 남녀의 분노와 슬픔은 그리 오래가지 않는다. 젊은 육체가 그것을 잘 알고 있다.

〈2부에서 계속〉

인간의 조건 1 두 갈래 미래

한국어판 ⓒ 도서출판 잇북 2013

1판 1쇄 발행 2013년 11월 11일
1판 3쇄 발행 2024년 2월 15일

지은이 | 고미카와 준페이
옮긴이 | 김대환
펴낸이 | 김대환
펴낸곳 | 도서출판 잇북
캘리그라피 | 신영복
책임편집 | 김랑
책임디자인 | 한나영

주소 | (10893) 경기도 파주시 와석순환로 347, 212-1003
전화 | 031)948-4284
팩스 | 031)624-8855
이메일 | itbook1@gmail.com
블로그 | http://blog.naver.com/ousama99
등록 | 2008.2.26 제406-2008-000012호

ISBN 978-89-968422-6-2 04830
ISBN 978-89-968422-5-5(세트)

※ 값은 뒤표지에 있습니다. 잘못 만든 책은 교환해드립니다.